《文艺常识速查速记手册（第 2 版）》
编辑委员会

Movie &TV

影视艺术类专业
考前专项突破教材

文艺常识速查速记手册

[第2版]

赵海卫　主编

中国传媒大学出版社

总 序

“影视艺术类专业考前专项突破教材”是为参加影视艺术类专业高考的考生编写的考前辅导教材，希望广大考生在这套教材的帮助下顺利通过专业考试，圆自己的影视之梦。

2009年7月22日，国务院常务会议通过了《文化产业振兴规划》，这是继纺织、轻工等规划之后的第十一大产业振兴规划。国家将重点推进的文化产业包括文化创意、影视制作、出版发行、印刷复制、广告、演艺娱乐、文化会展、数字内容和动漫等。与西方发达国家以及日韩等国相比，我国的文化产业相对落后。《文化产业振兴规划》的颁布，将会极大地加快我国文化产业发展的进程。文化产业的发展离不开高素质的人才，而高素质的人才需要培养和教育。

目前，我国很多高等院校都开设了与文化产业发展相适应的专业和学科，如广播电视编导、文化产业管理、戏剧影视文学、编辑出版、动漫设计、影视制片管理、会展策划与管理、数字媒体艺术、戏剧影视表演、播音与主持艺术、艺术管理等。其中,影视艺术类相关专业和学科发展迅猛。目前,全国共有100多所院校开设了影视艺术类相关专业,这其中包括影视艺术类专业院校,如中国传媒大学、北京电影学院、中央戏剧学院等。

普通高中生要进入高等院校学习影视艺术类专业,需要参加专业考试,这有别于普通文理科招生录取模式。很多有志于报考影视艺术类专业的考生和家长十分茫然,不知如何复习备考,很多有才华的学生因为方法不当而错失良机,未能跨入影视艺术类院校的大门。

为了使更多的考生进入理想的学府深造,为了使更多有才华的学生圆自己的影视之梦,我们编写了这套"影视艺术类专业考前专项突破教材"。本套教材的编著者大部分来自于影视艺术类专业院校和考前培训机构,有着多年影视艺术类专业招生和教学培训的经验,对影视艺术类考试的命题方向和命题规律有深入的研究。

本套教材具有较强的实用性与针对性,涵盖了影视艺术类专业高考的方方面面,以权威专业的标准、清晰明了的思路、浅显易懂的语言,结合具体实例,全面、系统、精准地阐述了考试的内容、程序、要求。

"影视艺术类专业考前专项突破教材"共8本。这8本书相互补充完善,基本涵盖了考生需要掌握的知识,让考生用更少的时间学习更全面、更系统的知识。这8本书各有侧重,考生可以根据自己的学习需要重点掌握、重点突击,做到有的放矢。

(1)《文艺常识速查速记手册》。本书主要讲解文学、电影、广播电视、美术、音乐、舞蹈、戏剧戏曲、曲艺杂技的发展简史,使考生掌握几种艺术形式的发展脉络,为更好地学习本专业知识打下良好的基础。本书根据历年考试真题,总结出了常考知识点并进行星级划分,从而使考生在最短的时间内掌握最多的考试要点和难点,简单明了,易于记忆,可以说是文艺百科知识的精华集锦。

(2)《即兴评述话题宝典》。即兴话题评述是影视艺术类高考面试中的必考科目。本书收录了数百道历年即兴评述真题,话题涵盖范围广泛,话题题型分类明确,参考范例思路清晰、评述准确。

(3)《影视高考命题创作》。命题创作主要包括编讲故事、叙事散文写作、小品、栏目策划等几种形式,是戏剧影视文学、广播电视编导、文化产业管理专业考试的必考科目。本书针对命题创作的各种不同形式,根据历年考试真题进行实战训练,从而提高考生的命题创作能力。

(4)《影视高考面试技巧》。面试是影视艺术类高考中的重要环节,通过面试可以了解考生的形象气质、表达能力、综合素质等。本书遵循实践性和指导性并重的原则,对面试细节和应对技巧进行讲解,使考生获得对面试的全面认知和实战经验。

(5)《影评范文点评》。电影作品分析是影视艺术类专业,特别是文化产业管理、戏剧影视文学、广播电视编导类专业的重要考试科目。本书收录了40余篇影评范文,并附有对范文的详细点评,以帮助考生提高影评写作能力。

(6)《电视作品分析》。电视作品主要包括电视专题片、电视纪录片、电视散文等,是广播电视编导专业重要的考试科目。本书详细地讲解了电视作品分析的写作方法,并附录了历年真题和考生例文。

(7)《影评写作教程》。本书是针对影视艺术类专业考试的影评写作教材,集写作方法、影评范文和写作训练于一体,突出实战性和系统性。

(8)《文艺常识全真模拟试题》。对文艺常识知识点的掌握,考生除了记忆知识点外,还应大量练习模拟试题。通过对模拟试题的练习,做到在记忆中练习、在练习中记忆。本书共收录30套影视艺术类专业高考文艺常识全真模拟试题,由历年来各院校考试真题精选而来,涵盖常考知识点和试题类型,每套题后附有参考答案,可以配合《文艺常识速查速记手册》使用。

"影视艺术类专业考前专项突破教材"作为影视艺术类专业的考前辅导教材,会使考生的复习准备更加有目的性和针对性,最终取得理想的考试成绩。本套教材不仅适用于影视艺术类专业考生,而且对于广大的广播影视工作者及其爱好者也有一定的参考价值。

最后祝愿广大考生以最佳状态应对考试,金榜题名,圆自己的影视艺术之梦!

前 言

文艺常识历来是影视艺术类高考中的重点考查内容，但因其涉及的知识点繁多，而成为考生在备考过程中的重点和难点。作为“影视艺术类专业考前专项突破教材”之一，本书正是为了帮助考生解决这一难题，让考生在最短的时间内掌握最多的考试要点和难点。

本书涉及文学、电影、广播电视、美术、音乐、舞蹈、戏剧戏曲、曲艺杂技等常识，分类精确、脉络清晰。在编写过程中，编者参考了大量相关的工具书，在词目的选择及内容的撰写上，力求做到全而精、精而准，最大限度地满足考生的备考需求。

本书的主要特点有以下几点：

一、结合真题，实用性强

本书在编写过程中，以历年文艺常识考题为基础，突出常考知识点，有利于考生把握考试重点。常考知识点后附有“真题示例”，有利于考生了解考题中知识点的考查方向和考查形式。

二、星级评定,突出重点

本书在词目中采用星级评定的方式,有利于考生对重要知识点的把握。

三、附有词目音序索引,易查易记

文艺常识知识点繁多,词目音序索引方便考生快速准确地查找词目。

本书知识点全面精准,并加入很多新的艺术概念、艺术家及作品,增强了时效性和实用性,可以说是文艺百科知识的精华集锦。

最后,希望本书成为考生手中的制胜法宝,轻松备考。祝愿广大影视艺术类考生取得优异的成绩,实现自己心中的梦想!

编 者

2015年5月

目 录 Contents

第一章　文艺理论与方针政策

识记导引:本章分为文艺理论常识和方针政策常识两部分。文艺理论常识中艺术的分类、艺术作品内容与形式的关系、典型及意境等是考试的重点考查内容,考生应重点记忆。方针政策常识中"双百"方针、"二为"方向是高频考点,考生要重点掌握。

第一节　文艺理论常识

艺术 ★☆☆☆☆

通过形象塑造来反映社会生活,表现作者思想感情的一种社会意识形态。因表现手段和方式不同,通常分为表演艺术(音乐、舞蹈),造型艺术(绘画、雕塑),语言艺术(文学)和综合艺术(戏剧、电影)。

艺术的分类 ★★★★☆

以艺术作品的存在方式为依据,可分为时间艺术(音乐、文学等)、空间艺术(绘画、雕塑等)和时空艺术(戏剧、影视等)。以对作品的感知方式为依据,可分为听觉艺术(音乐等)、视觉艺术(绘画、雕塑等)和视听艺术(戏剧、影视等)。以艺术作品对客观世界的反映方式为依据,可分为再现艺术(绘画、雕塑、小说等)、表现艺术(音乐、舞蹈、建筑等)和再现表现艺术(戏剧、影视等)。以艺术作品的物化形式为依据,可分为动态艺术(音乐、舞蹈、戏剧、影视等)和静态艺术(绘画、雕塑、建筑、工艺等)。

真题示例:

影视艺术属于(　　)。

A. 时间艺术　B. 空间艺术　C. 造型艺术　D. 综合艺术

【2013年临沂大学广播电视编导专业考试试题】

艺术作品的内容 ★★☆☆☆

指经过艺术家选择、提炼、加工和改造过的人类生活,包括外部客观世界和内部主观世界。构成艺术内容的要素有题材、主题、人物、情节、环境等。

艺术作品的形式 ★★☆☆☆

指艺术作品内容的存在方式,即作品的内部联系和外部表现形态。其内部联系表现为内部形式,包括内容诸要素之间的相互联系和组织方式,主要指结构;其外部表现形态呈现为外部形式,即表现内容的方式和手段,包括艺术语言、艺术手法、类型体裁等。

艺术作品内容与形式的关系 ★★★★☆

艺术作品的内容和形式是不可分割的有机体。在艺术创造中,艺术作品的内容决定所采用的形式,形式的选择应以是否适应内容的需要为原则。同时,形式又呈现相对的独立性,它不仅具有独立的审美价值,而且由于形式的变化,可以直接影响和制约内容的审美价值的实现。所以,艺术作品的内容和形式是不可分离的,二者的和谐统一共同构成了艺术作品的生命。

艺术形象 ★☆☆☆☆

是艺术反映现实生活的特殊手段。即根据现实生活中各种现象加以艺术概括所创造出来的具有一定思想内容和艺术感染力的具体生动的形象，包括人物、事件、自然景物等。

艺术风格 ★☆☆☆☆

作家、艺术家在创作中表现出来的相对稳定的艺术特色和创作个性。独特艺术风格的形成，是作家、艺术家在艺术上成熟的标志，也是衡量艺术作品在艺术上的成败、优劣的重要标准和尺度。

艺术流派 ★☆☆☆☆

指一定历史时期内，思想倾向、审美观念、艺术风格等相近的某些艺术家自觉或不自觉地结合成的统一体。

典型 ★★★★☆

即"典型人物"、"典型形象"或"典型性格"。指作者用典型化方法创造出来的具有独特个性、反映一定社会本质的某些方面的艺术形象。

意境 ★★★★☆

指文艺作品通过形象描写所表现出来的艺术情调和境界。它是艺术形象或情境中呈现出的情景交融、虚实相生，能够蕴涵和昭示深刻的人生哲理及宇宙意识的至高境界，是主体情感与客观物象的有机统一。

真题示例：

名词解释：意境

【2014年湖南科技学院广播电视编导专业考试试题】

第二节 方针政策常识

“双百”方针 ★★★★★

即“百花齐放、百家争鸣”的方针。1956年4月28日,毛泽东同志在中共中央政治局扩大会议上提出“双百”方针,提倡文学、科学研究的思考自由、辩论自由、创作和批评自由。

真题示例:

“双百方针”是指百花齐放和__________。

【2010年曲阜师范大学戏剧影视文学专业考试试题】

“二为”方向 ★★★★★

1942年5月23日,毛泽东同志作了《在延安文艺座谈会上的讲话》,指出了文艺事业的宗旨和方向。他说,我们的文艺是为人民大众的,首先是为工农兵的。这就是“二为”方向。十一届三中全会以后,邓小平同志在第四届文代会上对此提法作了修改,即“文艺为人民服务,为社会主义服务”。

真题示例:

名词解释:“二为”方向

【2010年青岛农业大学广播电视编导专业考试试题】

“两结合” ★★★☆☆

1958年,毛泽东同志提出了文艺的创作方法,即“革命的现实主义和革命的浪漫主义相结合”。

关于宣传工作的四句话 ★☆☆☆☆

1994年1月24日,江泽民同志在全国宣传思想工作会议上发表讲话指出：我们的宣传工作，必须以科学的理论武装人，以正确的舆论引导人，以高尚的精神塑造人，以优秀的作品鼓舞人。

“五个一工程”★★★★☆

由中共中央宣传部主办。这五个方面是：一部好的戏剧作品，一部好的电视剧（片）作品，一部好的图书（限社会科学方面），一部好的理论文章（限社会科学方面）、一首好歌。

真题示例：

名词解释：“五个一工程”

【2010年青岛农业大学广播电视编导专业考试试题】

“三贴近”原则 ★★★★★

即“贴近生活、贴近实际、贴近群众”。这是以胡锦涛同志为总书记的党中央将其作为宣传思想战线改进和加强自身工作的一条重要指导原则。

第二章　文学常识

识记导引:本章包括中国文学常识和外国文学常识两部分。文学常识一直是文艺常识考试中的重点内容,所占比例较大,考生要加以重视。本章中国文学常识以朝代的起止界限为划分标准,外国文学常识以国家及地区为划分标准,整体脉络清晰,易查易记。文学常识中的文学思潮及流派、著名作家及其代表作品,以及作家作品的历史地位及影响等是重点识记内容。因为文学常识内容繁多,所以考生在识记过程中要准确记忆,避免混淆。

第一节　中国文学常识

(一)先秦文学

《山海经》★☆☆☆☆

《山海经》约成书于战国初年到汉代初年之间,是我国古代保存神话资料最多的著作,对我国神话的传播和研究有着极其重要的意义。其中精卫填海、夸父逐日、黄帝擒蚩尤、刑天断首等神话名篇均出自此书。

真题示例：

（　　）是先秦古籍，是一部富于神话传说的最古老的地理书。

A.《诗经》 B.《水经注》 C.《山海经》 D.《老残游记》

【2014 年聊城大学广播电视编导专业考试试题】

《诗经》★★★★★

我国第一部诗歌总集，原名《诗》，或称“诗三百”，共有 305 篇。全书主要收集了周初至春秋中叶五百多年间的作品，分为风、雅、颂三部分。风又称“国风”，多为民间的歌谣。雅是宫廷宴享或朝会时的乐歌。颂是宗庙祭祀的乐歌和史诗。诗篇的形式以四言为主，其表现手法是赋、比、兴。《诗经》的“风、雅、颂”三种诗歌形式与“赋、比、兴”三种表现手法称为《诗经》“六义”。

《诗经》是中国现实主义文学的光辉起点。由于其内容丰富、思想和艺术成就卓越，在中国以至世界文化史上都占有重要地位。它开创了中国诗歌的优秀传统，对后世文学产生了不可磨灭的影响。

真题示例：

1. __________开创了我国现实主义诗歌的源头。

【2013 年井冈山大学广播电视编导专业考试试题】

2.《诗经》“六义”指的是风、雅、__________、赋、比、兴。

【2014 年西安邮电大学广播电视编导专业考试试题】

《楚辞》★★★★★

楚辞又称“楚词”，是战国后期以屈原为代表的楚国文人在楚国民歌的基础上创造的一种新的诗体。作品运用楚地（今两湖一带）的文学样式、方言声韵，叙写楚地的山川人物、历史风情，具有浓厚的地方特色。

西汉末年,刘向把屈原、宋玉的作品及汉代淮南小山、东方朔、王褒等人"承袭屈赋"的作品编辑成集,书名题作《楚辞》。它是继《诗经》以后,对我国文学影响深远的一部诗歌总集,也是我国第一部浪漫主义诗歌总集。《楚辞》主要是屈原的作品,其代表作是《离骚》,后人因此又称"楚辞"这种文体为"骚体"。文学史上常以"风骚"并称,泛指文学,其中"风"指《诗经》,"骚"指《楚辞》。

真题示例:

1. 西汉时的刘向把战国时楚国的诗歌编制成(　　)。

A.《楚辞》 B.《离骚》 C.《诗经》 D.《春秋》

【2012年西北大学现代学院广播电视编导专业考试试题】

2. 与《离骚》并称为"风骚"的是__________。

【2014年宝鸡文理学院广播电视编导专业考试试题】

屈原 ★★★★★

名平,字原,战国时期楚国人,中国文学史上第一位伟大的爱国诗人,是浪漫主义诗人的杰出代表。屈原的诗作想象丰富,构思奇伟,大量运用比兴和拟人化的手法,融神话传说、日月风云、山川花草于一体,构成一幅幅感情激越、色彩绚丽的图画,开创了我国浪漫主义文学的先河。其主要作品有《离骚》、《天问》、《九歌》、《九章》、《招魂》等,共23篇。

《离骚》★★★★★

屈原的代表作,是一首带有自传性质的长篇抒情诗。全诗共370多句,近2500字,是中国古代诗歌史上最长的一首浪漫主义的政治抒情诗。表现了诗人坚持"美政" 理想、抨击黑暗现实、不与邪恶势力同流合污的斗争精神和至死不渝的爱国热情。它开创了中国诗词以"香草美人"寄情言志的境界。"路漫漫其修远兮,吾将上下而求索"是《离骚》中的名句。

真题示例：

1. 名词解释:《离骚》

【2013 年西安邮电大学广播电视编导专业考试试题】

2. __________是屈原的代表作,是中国古代最长的政治抒情诗。

【2014 年首都师范大学科德学院广播电视编导专业考试试题】

《尚书》★☆☆☆☆

又称《书》、《书经》,是我国现存最早的一部历史文献总集,记载从尧、舜到周朝的重大事件。战国时期总称《书》,汉代改称《尚书》,即“上古之书”。因是儒家五经之一,故又称《书经》。

《春秋》★★★★★

是我国第一部编年体史书,本是周王朝和各诸侯国历史的统称,后特指经过孔子修订的鲁国的编年史。其突出的特点是寓褒贬于记事,后人称这种写法为“春秋笔法”。

真题示例：

__________是我国第一部编年体史书,是春秋时期鲁国的大事记。

【2012 年曲阜师范大学戏剧影视文学专业考试试题】

《左传》★★★★★

全称《春秋左氏传》,又名《左氏春秋》。相传《左传》为传述《春秋》而作,是中国第一部叙事详尽完整的编年体史书,由春秋末期的鲁国史官左丘明所著。《左传》为先秦散文“叙事之最”,标志着我国叙事散文的成熟。《左传》与《公羊传》(又称《春秋公羊传》)、《谷梁传》(又称《春秋谷梁传》)并称“春秋三传”。

真题示例:

我国第一部叙事详尽的编年体史书是__________。

【2014年江西师范大学广播电视编导专业考试试题】

《国语》★★★☆☆

我国第一部国别体史书。全书21卷,分别记载周、鲁、齐、晋、郑、楚、吴、越八国事,是各国史料的汇编。成书约在战国初年。《国语》主要反映了儒家崇礼重民等观念,以记言为主、记事为辅,所记多为朝聘、飨宴、讽谏、辩诘、应对之辞。

真题示例:

__________是我国第一部国别体历史著作,以记言为主,通过人物的言论,反映了从西周到春秋列国的政治、经济、军事、外交等各方面的状况,同时,也表现了各种思想观念,如爱国意识和民主观念。

【2013年南昌理工学院广播电视编导专业考试试题】

《战国策》★★★☆☆

又称《国策》,是一部按国记事的国别体史书,时代上接春秋、下迄秦并六国。最初是战国末期和秦汉之间的人所撰写的史料文章,后经西汉刘向考订加工、整理成书,定名为《战国策》。

真题示例:

《战国策》是一部(　　)史书。

A.国别体　B.编年体　C.纪传体　D.纪事体

【2012年沈阳大学广播电视编导专业考试试题】

《论语》★★★★☆

《论语》是儒家学派的经典著作之一,记载孔子及其弟子的言行,由孔子的弟子及其再传弟子纂录而成。它以语录体和对话体为主，集中体现了孔子的政治主张、伦理思想、道德观念及教育原则等。

真题示例：

1.“学而不思则罔，思而不学则殆”出自__________。

【2013年齐齐哈尔大学戏剧影视文学专业考试试题】

2.孔子及其弟子的言论被整理成__________一书。

【2013年井冈山大学广播电视编导专业考试试题】

《老子》★☆☆☆☆

又名《道德经》，我国古代伟大的哲学家和思想家、道家学派创始人老子所撰。其作品的精华是朴素的辩证法，主张“无为而治”。《老子》开创了我国古代哲学思想的先河，其学说对中国哲学发展具有深刻影响。

《孟子》★★★☆☆

主要记录了孟子的谈话，是孟子和其弟子所著。孟子继承和发展了孔子的思想，并提出一套完整的思想体系，对后世产生了极大的影响，被尊奉为仅次于孔子的“亚圣”。其政治学说的核心内容是“仁政”、“民贵君轻”，并在哲学上提出了“性善论”。《孟子》是先秦极富特色的散文专集，文章气势浩然，逻辑严密，善于雄辩，长于譬喻。

真题示例：

世称“亚圣”的是(　　)。

A.荀子　　B.孟子　　C.庄子　　D.老子

【2014年重庆邮电大学广播电视编导专业考试试题】

《庄子》★★★☆☆

又名《南华经》，是道家经典之一。《庄子》是先秦说理散文中最具有文学价值的,在文体上已经脱离了语录体的形式,标志着先秦散文发展到了成熟阶段。其文以巧用寓言见长,富有浓厚的文学气息和浪漫主义色彩。其中《庖丁解牛》、《螳臂当车》、《东施效颦》等寓言故事,至今仍常为人所称引。

真题示例:

《庄子》是下列哪个学派的代表著作?(　　)

A. 阴阳家　　B. 法家　　C. 墨家　　D. 道家

【2014 年重庆市普通高校编导类专业统考试题】

《荀子》★★★☆☆

战国时期儒家学派的代表人物荀子所著。荀子继承了孔子的礼乐学说,提出了"性恶论"。此书思想深邃丰富,论证严谨周详。《劝学》是《荀子》一书的首篇。劝学,就是鼓励学习。本篇较系统地论述了学习的理论和方法。前一部分论述学习的重要性,后一部分论述学习的步骤、内容、途径等有关问题。以"学不可以已"作为贯穿全篇的中心思想。

真题示例:

名词解释:《劝学》

【2011 年重庆邮电大学广播电视编导专业考试试题】

《韩非子》★★★☆☆

战国末期法家代表人物韩非的一部政治哲学论文集,是集先秦法家学说之大成的著作。《韩非子》中最具文学意味的是数量居先秦散文之首的寓言故事,如《守株待兔》、《买椟还珠》、《郑人买履》、《滥竽充数》等。

真题示例:

1.《韩非子》的作者是__________。

【2011 年枣庄学院广播电视编导专业考试试题】

2. 下列属于法家学派代表人物的是（　　）。

A. 老子　B. 韩非子　C. 孔子　D. 孟子

【2013 年天津工业大学广播电视编导专业考试试题】

《孙子兵法》★★★☆☆

也称《孙子》、《吴孙子兵法》、《孙武兵法》。春秋末孙武著。中国古代最著名的、现存最早的兵书，也是世界现存最古老的军事理论著作。全书总结了春秋末期及其以前的战争经验，揭示了战争的一般规律以及具有普遍意义的作战和治军原则。

四书五经 ★★★★★

四书五经是“四书”和“五经”的合称，是中国儒家经典的书籍。“四书”指的是《论语》、《孟子》、《大学》和《中庸》，“五经”指的是《诗经》、《尚书》、《礼记》、《周易》和《春秋》。

真题示例：

1. “四书”是指《论语》＿＿＿＿＿＿、《孟子》、＿＿＿＿＿＿。

【2014 年首都师范大学科德学院广播电视编导专业考试试题】

2. “五经”是指《周易》、《诗经》、《尚书》、《礼记》、＿＿＿＿＿＿。

【2014 年沈阳大学广播电视编导专业考试试题】

（二）秦汉文学

《吕氏春秋》★★★☆☆

又称《吕览》，是秦相吕不韦招集门客集百家九流之说编写而成的。它是杂家的代表著作，以儒、道为主，兼采墨、法、名、农诸家学说。书中创作了诸多丰富多彩的寓言，如《刻舟求剑》等。

真题示例：

1. ＿＿＿＿＿＿是秦相吕不韦与他的门客编撰而成的杂家著作，又名《吕览》。

【2009 年河南省编导制作类专业统考试题（C 卷）】

2. 成语“刻舟求剑”出自__________。

【2008 年北京电影学院戏剧影视文学专业(影视媒体理论)考试试题】

贾谊 ★☆☆☆☆

西汉杰出的政论家、文学家、最早的汉赋作家之一,世称贾生。政论作品《过秦论》、《论积贮疏》等是其代表作。他还是骚体赋的代表作家,也是现今有作品传世的第一位汉赋作家,代表作品是《吊屈原赋》、《鹏鸟赋》。

《淮南子》★☆☆☆☆

又称《淮南鸿烈》。西汉淮南王刘安及其门客所撰,该书以道家思想为主,糅合了儒、法、阴阳五行等家,一般被视为杂家著作。其中保存了不少神话传说故事,如中国著名的四大神话:女娲补天、共工触山、后羿射日和嫦娥奔月。

《史记》★★★★★

原名《太史公书》,我国西汉著名史学家司马迁所撰,是中国历史上第一部纪传体通史。全书共 130 篇,记载了上起传说中的黄帝,下迄汉武帝太初年间约 3000 多年的历史。《史记》代表了古代历史散文的最高成就,鲁迅称它是“史家之绝唱,无韵之离骚”。

真题示例:

1. 史书《史记》所反映的最早历史是(　　)。

A. 盘古开天辟地 B. 黄帝时代 C. 商朝建立 D. 西周灭亡

【2012 年重庆邮电大学广播电视编导专业考试试题】

2.《史记》的作者是__________,它是中国第一部纪传体通史。

【2014 年首都师范大学科德学院广播电视编导专业考试试题】

3.“史家之绝唱,无韵之离骚”是__________对《史记》的赞誉。

【2014 年重庆师范大学戏剧影视文学专业考试试题】

汉赋 ★★★★☆

赋是汉代最具代表性、最能彰显其时代精神的一种文学样式。它介于诗歌和散文之间,韵散兼行,是在远承《诗经》赋颂传统、近仿《楚辞》的基础上,兼收战国纵横之文的铺张恣肆之风和先秦诸子作品的相关因素,最后综合而成的一种新文体。汉赋主要分为骚体赋和散体大赋两种。

真题示例:

1. 汉代最流行的文体是__________。

【2010 年临沂师范学院广播电视编导专业考试试题】

2. 名词解释:汉赋

【2010 年山东艺术学院文化产业管理专业考试试题】

枚乘 ★★★☆☆

西汉辞赋家。其代表作《七发》,标志了汉代新赋体的正式形成,从多方面奠定了汉赋的基础,开创了“七体”形式。

汉赋四大家 ★★★☆☆

指汉代以创作大赋闻名的司马相如、扬雄、班固、张衡四人。

司马相如 ★★★★☆

西汉辞赋家。字长卿。其代表作品《子虚赋》、《上林赋》,是汉赋中最优秀、影响最深远、具有典范意义的作品。成语“子虚乌有”出自《子虚赋》。

真题示例:

1. 判断题:《子虚赋》、《上林赋》是扬雄的作品。( )

【2011 年云南艺术学院文华学院文化产业管理专业考试试题】

2.“凤求凰”的故事与下列哪位历史人物有关?( )

A.孟子 B.曹植 C.司马相如 D.唐伯虎

【2014年重庆邮电大学广播电视编导专业考试试题】

班固 ★★★☆☆

东汉史学家、文学家。主要著作有《汉书》,又善于作赋,所写《两都赋》为汉赋名篇。两都即西汉的都城长安和东汉的都城洛阳。

《汉书》★★★★★

又名《前汉书》,是我国第一部纪传体断代史,由东汉班固编撰。全书共100篇,记载了汉高祖元年至王莽地皇四年间共229年的历史。它是继《史记》之后出现的又一部史传文学典范之作,与《史记》、《后汉书》、《三国志》并称为“前四史”。

真题示例:

1.前四史指的是司马迁的__________、班固的__________、范晔的__________和陈寿的__________。

【2012年海口经济学院广播电视编导专业考试试题】

2.( )是我国第一部纪传体断代史。

A.《国语》 B.《战国策》 C.《汉书》 D.《史记》

【2014年蚌埠学院广播电视编导专业考试试题】

汉乐府 ★★★★☆

原为汉武帝刘彻设立的专管音乐的官署,因兼及创作和收集民间诗歌、乐曲,后遂称这类诗歌为“乐府诗”,或简称“乐府”。汉乐府诗以其匠心独运的散文立题命意、高超熟练的叙事技巧,以及灵活多样的体制,成为中国古代诗歌新的范本。

真题示例:

名词解释:汉代乐府诗

【2010年周口师范学院广播电视编导专业考试试题】

《孔雀东南飞》★★★★★

是我国文学史上第一首长篇叙事诗，也是汉乐府民歌中最长的一首叙事诗。通过叙述焦仲卿和刘兰芝夫妇在封建礼教摧残下的婚姻悲剧，批判了封建礼教、封建家长制。与北朝民歌《木兰诗》并称为“乐府双璧”。

真题示例：

1. 名词解释：乐府双璧

【2012 年山东师范大学广播电视编导专业考试试题】

2. 我国保存下来的最早的长篇叙事诗是＿＿＿＿＿＿。

【2014 年齐齐哈尔大学戏剧影视文学专业考试试题】

《古诗十九首》★☆☆☆☆

组诗名，出自汉代文人之手，作者不详，并非一人所作。《古诗十九首》收录在《文选》卷 29，代表了汉代文人五言诗的最高成就。《古诗十九首》的主题主要是游子的羁旅情怀和思妇闺怨，抒情意味浓厚，善用比兴手法，风格缠绵悱恻，具有很高的艺术价值，其中的代表篇目有《迢迢牵牛星》、《行行重行行》、《青青河畔草》等。

《说文解字》★★★☆☆

由东汉著名经学家、文字学家许慎所撰，是我国第一部按部首编排的字典，为后世字书所沿用。是中国第一部系统地分析汉字字形和考究字源的字书，原书 14 篇，叙目 1 篇，正文以小篆为主，收 9000 余字。

（三）魏晋南北朝文学

“三曹”★★★★★

是对汉魏间曹操与其子曹丕、曹植的并称。因他们政治上的地位和文学上的成就,对当时的文坛很有影响,是建安文学的代表,所以后人合称其为“三曹”。

真题示例:

1. 名词解释:三曹

【2011年山东师范大学戏剧影视文学专业考试试题】

2. 三国时期的父子文学家为__________、__________、__________。

【2012年黄山学院广播电视编导专业考试试题】

曹操 ★★★☆☆

字孟德,三国时期杰出的政治家、军事家和文学家,“建安文学”的开创者。其诗气魄宏伟、慷慨悲壮。代表作品有《短歌行》、《龟虽寿》、《观沧海》等。

曹丕 ★★★☆☆

字子桓,三国时期著名政治家、文学家。其代表作《燕歌行》是我国现存最早的完整的七言诗,《典论·论文》是我国较早的文学批评著作。

曹植 ★★★☆☆

字子建,建安时期杰出的诗人。曹植是第一位大力写作五言诗的文人,是五言诗的奠基人。代表作品有《白马篇》、《赠白马王彪》、《七哀诗》等,辞赋、散文以《洛神赋》、《与杨德祖书》等著称于世。

建安七子 ★★☆☆☆

汉末作家孔融、陈琳、王粲、徐干、阮瑀、应玚、刘桢的合称。曹丕《典论·论文》曾将此七人并举,始有“七子”之名。因主要活动于建安时期,故后世称之为“建安七子”。他们的诗歌以五言为主,多反映时代的乱离,风格悲凉慷慨、遒劲有力。

竹林七贤 ★★☆☆☆

魏晋间文士嵇康、阮籍、山涛、向秀、阮咸、王戎、刘伶七人的合称。他们在生活上不拘礼法、清静无为,聚众在竹林喝酒、纵歌,作品揭露和讽刺了司马朝廷的虚伪,是“魏晋风度”的典型代表。

左思 ★★★☆☆

字太冲,西晋作家。代表作《咏史》八首开创了咏史诗借咏史以咏怀的新路,成为后世诗人效法的范例。左思的辞赋也颇有盛名,其代表作《三都赋》,“豪贵之家,竞相传写,洛阳为之纸贵”,成语“洛阳纸贵”即出此典故。

真题示例:

左思创作了__________,豪贵之家争相传抄,使洛阳纸价上涨,遂有了“洛阳纸贵”这个典故。

【2009年天津师范大学戏剧影视文学专业考试试题】

陶渊明 ★★★★☆

又名潜,字元亮,号五柳先生,谥号靖节先生,东晋著名文学家、诗人。陶渊明开创了田园诗这种新题材的作品,是田园诗派的鼻祖。其代表作有《归园田居》、《饮酒》、《归去来兮辞》、《五柳先生传》、《桃花源记》等。

真题示例:

1. 陶渊明字__________,号__________。

【2013年枣庄学院广播电视编导专业考试试题】

2. “山水田园诗派”中被称为“隐居诗人”的是__________,

其幻想“世外桃源”之作是__________。

【2014年浙江传媒学院广播电视编导专业考试试题】

元嘉三大家 ★★☆☆☆

南朝时期活跃在文坛的三位诗人:谢灵运、颜延之、鲍照。他们在注重描绘山川景物、讲究辞藻的华丽和对仗的工整方面有相似之处,被称为“元嘉三大家”。

大小谢 ★★★☆☆

又称“二谢”,是南朝宋诗人谢灵运、南朝齐诗人谢朓的并称。“大谢”谢灵运是山水诗的开创者,是我国文学史上著名的山水诗人。谢朓因与谢灵运同以山水诗名世,因此被称为“小谢”。

真题示例:

“蓬莱文章建安骨,中间小谢又清发”两句中的“小谢”是指__________。

【2014年平顶山学院戏剧影视文学专业考试试题】

永明体 ★★☆☆☆

南朝齐武帝永明时期所形成的诗体,也称新诗体。永明体要求严格遵照平上去入四声韵律,讲究声律和对偶,为律诗的成熟和唐诗的繁荣奠定了基础。其代表诗人有沈约、谢朓、王融、萧琛、范云、任昉、陆倕、萧衍(合称“竟陵八友”)等。

《三国志》★☆☆☆☆

西晋著名史学家陈寿所撰。《三国志》是一部纪传体国别史,分国记载了东汉末年至东吴灭亡约110年的历史。其条理清晰,简约生动,体例也有创新,对后世的史学、文学均有很大影响。

《后汉书》★★★☆☆

南朝宋史学家、文学家范晔所撰。《后汉书》是一部纪传体的东汉断代史，主要记述了上起东汉光武帝建武元年(25 年)下至汉献帝建安二十五年(220 年)，共 195 年的史事。此书综合当时流传的七部后汉史料，并参考袁宏所著的《后汉纪》，简明周详、叙事生动，对后世史学影响很大。

真题示例：

史书《后汉书》的作者是＿＿＿＿＿＿。

【2013 年重庆邮电大学广播电视编导专业考试试题】

《搜神记》★★★☆☆

魏晋志怪小说集大成之作。东晋干宝撰。多为神怪灵异故事，采自经史旧闻和民间传说，神道色彩极浓，在我国小说的发展史上有一定的地位。

《世说新语》★★★★☆

志人小说集。原称《世说》，南朝宋刘义庆撰。《世说新语》是现存最早的一部笔记小说集，分为德行、言语、政事、文学、方正、雅量等 36 门，共 1000 多则故事。记述自汉末到南朝刘宋时名士贵族的逸闻逸事，主要是有关人物评论、清谈玄言和机智应对的故事，对后世笔记小说、戏曲影响颇大。

真题示例：

我国现存最早的一部笔记体小说集《世说新语》的作者是＿＿＿＿＿＿。

【2014 年平顶山学院戏剧影视文学专业考试试题】

《文心雕龙》★★★★★

南朝齐梁时期的文学理论批评家刘勰所撰，是我国文学批评史上第一部有严密体系的文学理论专著。该书全面总结了前代文学现象,把文学理论批评推向了新阶段,对文学创作和文学理论的发展产生了广泛而深远的影响。

真题示例:

1.我国文学史上第一部文学评论专著是(　　)。

A.《资治通鉴》　　B.《文心雕龙》

C.《史通》　　D.《典论·论文》

【2014年聊城大学东昌学院广播电视编导专业考试试题】

2.《文心雕龙》是我国第一部有严密体系的文学理论著作,作者是__________。

【2014年南京艺术学院影视策划专业考试试题】

《诗品》★★★☆☆

南朝梁代文学批评家钟嵘所撰,是我国第一部系统的评论诗歌创作的专著。全书共品评了两汉至梁代的诗人100多人,分为上品、中品和下品。是研究古代诗歌史的重要参考资料之一,对后世诗歌批评影响很大。

《水经注》★★★☆☆

北魏郦道元著。该书详细记载了1000多条河流及有关的历史遗迹、人物掌故、神话传说等,是中国古代最全面、最系统的综合性地理著作。该书还记录了大量的碑刻墨迹和渔歌民谣,文笔绚烂、语言清丽,具有较高的文学价值,堪称我国游记文学的开创者。

真题示例:

《水经注》的作者是(　　)。

A.柳宗元　　B.张衡　　C.干宝　　D.郦道元

【2014年重庆邮电大学广播电视编导专业考试试题】

（四）隋唐五代文学

初唐四杰 ★★★★★

唐初文学家王勃、杨炯、卢照邻、骆宾王的并称，又称“王杨卢骆”。在理论上，他们对齐梁诗风表示不满。在内容上，他们突破了“绮错婉媚”的氛围，把诗歌从狭窄的宫廷移向了广阔的市井，从小小的台阁推向了无边的江山塞漠。在形式上，他们对五言律诗的定型、七言古诗的发展和成熟贡献巨大。

真题示例：

1. 名词解释：初唐四杰

【2013 年湖南师范大学广播电视编导专业考试试题】

2. “落霞与孤鹜齐飞，秋水共长天一色”出自下列名篇（　　）。

A.《滕王阁序》　　B.《前赤壁赋》

C.《后赤壁赋》　　D.《春江花月夜》

【2014 年江西省普通高校编导联考试题】

陈子昂 ★★★☆☆

是继“初唐四杰”之后又一位诗歌革新的倡导者。他主张诗歌要恢复汉魏风骨，并提出诗美理想，对唐诗的变革具有关键性的作用。代表作品有《感遇》38 首、《登幽州台歌》等。

真题示例：

陈子昂是（　　）时期的著名诗人。

A. 初唐　　B. 盛唐　　C. 中唐　　D. 晚唐

【2014 年天津工业大学广播电视编导专业考试试题】

张若虚 ★★★★☆

唐朝诗人。与贺知章、张旭、包融并称“吴中四士”。现仅存诗《代答闺梦还》和《春江花月夜》两首。《春江花月夜》创造性地再现了江南春夜的景色,同时寄寓着游子的离别相思之苦,有“孤篇压全唐”之誉。

真题示例:

号称“孤篇压全唐”的作品是(　　)。

A.《山居秋暝》　　B.《行路难》

C.《长恨歌》　　D.《春江花月夜》

【2014年重庆师范大学戏剧影视文学专业考试试题】

王维 ★★★☆☆

字摩诘,唐代著名诗人、画家,山水田园诗的代表作家,有“诗佛”之称。王维后期的诗文和绘画作品在描绘自然美景的同时,流露出闲居生活中闲逸萧散的情趣,被苏轼誉为“诗中有画,画中有诗”。代表作品有《山居秋暝》、《鸟鸣涧》、《送元二使安西》等。

真题示例:

王维的诗被苏轼赞为__________,__________。

【2011年南阳理工学院广播电视编导专业考试试题】

孟浩然 ★★★☆☆

唐代山水田园诗派的代表,与王维齐名,并称“王孟”。孟诗绝大部分为五言短篇,多写山水田园和隐居的逸兴以及羁旅行役之情,代表作品有《春晓》、《过故人庄》、《望洞庭湖赠张丞相》等。著有《孟浩然集》。

真题示例:

1. 孟浩然《过故人庄》是一首著名的(　　)。

A. 山水诗　　B. 边塞诗　　C. 田园诗　　D. 哲理诗

【2012年西南大学广播电视编导专业考试试题】

2. 与孟浩然并称为“王孟”的唐朝诗人是(　　)。

A. 王勃　　B. 骆宾王　　C. 王维　　D. 王粲

【2014 年重庆邮电大学广播电视编导专业考试试题】

边塞诗派 ★★★☆☆

盛唐诗歌的主要流派之一。文学史家根据作品反映的题材，把盛唐诗坛上善于表现边塞生活的诗人称作“边塞诗派”。其代表人物有高适、岑参、王昌龄等，成就最大的是高适和岑参。高适的代表作品有《燕歌行》、《塞上》、《塞下曲》等。岑参的代表作品有《白雪歌送武判官归京》、《逢入京使》等。

真题示例：

名词解释：盛唐边塞诗派

【2011 年周口师范学院广播电视编导专业考试试题】

李白 ★★★★★

字太白，号青莲居士，唐代诗人。李白是继屈原之后最伟大的浪漫主义诗人，中国古典诗歌巅峰时期的杰出代表，对后世影响极大，被后人尊称为“诗仙”。现存诗作 990 余首，其名篇有《蜀道难》、《行路难》、《梦游天姥吟留别》、《静夜思》、《秋浦歌》、《早发白帝城》等。著有《李太白集》。

真题示例：

1.“桃花潭水深千尺，不及汪伦送我情”，诗中“我”指的是__________。

【2013 年四川音乐学院绵阳艺术学院文化产业管理专业考试试题】

2. __________是唐代最著名的诗人之一，他的诗热情浪漫，想象力丰富，人称“诗仙”。

【2014 年首都师范大学科德学院广播电视编导专业考试试题】

杜甫 ★★★★★

字子美,自称少陵野老,世称杜少陵,唐代伟大的现实主义诗人,被尊称为“诗圣”。杜甫的诗歌以深刻、真实的笔触,广泛地再现了当时社会的动荡、政治的黑暗和人民的疾苦,具有很强的现实性,被后世誉为“诗史”。其诗风格多样,以“沉郁顿挫”为主。与李白齐名,世称“李杜”。代表作品有“三吏”(《潼关吏》、《石壕吏》、《新安吏》)、“三别”(《无家别》、《垂老别》、《新婚别》)、《望岳》、《春望》等。著有《杜工部集》。

真题示例:

1. 杜甫诗歌的风格是(　　)。

A. 雄浑豪放　B. 通俗易懂　C. 沉郁顿挫　D. 平易自然

【2013年吉林动画学院广播电视编导专业考试试题】

2. (　　)的诗被称为“诗史”,在于其具有史的认识价值,提供了史的事实,可以证史,补史之不足。

A. 李白　B. 杜甫　C. 王昌龄　D. 王维

【2014年赣南师范学院广播电视编导专业考试试题】

孟郊 ★★★☆☆

字东野,唐代著名诗人。其诗以五言古诗为主,《游子吟》为其传世名篇。因作诗刻意苦吟,好奇险,与贾岛齐名,有“郊寒岛瘦”之称。又因是韩愈文学主张的积极支持者,遂有“孟诗韩笔”之誉。著有《孟东野诗集》。

真题示例:

“寸草春晖”出自唐代诗人__________的诗句,其含义是比喻父母的恩情难以报答。

【2013年湖北民族学院广播电视编导专业考试试题】

贾岛 ★★★☆☆

唐代著名“苦吟诗人”，自称“两句三年得，一吟双泪流”。“推敲”的典故即由其诗句“僧敲月下门”而来，出自他的诗作《题李凝幽居》。其代表作有《寻隐者不遇》等。

真题示例：

“推敲”一词出自(　　)。

A. 李白的《梦游天姥吟留别》　B. 杜甫的《春望》

C. 贾岛的《题李凝幽居》　D. 韩愈的《题李凝幽居》

【2009年天津工业大学广播电视编导专业考试试题】

古文运动 ★★☆☆☆

唐宋古文运动是指唐代中叶及北宋时期以提倡古文、反对骈文为特点的文体改革运动。所谓“古文”，是指先秦两汉时期单行散句、无固定形式的文体。古文运动是由中唐的中兴愿望、儒学复兴和政治改革所触发的以复古为新变的文体、文风改革。内容上主张“文以名道”，将散文引向政教之用，与政治形势紧密联系；形式上由骈趋散，适应了散文自身的发展。在韩愈、柳宗元的号召影响下，集合了张籍、李翱等一批散文作家，声势浩大、影响深远，被称为古文运动。

韩愈 ★★★★☆

字退之，河阳(今河南孟州)人，自言郡望昌黎，世称“韩昌黎”。唐代著名文学家。文学上提出“文以载道”的观点，与柳宗元同是“古文运动”的倡导者。韩愈文章气势雄伟、说理透彻、逻辑性强，被列于“唐宋八大家”之首。苏轼称其“文起八代之衰”。名篇有《师说》、《进学解》、《马说》、《祭十二郎文》等。著有《韩昌黎集》。

真题示例:

1."世有伯乐,然后有千里马。千里马常有,而伯乐不常有。"该句出自名篇《马说》,这篇文章的作者是__________。

【2014年平顶山学院戏剧影视文学专业考试试题】

2.《昌黎先生集》收录的是唐代文学家__________的作品。

【2014年赣南师范学院广播电视编导专业考试试题】

柳宗元 ★★★★☆

字子厚,河东解(今山西运城县解州镇)人,世称"柳河东"。我国文学史上最杰出的散文家和诗人之一,与韩愈同为"古文运动"的倡导者,并称"韩柳",同被列入"唐宋八大家"。其创作以寓言散文、山水游记和传记散文最富特色。寓言散文以《三戒》(《永某氏之鼠》、《黔之驴》、《临江之麋》)最为著名。山水游记成就尤高,如《永州八记》,其中《小石潭记》最为著名。传记散文亦有杰作,《捕蛇者说》为名篇。著有《柳河东集》。

真题示例:

( )与韩愈一起倡导古文运动,其代表作是《三戒》、《永州八记》。

A.李白 B.杜甫 C.白居易 D.柳宗元

【2013年四川音乐学院戏剧影视文学专业考试试题】

新乐府运动 ★★☆☆☆

唐代中期以白居易为代表的现实主义诗人所倡导的诗歌革新运动。因自制新题以写时事,故与古题乐府相对而称"新乐府"。唐贞元、元和时期,白居易、元稹、张籍、王建等目击朝政腐败,为描写民生疾苦,匡救时弊,深感沿袭古题乐府已不能适应时代要求,遂在继承乐府诗的现实主义创作传统的基础上,提倡"即事名篇",兴起新乐府运动。

真题示例：

白居易、元稹领导的__________运动，主张诗歌要反映现实社会生活和民生疾苦，形式上要学习新乐府民歌的语言，做到通俗易懂、生动活泼。

【2012年廊坊师范学院戏剧影视文学专业考试试题】

白居易 ★★★★★

字乐天，晚号香山居士。是我国古代继杜甫之后又一杰出的现实主义诗人，唐代新乐府运动的主要倡导者，主张"文章合为时而著，歌诗合为事而作"。其诗语言通俗，形象鲜明，如《秦中吟》、《卖炭翁》、《钱塘湖春行》、《琵琶行》、《长恨歌》等均为我国古典诗歌中的佳作。有《白氏长庆集》传世。

真题示例：

1. 白居易以唐玄宗和杨贵妃的爱情为题材的长篇叙事诗是__________。

【2013年齐齐哈尔大学戏剧影视文学专业考试试题】

2. "文章合为时而著，诗歌合为事而作"是__________的主张。

【2014年黄淮学院广播电视编导专业考试试题】

元稹 ★★★☆☆

字微之，唐代诗人。与白居易齐名，共同倡导了新乐府运动，并称"元白"。《田家词》、《连昌宫词》为其代表作。所作传奇《莺莺传》是元代王实甫所著《西厢记》故事的来源。著有《元氏长庆集》。

刘禹锡 ★☆☆☆☆

字梦得，唐代文学家、哲学家。其诗风雄浑深沉，言近旨远，加之创作数量极多,后世称之为“诗豪”。代表作品有《陋室铭》、《竹枝词》、《柳枝词》等。著有《刘梦得文集》。

李贺 ★★★☆☆

字长吉,是我国文学史上颇有影响的浪漫主义诗人。其诗想象丰富奇特,语言新颖诡异,有“诗鬼”之称。代表作有《李凭箜篌引》、《雁门太守行》、《梦天》等。著有《昌谷集》。

真题示例:

唐代诗人中__________被称为“诗鬼”。

【2014年吉林动画学院广播电视编导专业考试试题】

杜牧 ★★★☆☆

字牧之,唐代著名文学家。晚年居住于长安南樊川别墅,故称“杜樊川”。杜牧博学多才,诗、赋、散文皆工,以诗的成就最高。其诗与李商隐齐名,世有“小李杜”之称。代表作有《江南春》、《泊秦淮》、《山行》等。著有《樊川文集》。

真题示例:

唐代诗人中,与杜牧合称为“小李杜”的是(　　)。

A. 李白　　B. 李商隐　　C. 李煜　　D. 李贺

【2014年重庆邮电大学广播电视编导专业考试试题】

李商隐 ★★★☆☆

字义山,号玉溪生,又号樊南生,晚唐杰出的诗人。李商隐以近体诗和律诗的成就最高,代表了晚唐诗歌的最高成就,对后世影响很大。其爱情诗名篇佳句较多,“身无彩凤双飞翼,心有灵犀一点通”,“春蚕到死丝方尽,蜡炬成灰泪始干”“何当共剪西窗烛,却话巴山夜雨时”,均为描写爱情的千古绝唱。

真题示例：

“身无彩凤双飞翼，__________”是李商隐的传世名句。

【2013年湖北民族学院广播电视编导专业考试试题】

温庭筠 ★★★☆☆

原名岐，字飞卿，晚唐著名的诗人、词人。温庭筠是唐代写词最多的作家，也是中国文学史第一个致力于填词的文人，为花间词派的鼻祖。其作品大都收入我国第一部文人词总集《花间集》。温庭筠的诗和李商隐齐名，并称“温李”。后人辑有《温庭筠诗集》、《金奁集》。

真题示例：

我国晚唐五代词派中，“花间派”的鼻祖是（　　）。

A. 韦庄　　B. 温庭筠　　C. 赵崇祚　　D. 李煜

【2011年河南省普通高校编导制作类专业统考试题(B卷)】

李煜 ★★★☆☆

字重光，号钟隐，南唐后主，世称李后主。五代时最著名的词人，前期作品风格柔靡，后期作品转为“故国之思”、“亡国之痛”，其中《虞美人》(“春花秋月何时了”)、《相见欢》(“无言独上西楼”)等均为名作。

真题示例：

南唐后主李煜的__________中的名句是“雕栏玉砌应犹在，只是朱颜改，__________，恰似一江春水向东流”。

【2012年徐州师范大学广播电视编导专业考试试题】

唐传奇 ★★★☆☆

唐传奇是指唐代流行的文言小说，作者大多以记、传名篇，以史家笔法，传奇闻异事。“传奇”之名，始于晚唐裴铏小说集

《传奇》。始于唐初,由六朝志怪小说发展演变而来。内容广泛,多以历史、爱情、侠义、神怪故事等为题材。名篇有李朝威的《柳毅传》、元稹的《莺莺传》、白行简的《李娃传》、蒋防的《霍小玉传》、陈鸿的《长恨歌传》等。

真题示例:

1. 下列作品不属于唐传奇的是(　　)。

A.《柳毅传》　　B.《莺莺传》

C.《李娃传》　　D.《杜十娘怒沉百宝箱》

【2009年河南省编导制作类专业统考试题(B卷)】

2. 唐传奇是唐代产生的文言文短篇小说,__________的《柳毅传》、元稹的《莺莺传》、白行简的《李娃传》都是其中的名篇。

【2008年河南省编导制作类专业统考试题(A卷)】

(五)宋代文学

唐宋八大家 ★★★★★

唐宋两代八位著名散文家的合称,即唐代的韩愈、柳宗元,宋代的欧阳修、苏洵、苏轼、苏辙、王安石、曾巩。因明代茅坤选辑他们的作品编成《唐宋八大家文钞》而得名。

真题示例:

1. 唐宋八大家有韩愈、柳宗元、苏洵、苏轼、苏辙、王安石、欧阳修、__________。

【2013年枣庄学院广播电视编导专业考试试题】

2. 名词解释:唐宋八大家

【2014年池州学院广播电视编导专业考试试题】

欧阳修 ★★★☆☆

字永叔,号醉翁,又号六一居士。北宋著名文学家、史学家,谥文忠。欧阳修是北宋诗文革新运动的领袖,他继承并发展了韩愈的古文理论，提出“文”“道”并重、“道”先“文”后的观点。其文学成就以散文最高，《醉翁亭记》、《朋党论》、《丰乐亭记》等，都是历代传诵的佳作。他的《六一诗话》是中国文学史上第一部诗话，开创了文学批评的新形式。著有《欧阳文忠公集》。

王安石 ★★☆☆☆

字介甫，号半山，抚州临川（今江西抚州）人，世称临川先生。北宋政治家、思想家、文学家。封荆国公，世称“王荆公”，谥“文”，又称“王文公”。代表作品有政论文《上仁宗皇帝言事书》、《答司马谏议书》，小品文《读孟尝君传》、《伤仲永》，山水游记散文《游褒禅山记》，诗作《泊船瓜洲》等。著有《王临川集》、《临川集拾遗》等。

苏轼 ★★★★★

字子瞻，号东坡居士，北宋杰出的文学家、书画家。苏轼与父亲苏洵、弟弟苏辙合称“三苏”。他的诗清新豪健、挥洒自如，富有浪漫主义色彩。与黄庭坚并称“苏黄”。名作有《题西林壁》、《饮湖上初晴后雨》等。词致力于内容与形式的革新，开创了豪放词派，代表作有《水调歌头》（“明月几时有”）、《念奴娇·赤壁怀古》。与辛弃疾并称“苏辛”。其辞赋也取得了很高的成就，代表作有《赤壁赋》、《后赤壁赋》。

真题示例：

1.诗句“日啖荔枝三百颗，不辞长作岭南人”的作者是__________。

【2013年重庆邮电大学广播电视编导专业考试试题】

2.“明月几时有，把酒问青天”出自下面哪位诗人的作品？（　）

A.李白　　B.杜甫　　C.苏东坡　　D.柳永

【2013年鲁东大学广播电视编导专业考试试题】

3.“一门三父子,都是大文豪。诗赋传千古,峨眉共比高。”这首诗中的“三父子”指的是(   )。

A. 曹操 曹丕 曹植　　B. 班彪 班固 班超

C. 苏洵 苏轼 苏辙　　D. 杜甫 杜牧 杜荀鹤

【2014年聊城大学东昌学院广播电视编导专业考试试题】

苏门四学士 ★★★☆☆

北宋诗人黄庭坚、秦观、晁补之、张耒的合称。因均出于苏轼门下,故名。

真题示例:

“苏门四学士”是指__________、__________、__________、__________。

【2013年蚌埠学院广播电视编导专业考试试题】

黄庭坚 ★★★☆☆

字鲁直,号山谷道人,又号涪翁。北宋著名诗人、书法家。他论诗标榜杜甫,提倡“无一字无来处”、“点铁成金”。诗作讲究修辞造句,追求奇拗瘦硬的风格,是“江西诗派”的开创者。书法尤善行草,是宋代唯一的草书大家。

秦观 ★★☆☆☆

字少游、太虚,号淮海居士。北宋词人。词多写男女情爱,风格委婉含蓄、清丽雅淡。代表作有《鹊桥仙》(“纤云弄巧”)、《满庭芳》(“山抹微云”)等。著有《淮海集》、《淮海居士长短句》。

范仲淹 ★★☆☆☆

字希文,北宋政治家、文学家,谥“文正”。所作散文具有鲜明的政治内容,名篇《岳阳楼记》中“先天下之忧而忧,后天下之乐而乐"句,尤为世人所传诵。词作有《渔家傲》、《苏幕遮》、《御街行》等。著有《范文正公集》。

柳永 ★★★☆☆

初名三变,字景庄,后改名,字耆卿。北宋词人,婉约派代表词人之一。柳永是北宋第一位致力于写词的作家,他开拓了词的铺叙手法,使词通俗化、口语化,在词史上产生了较大影响。他的词流传较广,时有"凡有井水饮处,即能歌柳词"之说。代表作有《雨霖铃》("寒蝉凄切")、《八声甘州》("对潇潇暮雨洒江天")等。著有《乐章集》。

真题示例:

"衣带渐宽终不悔"的下句是__________,这首词的作者是宋代词人__________。

【2014 年河北美术学院广播电视编导专业考试试题】

梅尧臣 ★☆☆☆☆

字圣俞,宣州宣城(今属安徽)人,宣城古称宛陵,故又称梅宛陵。其诗与苏舜钦齐名,时称"苏梅"。他对开辟宋诗的道路作出了重要贡献,刘克庄称他为宋诗的"开山祖师"。代表作有《田家四时》、《伤桑》、《田家语》等。

司马光 ★★★★★

字君实,陕州夏县(今山西闻喜)涑水乡人,世称"涑水先生"。北宋史学家、文学家。其主编的《资治通鉴》一书,是我国古代最大的一部编年体史书。全书共 294 卷,记录了上起战国初期韩、赵、魏三家分晋,下迄五代末年赵匡胤灭后周以前,共 1362 年,具有很高的史学价值和文学价值。

真题示例:

1.被誉为“史学双璧”的两部史学著作是《史记》和________。

【2013年重庆邮电大学广播电视编导专业考试试题】

2.__________是中国第一部编年体通史。

【2013年四川大学锦江学院广播电视编导专业考试试题】

李清照 ★★★★★

号易安居士,南宋著名女词人,婉约派的代表人物,也是我国文学史上第一位女词人。其词善用白描手法塑造形象,在两宋词坛独树一帜,被称为“易安体”。李清照的前期作品多写闺情,风格活泼、韵调优美,代表作有《如梦令》(“昨夜雨疏风骤”)、《一剪梅》(“红藕香残玉簟秋”)等。后期作品多抒身世之感,寄寓家国之思,代表作有《声声慢》(“寻寻觅觅”)、《永遇乐》(“落日熔金”)。著有《漱玉词》。

真题示例:

号“易安居士”的词人是( )。

A.辛弃疾　　B.秦观　　C.柳永　　D.李清照

【2014年重庆邮电大学广播电视编导专业考试试题】

陆游 ★★☆☆☆

字务观,号放翁,南宋伟大的爱国主义诗人。陆游是中国文学史上创作最丰富的诗人,存诗共约9300余首。其诗歌始终贯穿着炽热的爱国主义精神。《关山月》、《书愤》、《示儿》等均为其名篇。著有《剑南诗稿》、《渭南文集》等。

范成大 ★★★☆☆

字致能,号石湖居士。范成大是我国诗歌史上著名的田园诗人,以《四时田园杂兴》60首最为著名。其诗与尤袤、杨万里、陆游齐名，号称“中兴四大诗人”。

真题示例：

范成大是著名的田园山水诗人，其代表作是＿＿＿＿＿＿。

【2010 年临沂师范学院文化产业管理专业考试试题】

杨万里 ★★☆☆☆

字廷秀，号诚斋，南宋著名诗人。其诗新鲜泼辣，想象丰富，意境新颖，自成一家，世称“诚斋体”。代表作有《闲居初夏午睡起》、《过扬子江》、《悯农》等。著有《诚斋集》。

辛弃疾 ★★★★☆

字幼安，号稼轩，南宋爱国词人。辛弃疾的词现存 600 多首，是两宋词史上作品数量最多、成就和地位最高的词人。他独创“稼轩体”，是宋词豪放派的代表，并把苏轼开创的豪放词风推向了新的高峰。代表作有《破阵子·为陈同甫赋壮词以寄之》、《永遇乐·京口北固亭怀古》、《菩萨蛮·书江西造口壁》等。著有词集《稼轩长短句》。

真题示例：

字“幼安”、号“稼轩”的宋代文学家是（　　）。

A. 欧阳修　B. 王安石　C. 陆游　D. 辛弃疾

【2014 年重庆市普通高校编导类专业统考试题】

姜夔 ★★☆☆☆

字尧章，号白石道人，南宋著名词人。其词格律严谨，音调谐婉，风格清幽冷峭，是南宋格律词派的代表人物。代表作品有《扬州慢》（“淮左名都”）、《暗香》（“旧时月色”）、《疏影》（“苔枝缀玉”）等。著有《白石道人诗集》等。

文天祥 ★★★☆☆

字宋瑞，又字履善，号文山，南宋杰出的民族英雄和爱国诗人。其诗《过零丁洋》中“人生自古谁无死，留取丹心照汗青”一联是千古传诵的名句。代表作有《正气歌》、《金陵驿》等。著有《文山先生全集》。

真题示例：

“人生自古谁无死，留取丹心照汗青”的作者是________。【2014年南京艺术学院影视策划专业考试试题】

话本 ★★☆☆☆

宋元间“说话”艺人的底本，是随着民间“说话”艺术发展起来的一种文学形式。“说话”通常分为小说、说经、讲史、合生四种，其中以小说、讲史两种最为重要，影响也最大。

(六)元代文学

元曲 ★★★☆☆

一般来说，元曲包括散曲和杂剧两种形式，是元代文学的主要形式。元杂剧的成就和影响远远超过散曲，因此，也以“元曲”专指杂剧。散曲是兴盛于元代的一种诗歌形式，内容以抒情为主，体制主要分为小令和套数两种。

元杂剧 ★★★★☆

元杂剧又称北杂剧、北曲，是在民间戏曲、宋金院本、诸宫调等基础上融合舞蹈、说唱、伎艺、科浑等表演要素而形成的一种戏曲形式。作为一种新型的完整的戏剧形式，元杂剧有其自身的特点和严格的体制，并且产生了韵文和散文结合的、结构完整的文学剧本。元杂剧是中国戏曲艺术成熟的标志，也是元代文学最高峰的标志。

真题示例:

名词解释:元杂剧

【2013 年大连艺术学院广播电视编导专业考试试题】

元曲四大家 ★★★★★

对元代关汉卿、白朴、马致远、郑光祖四位著名剧作家的并称,其代表作分别为《窦娥冤》、《梧桐雨》、《汉宫秋》、《倩女离魂》。

真题示例:

1. 简答题:简述元曲四大家及其代表作品。

【2011 年聊城大学广播电视编导专业考试试题】

2. 下列人物中不属于"元曲四大家"的是哪一位?(　　)

A. 关汉卿　　B. 白朴　　C. 马致远　　D. 王元鼎

【2014 年天津工业大学广播电视编导专业考试试题】

关汉卿 ★★★★★

号已斋叟,我国戏剧史上最伟大的戏剧家之一、元杂剧的奠基人。关汉卿的作品题材广泛,形式多样,始终站在同情人民的立场上,全面深刻地反映了元代黑暗的社会现实。特别是怀着极大的同情塑造了赵盼儿、宋引章(《救风尘》)、窦娥(《窦娥冤》)、谭记儿(《望江亭》)等一大批封建社会中地位卑微的普通妇女形象。他生性开朗通达,自称"我是个蒸不烂、煮不熟、捶不扁、炒不爆、响当当一粒铜豌豆"。著名剧作有《窦娥冤》、《救风尘》、《望江亭》、《拜月亭》、《鲁斋郎》、《单刀会》等。

真题示例:

1. "我是个蒸不烂、煮不熟、捶不扁、炒不爆、响当当一粒铜豌豆"是(　　)的自喻。

A. 关汉卿　　B. 龚自珍　　C. 鲁迅　　D. 文天祥

【2011 年广西民族大学广播电视编导专业考试试题】

2."地也,你不分好歹何为地!天也,你错勘贤愚枉做天!"出自于元代四大悲剧中的哪一部作品?( )

A.关汉卿《窦娥冤》　　B.王实甫《西厢记》

C.郑光祖《赵氏孤儿》　　D.马致远《汉宫秋》

【2014年天津工业大学广播电视编导专业考试试题】

白朴 ★★★☆☆

字仁甫,一字太素,号兰谷,元代戏曲作家。所作杂剧,据《录鬼簿》所录剧目,共15种。现仅存《墙头马上》和《梧桐雨》。

马致远 ★★★★★

号东篱,元代著名戏曲作家、散曲家。马致远在散曲上的成就为元代之冠,明代贾仲明称他为"曲状元"。散曲代表作《天净沙·秋思》被誉为"秋思之祖"。所作杂剧15种,现存7种,《汉宫秋》为其代表作。

真题示例:

1.被称为"秋思之祖"的是__________,"夕阳西下,__________"出自其作品__________。

【2014年浙江传媒学院广播电视编导专业考试试题】

2.马致远创作的杂剧__________是以昭君出塞为题材的。

【2014年赣南师范学院广播电视编导专业考试试题】

郑光祖 ★★★☆☆

字德辉,元代后期重要的杂剧作家、散曲作家。所作杂剧可考者18种,今存《倩女离魂》、《王粲登楼》、《周公摄政》等8种。题材多为历史故事,但以爱情剧作的艺术成就最高,代表作是《倩女离魂》。

王实甫 ★★★★★

一名德信，元代著名戏曲作家。所作杂剧14种，现仅存《西厢记》、《丽堂春》、《破窑记》3种。

真题示例：

王实甫的__________讲述了__________和张生敢于冲破封建礼教的束缚，对于爱情的坚贞不渝。

【2014年河南省普通高校编导制作类专业统考试题】

《西厢记》★★★★★

《西厢记》全名《崔莺莺待月西厢记》，取材于元稹《莺莺传》传奇、董解元《西厢记诸宫调》。剧作通过张生与崔莺莺的爱情故事，歌颂了青年男女为争取婚姻自由所进行的斗争，矛头直指封建礼教和婚姻制度，具有强烈的反封建思想，并且成功地刻画了侍女红娘这一鲜明的艺术形象。《西厢记》被誉为“天下夺魁”之作，是我国古代现实主义戏剧的杰作。

真题示例：

名词解释：《西厢记》

【2013年四川大学锦江学院广播电视编导专业考试试题】

纪君祥 ★★★★☆

一名天祥，元代戏曲作家。所撰杂剧6种，今仅存《赵氏孤儿》。《赵氏孤儿》是一部具有浓郁悲剧色彩的历史剧，也是我国第一部传入欧洲的戏剧作品。

真题示例：

我国第一部被介绍到欧洲的戏剧是__________，其作者是纪君祥。

【2014年宝鸡文理学院广播电视编导专业考试试题】

元杂剧四大悲剧 ★★★★☆

指关汉卿的《窦娥冤》、马致远的《汉宫秋》、白朴的《梧桐雨》、纪君祥的《赵氏孤儿》。

元杂剧四大爱情剧 ★★★★☆

指关汉卿的《拜月亭》、王实甫的《西厢记》、白朴的《墙头马上》、郑光祖的《倩女离魂》。

真题示例:

元杂剧四大爱情剧是指关汉卿的《拜月亭》、王实甫的________、白朴的《墙头马上》、郑光祖的《倩女离魂》。

【2014年大连艺术学院广播电视编导专业考试试题】

南戏 ★★☆☆☆

又称戏文,是宋元时期流行在我国南方地区的用南曲演唱的一种戏曲形式。它最早出现于浙江温州(旧名永嘉),称为"温州杂剧"、"永嘉戏曲",又称南词。后人为有别于北曲杂剧,简称为南戏。

《张协状元》★★★☆☆

南戏作品,南宋时期温州九山书会的才人创作。它是唯一完整保留下来的南宋戏文。《张协状元》与《宦门子弟错立身》、《小孙屠》一并收入《永乐大典》,统称为《永乐大典戏文三种》。

高明 ★★★★☆

字则诚,号菜根道人,元代戏曲作家。所作南戏《琵琶记》,取材于民间传说《赵贞女》,写赵五娘与蔡伯喈悲欢离合的故事,代表了南戏艺术的最高成就。"糟糠自厌"一出戏尤为世人传诵,被推为"南曲之祖"。

真题示例：

赵五娘是元杂剧家__________的作品__________中的主角。

【2009年中央戏剧学院戏剧影视文学专业考试试题】

四大南戏 ★★★★★

即《荆钗记》、《刘知远白兔记》、《拜月亭记》、《杀狗记》四部著名的南戏作品，也被称为“四大传奇”，简称“荆刘拜杀”。

真题示例：

四大南戏是指《荆钗记》、《白兔记》、《拜月亭记》、__________。

【2014年池州学院广播电视编导专业考试试题】

（七）明代文学

明代四大奇书 ★★★☆☆

明代的《三国演义》、《水浒传》、《西游记》、《金瓶梅》这四部长篇小说被称为“明代四大传奇”。

《三国演义》★★★★☆

全称《三国志通俗演义》或《三国志演义》，是我国第一部长篇章回小说，也是历史演义小说的开山之作。元末明初罗贯中著。全书以宏大的结构描写了汉末、三国时期复杂的军事斗争和政治斗争，以及给人民生活造成的苦难，再现了这一时期的历史面貌。小说采用夸张、对比等手法，成功地塑造了以曹操、诸葛亮、张飞、关羽、刘备等为代表的性格鲜明的典型形象。在语言运用上，文白相间、雅俗共赏，“文不甚深，言不甚俗”，形成了一种适用于历史演义的独特的语体风格。

真题示例：

1.《三国演义》中“千里走单骑”“单刀赴会”的英雄人物是__________。

【2012年河南省普通高校编导制作类专业统考试题】

2.(　　)是我国第一部章回体小说,也是我国最优秀的长篇历史小说。

A.《三国演义》 B.《水浒传》 C.《红楼梦》 D.《西游记》

【2014年蚌埠学院广播电视编导专业考试试题】

《水浒传》★★★★☆

又名《忠义水浒传》,元末明初施耐庵著,是我国文学史上第一部用白话文写成的英雄传奇小说。全书以北宋末年宋江所领导的农民起义为题材,塑造了李逵、武松、林冲、鲁智深等108位梁山好汉的英雄形象,形象地揭示了封建社会中“官逼民反”这一客观现实,并真实地描述了封建社会中农民革命必然失败的历史悲剧。《水浒传》在语言上运用纯粹的白话文,堪称中国白话文学的一座里程碑。它所创制的英雄传奇小说的体式,对后代英雄传奇小说的创作也产生了重大影响,成为后代英雄传奇小说的典范之作。

《西游记》★★★★☆

明代吴承恩著,是中国文学史上第一部长篇神魔小说。根据唐代名僧玄奘赴天竺取经这一真实的历史事件,在民间传说和有关话本、杂剧的基础上进行再创作而成。书中所塑造的孙悟空、猪八戒、唐僧、沙僧、白骨精、铁扇公主等众多的艺术形象,都具有鲜明的个性。小说熔幻想情节和生活真实于一炉,规模宏大,故事曲折,文笔诙谐,妙趣横生,是一部在艺术上卓有成就、影响很大的浪漫主义杰作。

真题示例:

《西游记》的作者是__________。

【2013年四川音乐学院绵阳艺术学院文化产业管理专业考试试题】

《金瓶梅》★★★☆☆

我国第一部由文人独立创作的长篇小说，也是我国古代著名的长篇世情小说，作者署名兰陵笑笑生。小说以《水浒传》中“武松杀嫂”一节作为整体叙事框架而发展起来，通过对官僚、恶霸、富商三位一体的代表人物西门庆及其家庭的罪恶生活的描述，托古讽今，揭露了明代封建社会的黑暗和腐败。结构大而不乱，内容丰富，思想深邃，可以说是一部明代中后期社会的百科全书。

真题示例：

我国第一部文人独创的以描写家庭生活为题材的长篇小说是__________。

【2012年天津师范大学广播电视编导专业考试试题】

“三言二拍”★★★★★

五种明人辑著的白话短篇小说集的总称。“三言”指明代冯梦龙编纂的《喻世明言》、《警世通言》、《醒世恒言》三部小说集。“二拍”指明代凌濛初编著的《初刻拍案惊奇》、《二刻拍案惊奇》两部小说集。“三言二拍”代表了明代白话短篇小说的最高成就。

真题示例：

1. 名词解释：三言二拍

【2014年广西民族大学广播电视编导专业考试试题】

2. 明中叶市民文学达到繁荣的标志是冯梦龙的__________、__________、__________和凌濛初的__________、__________，合称为__________。

【2014年平顶山学院戏剧影视文学专业考试试题】

汤显祖★★★★★

字义仍，号若士、海若，自署清远道人，江西临川人。明代戏曲家。著有传奇《牡丹亭》、《南柯记》、《邯郸记》、《紫钗记》。因汤显祖为临川人,并且这四部作品都与梦幻有关,故四部作品合称"临川四梦"或"玉茗堂四梦"。汤显祖在戏曲创作上,提倡文采,主张抒写人的真情实感,反对追求声调格律,以他为代表的这一戏曲派别被称为"临川派"或"玉茗堂派"。

真题示例:

1."临川四梦"指的是__________、__________、__________、__________。

【2014年江西师范大学广播电视编导专业考试试题】

2.被誉为"东方的莎士比亚"的明代戏剧大师是(　　)。

A.沈璟　　B.李渔　　C.汤显祖　　D.屠隆

【2014年赣南师范学院广播电视编导专业考试试题】

《牡丹亭》★★★★★

全称《牡丹亭还魂记》,明代汤显祖著,是我国古代戏曲史上最伟大的作品之一,代表了明代戏曲创作的最高峰。这部作品通过南安太守杜宝之女杜丽娘与书生柳梦梅之间生死离合的爱情故事,揭露了封建礼教的罪恶,歌颂了青年男女生死不渝的爱情。此作构思奇特,人物心理刻画细腻,曲词优美,文采缤纷,充满了浪漫主义色彩。其中《游园》、《惊梦》两折最为精彩。

真题示例:

1.名词解释:《牡丹亭》

【2012年长沙学院广播电视编导专业考试试题】

2.汤显祖的代表剧作是(　　),描写了贵族小姐杜丽娘和书生柳梦梅冲破礼教的束缚,历尽艰险终于结为夫妻的故事。

A.《牡丹亭》　B.《西厢记》　C.《长恨歌》　D.《桃花扇》

【2014年聊城大学广播电视编导专业考试试题】

公安派 ★☆☆☆☆

明代后期的文学流派。以袁宏道及其兄宗道、弟中道为首（合称“三袁”），因三人是公安（今湖北）人而得名。他们反对拟古风气，认为文学应随时代发展而变化，提出“性灵说”，主张“独抒性灵，不拘格套”。创作上以小品文成就最高。

竟陵派 ★☆☆☆☆

明代后期的文学流派。以钟惺、谭元春为首。因两人都是竟陵（今湖北天门）人而得名。继承公安派抒写“性灵”的主张，反对拟古，但用字造句故作奇僻，风格幽深孤峭。

（八）清代文学

苏州派 ★★★☆☆

“苏州派”是明末清初的重要戏曲流派。以李玉为首，包括朱素臣、朱佐朝、毕魏等人。他们交往密切，有时合作创作剧本、切磋曲律，又都是苏州人，故称苏州派。代表作品有李玉的《清忠谱》、朱素臣的《十五贯》等。他们的剧作大都能联系社会实际，思想性强，在当时的剧坛产生了一定影响。

真题示例：

名词解释：苏州派剧作家

【2010年中国戏曲学院戏剧影视文学专业考试试题】

李玉 ★★★★☆

字玄玉，号苏门啸侣，明末清初戏曲作家。早期剧作以《一捧雪》、《人兽关》、《永团圆》、《占花魁》（合称“一笠庵四种曲”）最负盛名，世称“一人永占”。晚期代表作有《清忠谱》等。

李渔 ★★★★☆

字笠鸿，号笠翁，清代著名的戏曲作家和戏曲理论家。在长期戏曲艺术的实践中,积累了丰富的剧本创作和表演、导演方面的经验。所著《闲情偶寄》除饮食、营造、园艺等内容外,其词曲部、演习部为戏曲艺术经验的总结,是我国第一部完整的戏曲理论著作。并创作有剧作《奈何天》、《比目鱼》、《风筝误》等10种,合称《笠翁十种曲》,《风筝误》是其代表作。

真题示例:

1. 名词解释:李渔

【2012年中国传媒大学广播影视编导专业考试试题】

2. 中国戏曲史上第一位专门从事戏剧创作的作家是________。

【2012年廊坊师范学院戏剧影视文学专业考试试题】

南洪北孔 ★★★★★

指清初著名剧作家洪昇和孔尚任。洪昇的代表作《长生殿》与孔尚任的代表作《桃花扇》堪称清代传奇的双璧。

《长生殿》★★★☆☆

清洪昇作。根据历代史、传、传奇、小说中有关唐天宝时期的记载与传闻,描写唐明皇李隆基与贵妃杨玉环的爱情故事。剧本歌颂了李、杨之间的真挚爱情,但又着力描写了他们的爱情给当时社会带来的灾难,批判他们的荒淫无度,表现出主题思想上的矛盾性。此作具有浓厚的抒情色彩,场面壮丽,情节细腻而严密,音乐精淳,词曲优美而生动,对后世的戏曲创作影响较大。

《桃花扇》★★★☆☆

清孔尚任作。剧本"借离合之情,写兴亡之感",以复社文人侯方域与青楼歌姬李香君的爱情故事为线索,描写了南明弘光王朝从建立到覆灭的全过程,目的在于探究明朝灭亡的原因。此剧以激动人心的爱国主义情感、富有诗意的文学语言、严谨别致的戏剧结构，成为清代传奇中一部思想性和艺术性达到完美结合的杰出作品。

真题示例：

1.“借离合之情，写兴亡之感”指的是哪部戏剧？（　　）

A.《牡丹亭》 B.《长生殿》 C.《桃花扇》 D.《莺莺传》

【2012 年南京大学戏剧影视文学专业考试试题】

2.名词解释：《桃花扇》

【2013 年山东艺术学院公共事业管理专业考试试题】

桐城派 ★★★☆☆

清代中叶出现的散文流派。因其开创者方苞及承前启后的人物刘大櫆、姚鼐均为桐城（今属安徽）人而得名。桐城派主张学习《左传》、《史记》等先秦两汉散文和唐宋散文家韩愈、欧阳修等人的作品，讲求“义法”，讲究语言“洁雅”，并以阳刚、阴柔辨析文章风格。

《聊斋志异》★★★★★

我国古代杰出的文言短篇小说集，清代蒲松龄著。内容多取材于民间故事，经作者的丰富想象，通过人鬼相杂、幽明相间的艺术画面，揭露封建社会的黑暗和官场的罪恶，讽刺科举制度的虚伪和种种弊端，歌颂青年男女的纯真爱情，批判不合理的婚姻制度等。其思想和艺术成就标志着我国文言小说创作的新的高峰。优秀篇章有《画皮》、《崂山道士》、《婴宁》、《促织》等。

真题示例：

《聊斋志异》的作者是__________，作品属于志怪小说体裁。

【2014 年浙江传媒学院广播电视编导专业考试试题】

《儒林外史》★★★★☆

我国文学史上第一部长篇讽刺小说,也是我国古代最杰出的长篇讽刺小说。清代吴敬梓作。全书由许多彼此独立的故事勾连而成。它以不同类型的封建知识分子为中心,通过对他们生活和心灵的描绘与剖析,勾画了一群"儒林"的形象。作品秉持公心,指摘时弊,其文戚而能谐、婉而多讽,是中国古典文学中讽刺艺术的最高峰,对后世谴责小说的创作影响较大。

真题示例:

1. 我国第一部长篇讽刺小说是吴敬梓的__________。

【2013年井冈山大学广播电视编导专业考试试题】

2. 被誉为"古代讽刺小说的典范"的是(　　)。

A.《儒林外史》　B.《镜花缘》　C.《西游记》　D.《海上花》

【2014年重庆邮电大学广播电视编导专业考试试题】

《红楼梦》★★★★★

又名《石头记》、《金玉缘》,我国最伟大的古典长篇章回小说。全书共120回,前80回为清代曹雪芹所作,后40回多认为由高鹗续成。小说以贾宝玉、林黛玉的爱情悲剧为主线,描写了以贾家为代表的贾、史、王、薛"四大家族"的衰落过程,反映了封建社会残酷的阶级压迫,深刻地揭露和批判了封建统治阶级的荒淫和腐败,显示了封建社会制度濒于崩溃和必然灭亡的历史趋势。

作品规模宏大,结构严谨,语言丰富而生动,特别是塑造了一大批栩栩如生、呼之欲出的人物形象。其中,贾宝玉、林黛玉、薛宝钗、王熙凤等,均为我国文学画廊中的艺术典型。小说以其高度的思想性和艺术成就,成为我国古代长篇小说中现实主义的高峰。与《三国演义》、《水浒传》、《西游记》,并称为中国的"四大名著"。

真题示例：

1. 蒲松龄的《聊斋志异》和曹雪芹的__________，堪称中国古典小说创作上的“双璧”。

【2013年南阳理工学院广播电视编导专业考试试题】

2. 林黛玉是作品__________中所塑造的人物形象。

【2014年贺州学院广播电视编导专业考试试题】

3. 现在所见的《红楼梦》，后四十回一般认为是__________所作，历来毁誉不一。

【2014年蚌埠学院广播电视编导专业考试试题】

纪昀 ★★★☆☆

字晓岚、春帆，清代学者、文学家。曾任《四库全书》总纂官，并主持写定《四库全书总目提要》。所著笔记小说集《阅微草堂笔记》是继《聊斋志异》后又一部影响很大的文言短篇小说集。

中国古典十大喜剧 ★★☆☆☆

关汉卿《救风尘》、白朴《墙头马上》、王实甫《西厢记》、康进之《李逵负荆》、郑廷玉《看钱奴》、施惠《幽闺记》、康海《中山狼》、高濂《玉簪记》、吴炳《绿牡丹》、李渔《风筝误》。

中国古典十大悲剧 ★★☆☆☆

关汉卿《窦娥冤》、马致远《汉宫秋》、纪君祥《赵氏孤儿》、高则诚《琵琶行》、冯梦龙《精忠旗》、孟承舜《娇红记》、李玉《清忠谱》、洪昇《长生殿》、孔尚任《桃花扇》、方成培《雷峰塔》。

真题示例：

简答题：简述中国古代十大古典悲剧作品及作者。

【2011年聊城大学广播电视编导专业考试试题】

(九)近代文学

龚自珍 ★★★☆☆

一名巩祚,字璱人,号定盦,清代思想家、文学家。所作诗文大胆揭露封建统治集团的黑暗与腐朽,强烈抒发要求"更法"、"改图"的愿望,洋溢着炽热的爱国主义热情。诗以瑰丽见长,《己亥杂诗》为其代表作。散文以《病梅馆记》最为著名。著有《龚自珍全集》。

真题示例:

《病梅馆记》的作者是________。

A.袁枚　　B.郑燮　　C.顾炎武　　D.龚自珍

【2009年天津工业大学广播电视编导专业考试试题】

魏源 ★★☆☆☆

字默深,近代学者、思想家、诗人。所著《海国图志》是我国第一部较完整的世界地理书,系统地介绍了西方各国的地理、历史、政治和科技,开辟了近代中国向西方学习的新风气。在书中,他提出了"师夷长技以制夷"的著名言论。

黄遵宪 ★☆☆☆☆

字公度,近代政治家、诗人。在诗歌创作上,主张"我手写吾口",主张诗歌应该表现自己所处的时代。其诗体裁广泛、内容丰富深刻,多为中国近代社会生活的真实写照,有晚清"诗史"之称。

梁启超 ★★☆☆☆

自卓如,号任公,别号饮冰室主人。著名的政治家、思想家、文学家,近代资产阶级维新改良运动的领袖之一。先后发起了"诗界革命"、"文界革命"、"小说界革命"和戏剧改良运动,对于促进近代文化的转型有着重要的贡献。《变法通议》、《少年中国说》为其代表作。著有《饮冰室合集》。

晚清四大谴责小说 ★★★★★

指李宝嘉（字伯元）的《官场现形记》、吴沃尧（字研人）的《二十年目睹之怪现状》、刘鹗的《老残游记》和曾朴的《孽海花》。

真题示例：

晚清的四大谴责小说是《官场现形记》、《老残游记》、《孽海花》、__________。

【2014 年西北师范大学广播电视编导专业考试试题】

南社 ★☆☆☆☆

辛亥革命时期进步的资产阶级革命文学团体。由陈去病、高旭、柳亚子等人发起。1909 年成立于苏州。主要作家还有马君武、苏曼殊等，他们反对清王朝的专制统治和媚外政策，宣传资产阶级民主革命。后社员人数达千余人，政治面貌日渐复杂。1923 年因内部分化而解体。

王国维 ★★☆☆☆

字静安，号观堂。近代著名学者、文学评论家。其学术研究涉及哲学、史学、文学、心理学等领域，著述多达 62 种之多，成就甚高。所作《人间词话》为重要的词学批评著作。著有《红楼梦评论》、《宋元戏曲史》等。

真题示例：

王国维的主要著作是__________。

【2009 年北京电影学院戏剧影视文学专业考试试题】

(十)现当代文学

鲁迅 ★★★★★

原名周樟寿,后改名为周树人,字豫才。浙江绍兴人。伟大的文学家、思想家和革命家,中国现代文学的奠基人。著有短篇小说集《呐喊》、《彷徨》、《故事新编》,杂文集《坟》、《热风》、《华盖集》、《华盖集续编》、《南腔北调集》、《三闲集》、《二心集》、《而已集》、《花边文学》、《伪自由书》、《准风月谈》、《且介亭杂文》等。鲁迅的杂文充满了战斗性,被称为"匕首"和"投枪"。此外,还有散文诗集《野草》和回忆性散文集《朝花夕拾》。

《呐喊》是其第一部小说集,其中《狂人日记》是中国现代文学史上第一篇白话小说,也是第一篇显示新文学运动实质的小说。小说借"狂人"之口,发出了"救救孩子"的呼声。《阿Q正传》通过描写阿Q的不幸遭遇,批判了"精神胜利法"对人们的毒害,是中国现代文学史上最杰出的作品之一,也是最早介绍到国外的中国现代小说。《彷徨》名篇有《祝福》、《在酒楼上》、《孤独者》、《伤逝》等。《故事新编》收录神话、传说及史实演义题材的小说8篇,其中《铸剑》一篇最能体现鲁迅的"复仇"情结。

真题示例:

1.《藤野先生》是__________回忆自己的日本老师藤野严九郎的散文名篇。

【2013年湖北民族学院广播电视编导专业考试试题】

2.1918年,__________在《新青年》上发表了现代文学史上第一篇白话小说__________。

【2013年江西师范大学广播电视编导专业考试试题】

3.鲁迅有两部散文集,一是回忆性散文集__________,收入《藤野先生》等篇;二是散文诗集__________,收入《秋夜》等篇。

【2014年平顶山学院广播电视编导专业考试试题】

文学研究会 ★★★☆☆

1921年1月在北京成立，是新文学运动中第一个纯文学团体，发起人有周作人、茅盾、郑振铎、王统照、许地山、叶圣陶等。文学研究会以《小说月报》为阵地，积极倡导新文学，宣扬“为人生而艺术”，提倡现实主义，被称为“为人生”派。其文学宗旨为“研究介绍世界文学，整理中国旧文学，创造新文学”。

真题示例：

__________是我国现代文学史上第一个新文学团体，于__________年1月在北京成立。

【2014年蚌埠学院广播电视编导专业考试试题】

周作人 ★★☆☆☆

原名周樾寿，浙江绍兴人。现代散文家、翻译家。文学研究会发起人之一，“五四”运动时期提出“人的文学”的口号。其诗《小河》被誉为“新诗中的第一首杰作”。著有《自己的园地》、《雨天的书》等。

欧阳予倩 ★★★☆☆

原名立袁，湖南浏阳人。现代剧作家、戏曲艺术家，中国话剧的创始人和电影事业的开拓者之一。早年留学日本，参加春柳社。回国后倡导新剧运动，进行京剧改良的尝试，与梅兰芳齐名，时有“南欧北梅”之誉。创作有历史剧《桃花扇》、《忠王李秀成》等。

胡适 ★★★★★

字适之，安徽绩溪人。现代著名学者、作家。1917年初，胡适在《新青年》上发表《文学改良刍议》，提倡以白话文代替文言文，是倡导文学革命的第一篇理论文章。其《尝试集》是中国现代文学史上第一部白话新诗集。主要著述有《胡适文存》、《中国哲学史大纲》、《白话文学史》等。

真题示例:

1. 中国文学史上第一部白话新诗集《尝试集》的作者是(　　)。

A. 戴望舒　　B. 闻一多　　C. 张爱玲　　D. 胡适

【2014年天津工业大学广播电视编导专业考试试题】

2. 提出“白话文学之为中国文学之正宗”的是(　　)。

A. 李大钊　　B. 鲁迅　　C. 陈独秀　　D. 胡适

【2014年贺州学院广播电视编导专业考试试题】

创造社 ★★★☆☆

1921年6月在日本东京成立,是中国现代文学史上成就最高、影响最大的文学团体之一。其主要成员有郭沫若、张资平、郁达夫、成仿吾、田汉等。先后创办《创造》季刊、《创造周报》等刊物。初期主张“为艺术而艺术”,提倡浪漫主义,被称为“为艺术”派。1925年后,随着革命形势的深入发展,提倡革命文学。

郭沫若 ★★★★★

四川乐山人。现代著名的作家、诗人、戏剧家、历史学家。其诗集《女神》是中国现代文学史上第一部真正具有现代意识的新诗集,是我国新诗的奠基之作。《凤凰涅槃》、《女神之再生》等是其中的名篇。历史剧代表作有《卓文君》、《王昭君》、《棠棣之花》、《屈原》、《虎符》等,其中《棠棣之花》讲述的是战国时义士聂政刺韩相侠累的故事。诗集另有《长春集》、《东风集》等。

真题示例:

1. 话剧《虎符》的作者是__________。

【2013年安阳师范学院广播电视编导专业考试试题】

2. 历史剧《屈原》的作者是____________,他的著名诗集是____________。

【2014年浙江传媒学院广播电视编导专业考试试题】

丁西林 ★★☆☆☆

原名丁燮林，江苏泰兴人。现代著名剧作家、物理学家。主要作品有《一只马蜂》、《压迫》、《三块钱国币》等著名独幕喜剧，有“独幕剧圣手”之称。其作品多将悲剧性的题材巧妙地处理成喜剧，以辛辣幽默的笔触，嘲笑、鞭挞现实中的不平现象。

叶圣陶 ★★★★★

原名叶绍钧，江苏苏州人。著名作家、教育家。文学研究会发起人之一。1923 年出版的《稻草人》是我国第一部童话集。代表作品《倪焕之》是其创作的第一部长篇小说，批判了“教育万能”的错误。

真题示例：

叶圣陶的作品是(　　)。

A.《京城风云》 B.《子夜》 C.《祝福》 D.《稻草人》

【2013 年南阳理工学院广播电视编导专业考试试题】

洪深 ★★★☆☆

字浅哉，江苏常州人。中国电影戏剧理论家、剧作家、导演。剧作有《赵阎王》、《申屠氏》、《冯大少爷》等，其农村三部曲《五奎桥》、《香稻米》、《青龙潭》是“五四”以来第一次较全面反映农民苦难生活及其英勇斗争的优秀剧作。导演作品有《少奶奶的扇子》(据英国王尔德作品改编)、《第二梦》等。著有《洪深文集》。

真题示例：

1924 年经过留美专攻戏剧的洪深的积极倡导，成功地演出了根据英国王尔德作品改编的__________，从此拉开了中国现代话剧的序幕。

【2009年天津师范大学戏剧影视文学专业考试试题】

鸳鸯蝴蝶派 ★★★☆☆

盛行于辛亥革命后至“五四”运动前后的文学流派。因作品多写才子佳人而得名。又因鸳蝴派刊物中以《礼拜六》影响最大,故又称“礼拜六派”。主要作家有包天笑、徐枕亚、周瘦鹃、李涵秋、张恨水等。其中少数作品虽在一定程度上暴露了社会的黑暗,但多数作品内容庸俗、思想空虚。

真题示例:

名词解释:鸳鸯蝴蝶派

【2014年湖南科技学院广播电视编导专业考试试题】

张恨水 ★★★☆☆

原名张心远,现代著名章回小说家,鸳鸯蝴蝶派代表作家。张恨水是社会言情小说的集大成者,现代通俗文学的大家。作品情节曲折复杂,结构布局严谨完整,将中国传统的章回体小说与西洋小说的新技法融为一体。代表作品有《金粉世家》、《啼笑因缘》、《春明外史》等。

真题示例:

影视作品《金粉世家》和《啼笑因缘》改编自(　　)的作品。

A. 张恨水　B. 朱自清　C. 琼瑶　D. 老舍

【2014年赣南师范学院广播电视编导专业考试试题】

邹韬奋 ★★☆☆☆

原名恩润,江西余江人。现代作家、新闻记者、出版家。曾主编《生活》周刊,先后创办生活书店、《大众生活》周刊、《生活日报》、《抗战》等。以他的名字命名的“中国韬奋出版奖”是目前我国出版界的最高奖项，以他名字命名的“韬奋新闻奖”是中国新闻界的最高奖项。

语丝社 ★★★☆☆

1924 年 11 月成立于北京，因创办《语丝》周刊得名。《语丝》是中国现代文学史上最早以散文创作为主的刊物，主要撰稿人有鲁迅、孙伏园、周作人、林语堂、钱玄同等。在鲁迅的支持与影响下，其刊物注重社会批评和文化批评，而且以简短的感想和批评为主，时称“语丝文体”。

林语堂 ★★☆☆☆

原名和乐，后改玉堂，又改语堂。福建龙溪（今属龙海）人。现代作家、学者、语言学家。曾创办《论语》、《人世间》、《宇宙风》等刊物，提倡“以自我为中心，以闲适为格调”的小品文。著有长篇小说《京华烟云》。

郁达夫 ★★★★★

原名郁文，字达夫，浙江富阳人。现代著名小说家、散文家。曾留学日本，归国后与郭沫若等人组织成立了创造社。《沉沦》是中国现代文学史上第一部白话短篇小说集 。另有小说《春风沉醉的晚上》、《薄奠》、《迟桂花》等。著名散文有《故都的秋》、《钓台的春昼》等。

真题示例：

1.《春风沉醉的晚上》的作者是__________。

【2013 年安阳师范学院人文管理学院广播电视编导专业考试试题】

2. 小说家（　　）的代表作品有《故都的秋》、《春风沉醉的晚上》等。

A. 鲁迅　　B. 叶绍钧　　C. 郁达夫　　D. 台静农

【2013年南昌理工学院广播电视编导专业考试试题】

茅盾 ★★★★★

原名沈德鸿,字雁冰,浙江桐乡人。现代著名作家、文学评论家。“文学研究会”的发起人之一,积极倡导“为人生”的现实主义文学。创作了大量杰出的文学作品,代表作有长篇小说《子夜》、《蚀》三部曲(《幻灭》、《动摇》、《追求》)、《虹》、《腐蚀》等,其中《子夜》被誉为中国第一部成功的现实主义作品;短篇小说有“农村三部曲”(《春蚕》、《秋收》、《残冬》)、《林家铺子》等;散文名篇有《白杨礼赞》、《风景谈》等。

真题示例:

《林家铺子》的作者是(　　)。

A. 张恨水　　B. 朱自清　　C. 茅盾　　D. 老舍

【2014年赣南师范学院广播电视编导专业考试试题】

新月派 ★★★★☆

1923年,徐志摩、闻一多等人在北京成立新月社,初为一个社交性团体,后逐渐分化成一个诗人群,被称作新月派。以《晨报副刊·诗镌》为代表刊物,主要成员有徐志摩、闻一多、胡适、梁实秋等。主张“理性节制情感”,反对滥情主义和诗的散文化倾向,对新诗的格律化进行了认真的探索,又被称为“新格律诗派”。

真题示例:

新月诗派的代表人物有__________、__________等。

【2014年宝鸡文理学院广播电视编导专业考试试题】

徐志摩 ★★★★★

笔名诗哲、南湖等,浙江海宁人。现代著名诗人、新月派代表诗人。代表诗集有《志摩的诗》、《翡冷翠的一夜》、《猛虎集》、《云游》等，诗歌名篇有《再别康桥》、《沙扬娜拉》等。另有散文集《落叶》、《巴黎的鳞爪》、《轮盘》等。

真题示例：

《再别康桥》是(　　)的诗篇。

A. 戴望舒　　B. 何其芳　　C. 徐志摩　　D. 艾青

【2013 年湖北民族学院广播电视编导专业考试试题】

闻一多 ★★★☆☆

原名闻家骅，笔名一多，湖北浠水人。现代著名诗人、学者、民主战士。前期"新月派"的重要诗人，主张新诗格律化，追求诗的"三美"，即音乐美、建筑美和绘画美。主要作品有诗集《红烛》、《死水》等，著名篇目有《太阳吟》、《发现》、《洗衣歌》、《死水》等。

真题示例：

下列属于闻一多作品的是(　　)。

A.《死水》　　B.《翡冷翠的一夜》

C.《春风沉醉的晚上》　　D.《沉沦》

【2014 年西南大学广播电视编导专业考试试题】

田汉 ★★★★☆

字寿昌，湖南长沙人。现代著名剧作家、戏剧活动家、诗人，中国现代戏剧的奠基者之一。主要话剧作品有历史剧《关汉卿》、《文成公主》，独幕剧《名优之死》、《获虎之夜》，京剧《谢瑶环》，电影《风云儿女》、《三个摩登女性》、《丽人行》等。此外，田汉还是杰出的词作者，作品有《毕业歌》、《四季歌》、《义勇军进行曲》(电影《风云儿女》主题歌，现为中华人民共和国国歌)等。

朱自清 ★★★★☆

原名朱自华，号秋实。现代散文家、诗人、学者、民主战士。诗文合集有《踪迹》，散文集有《背影》、《欧游杂记》、《你我》，文艺论著有《诗言志辨》、《论雅俗共赏》等。尤以散文成就最高，散文名篇有《背影》、《春》、《荷塘月色》、《桨声灯影里的秦淮河》等。

真题示例：

散文《荷塘月色》的作者是__________。

【2014年安阳师范学院广播电视编导专业考试试题】

老舍 ★★★★★

原名舒庆春，字舍予，满族，北京人。现代著名作家、剧作家。1951年被北京市人民政府授予"人民艺术家"称号。老舍的作品大多取材于北京市民的生活，并用生动活泼的北京口语写成，使作品具有浓厚的地方色彩和强烈的生活气息，形成一种通俗而又诙谐幽默的独特风格，成为"京味小说"的开创者。代表作有长篇小说《骆驼祥子》、《四世同堂》、《老张的哲学》、《赵子曰》、《二马》、《猫城记》等，中篇小说《我这一辈子》，短篇小说《月牙儿》、《断魂枪》等，话剧作品《茶馆》、《龙须沟》、《女店员》等。

真题示例：

1.《龙须沟》的作者是__________。

【2012年赣南师范学院广播电视编导专业考试试题】

2.王利发是老舍戏剧作品__________中的主人公。

【2013年池州学院广播电视编导专业考试试题】

3.老舍原名__________，是中国现代著名的小说家、文学家、戏剧家。

【2014年广西壮族自治区普通高校影视传媒类专业统考试题】

冰心 ★★★☆☆

原名谢婉莹，福建福州人，现代著名女作家、诗人、儿童文学家。“五四”时期开始创作，曾参加文学研究会，创作“问题小说”，代表作有《两个家庭》、《斯人独憔悴》等。诗集《繁星》、《春水》，小说《超人》，散文集《往事》、《寄小读者》等是她早期的代表作品。新中国成立后，创作了《小橘灯》、《樱花赞》、《再寄小读者》等优秀作品。

真题示例：

（　　）的散文、小说及诗歌，赞美母爱、儿童、大自然，体现了“爱的哲学”的创作主题。

A. 郁达夫　　B. 林徽因　　C. 冰心　　D. 朱自清

【2014 年海南大学戏剧影视文学专业考试试题】

夏衍 ★★★☆☆

原名沈乃熙，字端先，浙江杭州人。现代剧作家、文学家、翻译家。他的作品注重从小市民和知识分子的生活出发，大都具有强烈的时代性。主要著作有话剧剧本《上海屋檐下》、《秋瑾传》、《赛金花》，电影剧本有《狂流》、《春蚕》等。新中国成立后，改编创作了《野草》、《烈火中永生》、《祝福》、《林家铺子》等电影剧本。所著的《包身工》是早期报告文学的代表作。

沈从文 ★★★★☆

原名沈岳焕，湖南凤凰人。现代著名作家、文物学家，京派小说代表人物。沈从文的主要贡献是用小说、散文建造起他特异的“湘西世界”。由于他善于描写湘西边地的风土人情、创作风格独特，被誉为“乡土文学之父”。主要作品有小说《龙朱》、《石子船》、《月下小景》、《八骏图》等，中长篇《边城》、《长河》等，散文《从文自传》、《湘行散记》、《湘西》等。

真题示例:

《边城》的作者是(　　)。

A. 胡适　　B. 沈从文　　C. 萧乾　　D. 汪曾祺

【2014 年西南大学广播电视编导专业考试试题】

中国左翼作家联盟 ★★★★☆

简称“左联”,1930 年在上海成立,主要发起人有鲁迅、沈端先、冯乃超等。“左联”的成立,实际上形成了比较广泛的革命文学统一战线,推动了左翼文艺运动的发展。“左联”十分重视理论批评,并开展马克思主义文艺理论的传播和文艺大众化运动。文学创作十分繁荣,曾创办《萌芽月刊》、《北斗》、《文学月报》等刊物。“左联”提倡文艺创作,在大力培养文艺新人方面作出了积极贡献。

真题示例:

中国左翼作家联盟成立于(　　)。

A. 1921 年　　B. 1930 年　　C. 1931 年　　D. 1937 年

【2011 年湖北民族学院广播电视编导专业考试试题】

柔石 ★★★☆☆

原名赵平复,笔名柔石,浙江宁海县人。现代作家,“左联五烈士”之一。主要著作有诗剧《人间的喜剧》,小说《旧时代之死》、《三姊妹》、《二月》、《为奴隶的母亲》,长诗《血在沸》和散文《一个伟大的印象》等。

真题示例:

小说《二月》、《为奴隶的母亲》的作者是(　　)。

A. 张恨水　　B. 朱自清　　C. 茅盾　　D. 柔石

【2014 年赣南师范学院广播电视编导专业考试试题】

巴金 ★★★★★

原名李尧棠,字芾甘,四川成都人。现代著名作家。小说代表作有“激流三部曲”(《家》、《春》、《秋》)、“爱情三部曲”(《雾》、《雨》、《电》)、《憩园》、《寒夜》、《第四病室》等。此外还有短篇小说集《复仇》、《光明》、《神·鬼·人》,散文集《点滴》、《生之忏悔》、《梦与醉》等。晚年重要的作品是散文集《随想录》。

真题示例:

1. 巴金的散文集__________被称为一部代表当代文学最高成就的散文作品,其最大的特点就是敢于说真话。

【2013 年山东女子学院文化产业管理专业考试试题】

2. 巴金的“激流三部曲”包括《家》、__________、__________三部长篇小说。

【2014 年首都师范大学科德学院广播电视编导专业考试试题】

3. 描绘抗战时期生活的长篇小说《寒夜》的作者是(　　)。

A. 鲁迅　　B. 张爱玲　　C. 巴金　　D. 丁玲

【2014 年重庆邮电大学广播电视编导专业考试试题】

4. 巴金的“爱情三部曲”包括__________、__________、__________。

【2014 年江西师范大学广播电视编导专业考试试题】

丁玲 ★★★★☆

原名蒋伟,字冰之,湖南临澧人。现代著名女作家。小说《莎菲女士的日记》为其代表作。其他作品有《梦珂》、《水》、《田家冲》等。1948 年完成反映土改运动的长篇小说《太阳照在桑干河上》,获得 1951 年斯大林文学奖。

真题示例:

下列属于中国著名女作家丁玲的代表作的是(　　)。

A.《致橡树》　　B.《生死场》

C.《半生缘》　　　　　　　D.《莎菲女士的日记》

【2014年天津工业大学广播电视编导专业考试试题】

沙汀 ★★★☆☆

原名杨朝熙，四川安县人。现代作家。代表作《在其香居茶馆里》是“五四”以来最优秀的短篇小说之一。另有长篇小说《淘金记》、《困兽记》、《还乡记》等。新中国成立后，创作了中篇小说《木鱼山》和短篇小说《你追我赶》等。

艾芜 ★★★☆☆

原名汤道耕，四川新繁人。现代作家。主要作品有长篇小说《百炼成钢》、《故乡》、《山野》，中篇小说《一个女人的悲剧》、《乡愁》，短篇小说集《南行记》、《南国之夜》、《烟雾》等。

戴望舒 ★★★★☆

原名戴梦鸥，浙江杭县人。现代诗人。早期诗歌大都抒发个人情怀，有着浓重的感伤气息，是现代诗派代表作家。《雨巷》是其早期的成名作和代表作，因此被称为“雨巷诗人”。有诗集《望舒草》、《望舒诗稿》、《灾难的岁月》等。

真题示例：

被誉为“雨巷诗人”的作家是(　　)。

A. 戴望舒　　B. 海子　　C. 汪国真　　D. 闻一多

【2014年天津工业大学广播电视编导专业考试试题】

臧克家 ★★★☆☆

山东诸城人，中国现代诗人，诗坛泰斗之一。因他从小生活在农村，诗作多为农村题材。他擅长写简短隽永的小诗，用简洁刚健的笔法，勾勒出朴实、凝重的意象，表达出对下层人民的极大同情。著名诗篇有《老马》、《有的人》等。主要诗集有《烙印》、《运河》、《罪恶的黑手》、《从军行》等。

冯至 ★★★☆☆

原名冯承植，字君培，河北涿州人。现代诗人，曾被鲁迅称为“中国最杰出的抒情诗人”。代表作有诗集《十四行集》、《昨日之歌》、《十年诗抄》、《西郊集》，散文集《山水》等。诗歌名篇有《我是一条小河》、《蛇》、《北游》等。

真题示例：

《我是一条小河》的作者是__________，他曾被鲁迅称为“中国最杰出的抒情诗人”。

【2009年河南省编导制作类专业统考试题(C卷)】

赵树理 ★★★★☆

原名赵树礼，山西沁水人。现代作家，山药蛋派代表人物。其小说创作以农村生活斗争和社会关系的变革为题材，成功塑造了一系列新型的农民形象。代表作品有《小二黑结婚》、《李有才板话》、《李家庄的变迁》、《三里湾》等。

真题示例：

二诸葛和三仙姑是赵树理小说__________中的人物。

【2014年吉林动画学院广播电视编导专业考试试题】

张天翼 ★★★☆☆

号一之，湖南湘乡人。现代著名作家、儿童文学家。他的小说以讽刺与幽默见长。代表作品有讽刺短篇小说《包氏父子》、《华威先生》，儿童文学作品有《大林和小林》、《秃秃大王》、《宝葫芦的秘密》等。

周立波 ★★★☆☆

原名周绍仪,湖南益阳人。现代作家。长篇小说《暴风骤雨》描写了东北农村土改运动,获得了1951年斯大林文学奖。新中国成立后,创作了长篇小说《铁水奔流》、《山乡巨变》,另有短篇小说《山那面人家》、《湘江一夜》等。

真题示例:

周立波最为人称道的两部作品是__________和《山乡巨变》。

【2014年赣南师范学院广播电视编导专业考试试题】

曹禺 ★★★★★

原名万家宝,湖北潜江人。现代著名戏剧家。1933年创作的处女作四幕剧《雷雨》,标志着中国话剧艺术开始走向成熟。此后又创作了《日出》、《原野》、《北京人》等剧本。新中国成立后,其剧作有了新的变化,主要作品有《明朗的天》、《胆剑篇》、《王昭君》等。

真题示例:

1.周朴园是曹禺话剧__________中的主人公。

【2013年湖北民族学院广播电视编导专业考试试题】

2.陈白露是曹禺先生创作的戏剧作品中的一位悲剧性的女性形象,这部作品是(　　)。

A.《原野》　B.《日出》　C.《北京人》　D.《雷雨》

【2014年重庆市普通高校编导类专业统考试题】

3."万家宝"是下列哪位现代文学家的原名?(　　)

A.冰心　B.曹禺　C.郁达夫　D.老舍

【2014年重庆邮电大学广播电视编导专业考试试题】

4.现当代剧作家曹禺的代表作__________,是中国话剧艺术成熟的标志。

【2014年吉林动画学院摄影专业考试试题】

七月诗派 ★★☆☆☆

形成于抗日战争初期。因其成员多在胡风主编的《七月》杂志上发表诗作而得名，代表人物有艾青、田间等。作品多反映抗日战争时期的现实生活，以自由体为主要形式，在当时曾产生较大影响。

艾青 ★★★☆☆

原名蒋海澄，浙江金华人。现代著名诗人，七月诗派代表诗人，被称为“吹芦笛的诗人”。著有诗集《大堰河》、《旷野》、《北方》、《向太阳》等。诗歌名篇有《大堰河——我的保姆》、《我爱这土地》、《太阳的话》等。

真题示例：

《大堰河——我的保姆》的作者是(　　)。

A. 艾青　　B. 舒婷　　C. 戴望舒　　D. 顾城

【2014 年池州学院广播电视编导专业考试试题】

钱钟书 ★★★★★

字默存，号槐聚，江苏无锡人。现代作家、著名学者。代表作《围城》是现代小说史上杰出的长篇讽刺小说，也是其唯一一部长篇小说，被誉为“新《儒林外史》”。小说以归国留学生方鸿渐从求职、恋爱到失业、婚变的经历为线索，勾勒了一幅旧中国的病态的知识分子的群像。此外，还著有散文集《写在人生边上》，短篇小说集《人·兽·鬼》，文论及诗文评论《谈艺录》、《宋诗选注》、《管锥编》、《七缀集》等。

真题示例：

1. 名词解释：钱钟书

【2012 年周口师范学院广播电视编导专业考试试题】

2. 长篇小说《围城》是__________的唯一一部长篇小说。

【2013年湖北民族学院广播电视编导专业考试试题】

3. 方鸿渐是(　　)创作的长篇小说里的人物，该书以《儒林外史》的描写气氛，揭露了抗战期间中上层知识界的众生相。

A. 吴敬梓　　B. 钱钟书　　C. 沈从文　　D. 郁达夫

【2014年海南大学戏剧影视文学专业考试试题】

汉园三诗人 ★★☆☆☆

指20世纪30年代中国现代派诗歌创作中三位风格独异的诗人：何其芳、李广田、卞之琳。1936年出版了合集《汉园集》，收录何其芳《燕泥集》、李广田《行云集》、卞之琳《数行集》，因此而得名。他们都注重以诗歌传达独特的气质。

萧红 ★★★☆☆

原名张乃莹，曾用笔名悄吟，黑龙江呼兰县人。现代著名女作家，被誉为"30年代的文学洛神"。中篇小说《生死场》是其成名之作，奠定了她在中国文学史上的地位。主要著作有《呼兰河传》、《旷野的呼喊》、《牛车上》等。

新感觉派 ★★★☆☆

20世纪30年代产生于上海文坛的一个现代主义小说流派，是20世纪我国第一个也是唯一的现代主义小说流派。代表作家有刘呐鸥、施蛰存、穆时英、叶灵凤等。其特点是强调作家的主观感觉，而不注重对客观生活的真实描写。代表作有刘呐鸥的小说集《都市风景线》、施蛰存的小说集《将军的头》、穆时英的小说集《公墓》等。

真题示例：

名词解释：新感觉派

【2012年青岛大学广播电视编导专业考试试题】

穆时英 ★★☆☆☆

浙江慈溪人。现代小说家。1929 年开始小说创作，先后发表《南北极》、《公墓》等小说，以其年少多产而风格独特，被人称为“鬼才”作家。出版小说集《上海的狐步舞》、《白金的女体塑像》、《圣处女的感情》、《夜总会里的五个人》等。

孙犁 ★★★☆☆

原名孙树勋，河北安平人。现代作家，荷花淀派的创始人和代表作家。代表作品有短篇小说《荷花淀》、《芦花荡》，中篇小说《铁木前传》、《村歌》，长篇小说《风云初记》等。

杨朔 ★★★☆☆

原名杨毓晋，山东蓬莱人。现代散文家和小说家。他的作品基调是歌颂新时代、新生活和普通的劳动者，代表作《三千里江山》是反映抗美援朝战争的第一部长篇小说。他的散文成就最高，以诗情著称。散文名篇有《荔枝蜜》、《茶花赋》、《泰山极顶》等。

杨沫 ★★★☆☆

原名杨成业，后又名杨君默、杨默，湖南湘阴人。现代女作家。代表作《青春之歌》是一部反映 20 世纪 30 年代知识分子精神面貌和思想历程的优秀作品，生动地刻画了林道静等一系列青年知识分子形象。另有作品《红红的山丹花》、《苇塘纪事》、《芳菲之歌》等。

梁斌 ★★★☆☆

原名梁维周，河北蠡县人。现代作家。其代表作品长篇小说《红旗谱》被誉为“一部描绘农民革命斗争的壮丽史诗”。这部作品通过朱、严两家农民和地主冯老兰一家的斗争历史,成功地塑造了朱老忠这个革命农民的光辉形象,后被改编成电影《烈火中永生》。

真题示例:

__________创作的《红旗谱》,先后被拍成电影和电视剧。

【2009年天津师范大学广播电视编导专业考试试题】

《红岩》★★★☆☆

罗广斌、杨益言合著的长篇小说。作品描写了新中国成立前夕,在重庆"中美合作所"集中营内的一场革命与反革命的惊心动魄的斗争,歌颂了革命者在酷刑考验下的坚贞节操。书中成功地塑造了许云峰、江姐、成岗、刘思扬等众多可歌可泣、令人难忘的革命英雄形象。

柳青 ★★★★☆

原名刘蕴华,陕西吴堡人。现代作家,主要从事长篇小说的创作。代表作《创业史》是反映农村社会主义革命的史诗性巨著。其他作品有《种谷记》、《铜墙铁壁》等。

真题示例:

梁生宝是柳青的长篇小说(　　)中的主人公。

A.《红旗谱》 B.《创业史》 C.《白鹿原》 D.《玉卿嫂》

【2014年赣南师范学院广播电视编导专业考试试题】

郭小川 ★★★☆☆

原名郭恩大,河北丰宁人。现代诗人。其诗多取材于工农兵群众的斗争生活,歌颂社会主义革命和事业的胜利。主要作品有《甘蔗林——青纱帐》、《向困难进军》、《将军三部曲》等。

魏巍 ★★★☆☆

原名魏鸿杰，曾用笔名红杨树，河南郑州人。当代作家。代表作报告文学《谁是最可爱的人》写他在抗美援朝前线采访到的事例。1978年完成的反映抗美援朝的长篇小说《东方》获得首届茅盾文学奖。

真题示例：

魏巍的《谁是最可爱的人》是写（　　）采访到的事例。

A. 抗日战争　B. 抗美援朝　C. 中越战争　D. 十年内战

【2012年吉林动画学院广播电视编导专业考试试题】

张爱玲 ★★★★☆

现代女作家。其小说具有女性的细腻与古典的美感，对人物心理的把握令人惊异。主要作品有中篇小说《倾城之恋》、《金锁记》，长篇小说《半生缘》，散文集《流言》，散文小说合集《张看》，中短篇小说集《传奇》等。

真题示例：

1. 电影《半生缘》是根据哪位文学家的作品改编的？（　　）

A. 郁达夫　　B. 老舍　　C. 张爱玲　　D. 夏衍

【2014年重庆邮电大学广播电视编导专业考试试题】

2. 曹七巧、白流苏、顾曼桢是著名作家__________创作的小说人物。

【2014年平顶山学院戏剧影视文学专业考试试题】

杜鹏程 ★★★☆☆

原名杜红喜，曾用笔名司马君，陕西韩城人。当代作家。其小说多为重大题材，在严峻的斗争与考验中，描写人物的精神面貌。其代表作《保卫延安》是我国第一部大规模正面描写解放战争的长篇小说。其他作品有《夜走灵官峡》、《工地之夜》、《延安人》等。

贺敬之 ★★★☆☆

山东枣庄人。现代诗人。1945年,他和丁毅执笔集体创作了我国第一部新歌剧《白毛女》,成为我国新歌剧发展的里程碑,作品生动地表现了“旧社会把人逼成鬼,新社会把鬼变成人”这一深刻的主题。另有长诗《回延安》、《雷锋之歌》等。

金庸 ★★★★☆

原名查良镛,笔名林欢,浙江海宁人。当代著名武侠小说家。1955年他的第一部新武侠小说《书剑恩仇录》问世,引起文坛轰动。此后接连创作了《射雕英雄传》、《神雕侠侣》、《倚天屠龙记》、《天龙八部》、《笑傲江湖》、《碧血剑》、《鹿鼎记》等共15部武侠小说。除短篇小说《越女剑》外,金庸曾将其中长篇作品书名首字组成一副对联为“飞雪连天射白鹿,笑书神侠倚碧鸳”。

真题示例:

名词解释:金庸

【2013年聊城大学广播电视编导专业考试试题】

梁羽生 ★★★☆☆

原名陈文统,广西蒙山人。新派武侠小说的代表作家之一,被誉为“新派武侠小说的开山鼻祖”。著有《龙虎斗京华》、《萍踪侠影录》、《白发魔女传》、《七剑下天山》、《云海玉弓缘》等武侠小说30余部。

真题示例:

广义上的“新派武侠小说”的开山始祖是(　　)。

A. 金庸　　B. 古龙　　C. 温瑞生　　D. 梁羽生

【2013年黄山学院广播电视编导专业考试试题】

高晓声 ★★★☆☆

江苏武进人。当代作家。代表作品有小说《陈奂生上城》、《李顺大造屋》等。高晓声是新时期专写农民的作家，被誉为继周立波、赵树理、柳青之后描写当代农村生活的高手。

真题示例：

陈奂生是当代作家高晓声中篇小说__________中的主人公。

【2013 年湖北民族学院广播电视编导专业考试试题】

余光中 ★★★☆☆

祖籍福建永春，出生于南京。当代著名诗人和评论家。主要作品有诗作《乡愁》、《白玉苦瓜》、《等你，在雨中》，诗集《舟子的悲歌》、《天狼星》，散文集《听听那冷雨》、《左手的缪斯》，诗论集《诗的创作与鉴赏》等。

真题示例：

《乡愁》的作者是__________。

【2012 年南昌理工学院广播电视编导专业考试试题】

王蒙 ★★★☆☆

河北南皮人。当代作家。1953 年，开始创作处女作长篇小说《青春万岁》。1956 年发表的短篇小说《组织部新来的年轻人》(后改为《组织部来了个年轻人》)是其成名作。另著有长篇小说《活动变人形》、《蝴蝶》、《相见时难》、《悠悠寸草心》等。

真题示例：

《组织部来了个年轻人》的作者是中国当代作家__________。

【2010 年河南省编导制作类专业统考试题 B 卷】

张贤亮 ★★★☆☆

江苏盱眙人，当代作家。著名作品有短篇小说《灵与肉》(后改编为影片《牧马人》)、《肖尔布拉克》,中篇小说《绿化树》、《龙种》,长篇小说《男人的风格》,散文集《我的菩提树》等。

张洁 ★★★☆☆

原籍辽宁,生于北京。当代女作家。前期作品深沉含蓄,擅用抒情性叙述与哲理性议论相结合的手法来描绘人物的内心世界;中期作品采用调侃、反讽的手法,营造超现实的文本景观,抒发对世界荒诞性的体验;近期作品又转而平淡超脱,从关注现实的激烈走向关注内心的情感,呈现出另一种美学风格。代表作品有短篇小说《从森林里来的孩子》、《谁生活得更美好》,中篇小说《祖母绿》,长篇小说《沉重的翅膀》、《无字》等。

真题示例:

下列属于张洁的作品的是( )

A.《京华烟云》 B.《子夜》 C.《无字》 D.《沉沦》

【2010年河南省编导制作类专业统考试题(B卷)】

琼瑶 ★☆☆☆☆

原名陈喆,祖籍湖南衡阳。台湾当代女作家。1963年自传式长篇小说《窗外》出版,一举成名。此后出版了《幸运草》、《烟雨蒙蒙》、《在水一方》、《几度夕阳红》、《心有千千结》、《月朦胧,鸟朦胧》等50多部中长篇小说。

伤痕文学 ★★★★☆

"伤痕文学"是经历了"文革"十年浩劫最先出现的文学现象。其发轫之作是刘心武发表的短篇小说《班主任》,名称源于卢新华以"文革"中知青生活为题材的短篇小说《伤痕》。代表作家及作品有张贤亮的《灵与肉》、从维熙的《大墙下的红玉兰》、周克芹的《许茂和他的女儿们》等。这些小说沉痛地揭露了"文革"

给中华民族带来的灾难，深刻地提出了一系列社会问题，并引导人们去思考悲剧的原因。

刘心武 ★★★☆☆

四川成都人，当代作家。其作品以关注现实为特征，对生活感受敏锐，善于进行理性的宏观把握。著名短篇小说《班主任》获首届全国优秀短篇小说奖，长篇小说《钟鼓楼》获第二届茅盾文学奖。另有作品《如意》、《立体交叉桥》、《风过耳》等。

余秋雨 ★★★☆☆

浙江余姚人，当代著名作家、学者。其散文作品始终贯穿着一条鲜明的主线，那就是对中国历史、中国文化的追溯、思索和反问。主要作品集有《文化苦旅》、《山居笔记》、《文明的碎片》、《千年一叹》、《行者无疆》、《霜冷长河》等。

张承志 ★★★☆☆

原籍山东济南，生于北京，回族。当代作家、学者。代表作品有短篇小说《骑手为什么歌唱》，中篇小说《黑骏马》、《北方的河》，长篇小说《金牧场》等。

真题示例：

张承志的作品是(　　)。

A.《边城》　B.《围城》　C.《家》　D.《黑骏马》

【2013年南阳理工学院广播电视编导专业考试试题】

路遥 ★★☆☆☆

陕西清涧人，当代作家。其代表作《平凡的世界》以恢宏的气势和史诗般的品格，全景式地表现了改革时代中国城乡的社会生活和人们思想情感的巨大变迁。另有作品中篇小说《惊心动魄的一幕》、《人生》等。

阿城 ★★★☆☆

原名钟阿城,祖籍重庆江津,生于北京。当代作家,是寻根小说的重要代表作家。其作品深受中国传统文化的影响,代表作是“三王”(《棋王》、《树王》、《孩子王》)。

真题示例:

阿城的作品(　　)是寻根文学的代表作。

A.《商州初录》 B.《小鲍庄》 C.《北方的河》 D.《棋王》

【2011年西南大学广播电视编导专业考试试题】

朦胧诗派 ★★★☆☆

19世纪70年代末80年代初出现的诗派,其代表人物有舒婷、顾城、北岛、江河、杨炼等。朦胧派诗人在诗作中以现实意识思考人的本质,肯定人的自我价值和尊严,注重创作主体内心情感的抒发,在艺术上大量运用隐喻、暗示、通感等手法,丰富了诗歌的内涵,增强了诗歌的想象空间。

舒婷 ★★★☆☆

原名龚佩瑜,福建泉州人。当代女诗人,朦胧诗派的代表人物。诗歌代表作有《致橡树》、《四月的黄昏》、《祖国啊,我亲爱的祖国》等。著有诗集《双桅船》、《会唱歌的鸢尾花》、《始祖鸟》,散文集《心烟》等。

真题示例:

《致橡树》是(　　)的著名诗作。

A. 舒婷 B. 翟永明 C. 于坚 D. 海子

【2013年湖北民族学院广播电视编导专业考试试题】

王小波 ★★☆☆☆

北京人,当代著名作家。其代表作有“时代三部曲”(《黄金时代》、《白银时代》、《青铜时代》）、《黑铁时代》、《我的精神家园》等。其电影剧本《东宫西宫》获阿根廷国际电影节最佳编剧奖。

贾平凹 ★★★☆☆

陕西丹凤人。当代作家。著有短篇小说《满月儿》、《山镇夜店》，中篇小说《腊月·正月》、《天狗》，长篇小说《秦腔》、《商州》、《浮躁》、《废都》、《高兴》，散文集《月迹》、《心迹》、《爱的踪迹》等。其中，长篇小说《秦腔》获第 7 届茅盾文学奖。

莫言 ★★★☆☆

原名管谟业，山东高密人。当代作家。以一系列乡土作品崛起，充满着“怀乡”、“怨乡”的复杂情感。代表作品有短篇小说《爆炸》、《枯河》、《拇指铐》，中篇小说《透明的红萝卜》、《红高粱》系列（包括《红高粱》、《高粱酒》、《高粱殡》等），长篇小说《红高粱家族》、《丰乳肥臀》、《天堂蒜薹之歌》、《生死疲劳》、《蛙》、《酒国》等。2012 年，莫言获诺贝尔文学奖，是第一个获得该奖项的中国籍作家。

真题示例：

1.《蛙》的作者是__________。

【2013 年云南艺术学院公共事业管理/文化产业管理专业考试试题】

2. 电影《红高粱》是根据__________的小说改编的。

【2014 年首都师范大学科德学院广播电视编导专业考试试题】

3. 首次打破中国无诺贝尔文学奖获奖历史的年份是__________年，获奖作家是__________。

【2014 年重庆师范大学戏剧影视文学专业考试试题】

顾城 ★★★☆☆

当代诗人，朦胧诗派的代表人物之一，被称为以一颗童心看世界的"童话诗人"。著名作品有诗作《一代人》、《远和近》、《我是一个任性的孩子》、《生命幻想曲》,诗集《白昼的月亮》、《黑眼睛》、《顾城诗集》等。

真题示例:

当代诗人＿＿＿＿＿＿被称为"童话诗人"。

【2014年贺州学院广播电视编导专业考试试题】

铁凝 ★★★☆☆

河北赵县人,生于北京。当代女作家,现为中国作家协会主席。1975年开始发表作品,主要著作有短篇小说《哦,香雪》、《夜路》、《六月的话题》,中篇小说《没有纽扣的红衬衫》、《麦秸垛》、《对面》,长篇小说《玫瑰门》、《大浴女》、《笨花》等。其中《哦,香雪》被改编成同名电影,获第41届柏林国际电影节青春片最高奖。《没有纽扣的红衬衫》被改编成电影《红衣少女》,获第五届中国电影金鸡奖最佳故事片奖、第八届《大众电影》百花奖最佳故事片奖。

真题示例:

小说《大浴女》的作者是( )。

A. 毕淑敏　　B. 马原　　C. 铁凝　　D. 茅盾

【2014年赣南师范学院广播电视编导专业考试试题】

王朔

北京人,当代作家、编剧。先后发表了《一半是海水,一半是火焰》、《顽主》、《千万别把我当人》、《我是你爸爸》、《动物凶猛》、《看上去很美》、《过把瘾就死》等中长篇小说。其小说语言以戏谑、反讽为主,对白通俗又充满活力。

余华

浙江杭州人，当代作家，“先锋派”的代表作家。主要作品有长篇小说《活着》、《许三观卖血记》、《在细雨中呼喊》、《兄弟》，短篇小说《四月三日事件》、《鲜血梅花》、《在劫难逃》等。

苏童

江苏苏州人，当代作家。代表作有小说《妻妾成群》、《米》、《城北地带》、《罂粟之家》、《已婚男人》等。其中中篇小说《妻妾成群》被张艺谋改编成电影《大红灯笼高高挂》，获威尼斯电影节银狮奖，并获奥斯卡最佳外语片提名。

海子 ★★★☆☆

原名查海生，安徽怀宁人。当代诗人，中国新诗史上最有影响力的诗人之一。诗歌名篇有《亚洲铜》、《面朝大海，春暖花开》、《麦地》、《以梦为马》，出版作品有长诗《土地》、诗集《海子、骆一禾作品集》、《海子的诗》等。

第二节　外国文学常识

（一）古希腊文学

《荷马史诗》★★★★☆

古希腊两部著名史诗《伊利亚特》和《奥德赛》的总称。相传是盲诗人荷马所作。《伊利亚特》叙述的是公元前12世纪希腊人远征小亚细亚的特洛伊城（特洛伊战争）的故事。《奥德赛》叙述特洛伊战争结束后希腊英雄奥德修斯在还乡途中历险的故事。两大史诗对欧洲文学产生了深远影响，在世界文学史上占有重要的地位。

真题示例：

1. 名词解释:《荷马史诗》

【2013年新疆艺术学院广播电视编导专业考试试题】

2.《荷马史诗》是由古希腊诗人荷马搜集汇编而成，共分为两部分：__________、__________。

【2014年首都师范大学科德学院广播电视编导专业考试试题】

《伊索寓言》★★☆☆☆

世界上最早的寓言故事集。相传为公元前6世纪古希腊奴隶伊索所作，经后人的整理汇编得以流传下来。《伊索寓言》共收集350余篇寓言，并多以动物生活为主要内容。比较著名的寓言故事有《狼和小羊》、《狐狸和葡萄》、《农夫与蛇》、《龟兔赛跑》、《乌鸦和狐狸》等。

真题示例：

__________是一部寓言故事集，记载了古希腊、古罗马时期流传下来的故事，是世界文化史上流传最广的寓言故事集之一。

【2014年平顶山学院戏剧影视文学专业考试试题】

埃斯库罗斯 ★★★★★

著名古希腊戏剧家，被恩格斯誉为“悲剧之父”。传世至今的悲剧作品有《被缚的普罗米修斯》、《俄瑞斯忒亚》(包括《阿伽门农》、《奠酒人》、《报仇神》)、《波斯人》等七部。其中《俄瑞斯忒亚》是流传至今的唯一一部完整的古希腊三连剧。他与稍后的索福克勒斯、欧里庇得斯并称为“古希腊三大悲剧作家”。

真题示例：

古希腊三大悲剧家是欧里庇得斯、__________、__________。

【2014年云南艺术学院广播电视编导专业考试试题】

索福克勒斯 ★★★★☆

古希腊三大悲剧作家之一，被誉为“戏剧艺术的荷马”。现存《俄狄浦斯王》、《安提戈涅》等七部悲剧。代表作《俄狄浦斯王》以希腊神话中关于忒拜王室的故事为题材，紧紧围绕俄狄浦斯杀父娶母的预言和寻找凶手这两条线索展开。其剧作结构复杂而严谨，被亚里士多德认为是希腊悲剧的典范。

真题示例：

1. 戏剧史上的伟大作品《安提戈涅》的作者是古希腊悲剧作家__________。

【2014 年中央戏剧学院戏剧影视文学专业考试试题】

2. 弗洛伊德精神分析学说中的“俄狄浦斯情结”即所谓的“恋母情结”，出自索福克勒斯的作品__________。

【2014 年赣南师范学院广播电视编导专业考试试题】

欧里庇得斯 ★★☆☆☆

古希腊三大悲剧作家之一。曾受智者学派哲学思想的影响，被称为“舞台上的哲学家”。他的悲剧反映了雅典奴隶主民主衰落时期的社会现实和思想危机。代表作品有《美狄亚》、《特洛伊妇女》等。

阿里斯托芬 ★★★★☆

古希腊喜剧作家，被恩格斯称为“喜剧之父”。相传他一生写成喜剧 44 部，现存 11 部。代表作品有《阿卡奈人》、《鸟》、《骑士》等。其作品在艺术上善用漫画式的夸张、象征手法和滑稽诙谐的语言反映严肃而深刻的主题，对后世欧洲的喜剧和小说创作都有一定影响。

真题示例：

古希腊“喜剧之父”是__________。

【2013 年鲁东大学广播电视编导专业考试试题】

(二)英国文学

乔叟 ★★☆☆☆

英国诗人,被誉为“英国诗歌之父”。代表作《坎特伯雷故事集》生动地描绘了14世纪英国的社会生活,刻画了各阶层的人物形象,体现了反封建倾向和人文主义思想。其作品幽默而富有喜剧性,人物形象鲜明,是英国现实主义文学的第一部典范之作。

莎士比亚 ★★★★★

英国文艺复兴时期杰出的戏剧家、诗人。主要作品有悲剧《哈姆雷特》、《奥赛罗》、《李尔王》、《麦克白》(合称“四大悲剧”)、《罗密欧与朱丽叶》,喜剧《威尼斯商人》、《仲夏夜之梦》、《第十二夜》、《无事生非》(合称“四大喜剧”)、《皆大欢喜》,历史剧《理查三世》、《亨利四世》等。

莎士比亚的戏剧大都取材于旧有剧本、小说、编年史或民间传说,但在改写中他注入了自己的思想,给旧题材赋予新颖、丰富、深刻的内容。在艺术表现上,他继承古代希腊罗马、中世纪英国和文艺复兴时期欧洲戏剧的三大传统并加以发展,从内容到形式进行了创造性革新。他的戏剧不受三一律束缚,突破悲剧、喜剧界限,努力反映生活的本来面目,深入探索人物内心情感,塑造了众多性格复杂多样、形象真实生动的人物典型,描绘了广阔的社会生活图景,并以其博大、深刻、富于诗意和哲理著称。

真题示例:

1. 名词解释:莎士比亚

【2011年中国劳动关系学院戏剧影视文学专业考试试题】

2. 名词解释:莎翁四大悲剧

【2013年周口师范学院广播电视编导专业考试试题】

笛福 ★★★☆☆

英国小说家，被誉为“英国和欧洲小说之父”。长篇小说《鲁滨逊漂流记》为其代表作。小说描写因海船失事，漂流到无人荒岛上的鲁滨逊长达28年的生活经历，歌颂了资本主义原始积累时期资产阶级冒险进取的精神。

斯威夫特 ★☆☆☆☆

英国讽刺作家、政论家。最著名的作品是寓言体小说《格列佛游记》，叙述了英国医生格列佛航海漂流到几个国家(幻想中的小人国、大人国、飞岛、马国)的经历，抨击了英国18世纪初期的资本主义统治。

华兹华斯 ★★☆☆☆

英国浪漫主义诗人，湖畔派的代表诗人。1843年被封为“桂冠诗人”。华兹华斯的诗文笔朴素清新、自然流畅，开创了新鲜活泼的浪漫主义诗风。代表作品有长诗《序曲》，组诗《不朽颂》、《露西》，抒情诗《孤独的收割人》等。

奥斯汀 ★★☆☆☆

英国女作家。奥斯汀一生共创作了6部小说，《傲慢与偏见》、《爱玛》为其代表作。其他作品还有《理智与情感》、《劝导》等。她的作品多以乡镇中产阶级青年男女的爱情婚姻为主题，反映18、19世纪交替时期英国乡间的人情世态。

拜伦 ★★☆☆☆

英国19世纪初最伟大的革命浪漫主义诗人。代表作长篇叙事诗《唐璜》，以深厚的思想容量和无与伦比的独特风格代表了浪漫主义时期欧洲诗歌创作的最高成就。其他作品有抒情叙事长诗《恰尔德·哈洛尔德游记》,讽刺诗《审判的幻景》、《青铜时代》等。

雪莱 ★★★★☆

英国浪漫主义诗人。代表作品诗剧《解放了的普罗米修斯》采用古希腊关于普罗米修斯的神话,表达了反抗专制统治的斗争必将获胜的信念和空想社会主义的理想。其抒情短诗在他的创作中占有极为重要的地位,代表作有《西风颂》、《致云雀》等。著名诗句"冬天来了,春天还会远吗?"即出自《西风颂》。

真题示例:

雪莱的代表作是(　　)。

A.《草叶集》　　B.《天方夜谭》

C.《西风颂》　　D.《安徒生童话》

【2014年赣南师范学院广播电视编导专业考试试题】

狄更斯 ★★★★☆

英国著名小说家,19世纪英国批判现实主义文学的奠基人和杰出代表。狄更斯一生共写作品20余部,以复杂而完整的故事情节、富有幽默感的讽刺漫画式的笔调,广泛地反映了英国资本主义社会的丑恶现实。重要作品有自传体小说《大卫·科波菲尔》,历史小说《双城记》,长篇小说《雾都孤儿》、《匹克威克外传》等。

真题示例:

《双城记》和《雾都孤儿》的作者是__________。

【2014年西北师范大学广播电视编导专业考试试题】

夏洛蒂·勃朗特 ★★★☆☆

英国女作家。代表作品《简·爱》,通过女主人公的辛酸经历，谴责资本主义社会对贫苦儿童的摧残，揭露资产阶级的虚伪和冷酷，反映妇女要求自由、独立的强烈愿望。笔法抒情而细腻，生动而富于感染力，具有现实主义精神及浓烈的浪漫主义色彩。

真题示例：

英国作家夏洛蒂·勃朗特的__________描述了罗切斯特庄园的风光。

【2014 年大连艺术学院广播电视编导专业考试试题】

艾米莉·勃朗特 ★★☆☆☆

英国女作家。夏洛蒂·勃朗特之妹。长篇小说《呼啸山庄》为其代表作。小说描述被人收养的希斯克里夫，因遭受到种种歧视与凌辱，最后不择手段地复仇的故事，充满强烈的反抗压迫、追求幸福的斗争精神，又始终笼罩着离奇、紧张的浪漫气氛。

哈代 ★★☆☆☆

英国著名作家，批判现实主义文学后期的重要代表。主要作品《德伯家的苔丝》描写贫穷的农家女子苔丝一生的遭遇，揭露资产阶级文明道德的虚伪，反映了作者对人民的同情。重要作品还有长篇小说《无名的裘德》、《绿荫下》、《远离尘嚣》、《还乡》，诗剧《统治者》等。

柯南·道尔 ★★★☆☆

英国侦探小说家。所著侦探小说《福尔摩斯探案全集》以错综复杂的情节和曲折离奇的侦探方法著称。艺术上追求情节的复杂、场面的紧张惊险，对后世侦探小说产生重大影响。

真题示例：

世界著名的侦探小说《福尔摩斯探案全集》的作者是__________，他是__________国人。

【2014 年平顶山学院戏剧影视文学专业考试试题】

弗吉尼亚·伍尔芙 ★★★☆☆

英国著名意识流小说家,她的小说创作推动了现代小说的发展,其理论进一步巩固了意识流小说的地位。她的论文《论现代小说》是意识流小说创作的宣言。主要作品有短篇小说《墙上的斑点》、《雅各的房间》,长篇小说《出航》、《达洛维夫人》、《到灯塔去》、《海浪》等。

毛姆 ★★☆☆☆

英国小说家、戏剧家。其作品取材广泛,洞悉人性,被誉为"最会讲故事的作家"。代表作品有长篇小说《月亮和六便士》、《人生的枷锁》、《兰贝斯的丽莎》等。

真题示例:

小说《月亮和六便士》的作者是__________。

【2009年北京电影学院戏剧影视文学专业(影视媒体理论方向)考试试题】

T. S. 艾略特 ★★☆☆☆

英国诗人、文学评论家、戏剧家,20世纪西方最重要的诗人之一。其代表作《荒原》被认为是现代诗歌的里程碑,西方文学史上一部具有划时代意义的杰作。另有作品《四个四重奏》、《空心人》等。1948年,T. S. 艾略特获诺贝尔文学奖。

阿加莎·克里斯蒂 ★★★☆☆

英国著名女侦探小说家,被誉为"推理小说女王",并被英国女王授予"侦探女王"的桂冠。著名作品有《东方快车谋杀案》、《尼罗河上的惨案》等。

真题示例:

大侦探波罗是(　　)的小说中塑造的人物形象。

A. 福尔摩斯　　　　　　B. 柯南·道尔

C. 阿加莎·克里斯蒂　　D. 井原西鹤

【2014 年北京电影学院文学系策划专业考试试题】

(三)爱尔兰文学

王尔德 ★★☆☆☆

爱尔兰著名作家、诗人、戏剧家、童话家。英国唯美主义艺术运动的倡导者,提出"为艺术而艺术"的文学主张。主要作品有长篇小说《道林·格雷的画像》,诗作《斯芬克斯》、《瑞丁监狱之歌》,童话集《快乐王子和其他故事》,剧本《少奶奶的扇子》等。

真题示例:

王尔德写的唯一一部小说是__________。

【2008 年北京电影学院戏剧影视文学专业(影视媒体理论方向)考试试题】

萧伯纳 ★★☆☆☆

爱尔兰著名批判现实主义戏剧作家。其作品在艺术上以幽默讽刺见长,尤其擅长运用颠倒的言辞和场面加强讽刺效果。代表作品有《华伦夫人的职业》和《巴巴拉少校》,其他作品有《鳏夫的房产》、《苹果车》、《圣女贞德》、《伤心之家》等。1925 年,萧伯纳获诺贝尔文学奖。

伏尼契 ★★★☆☆

爱尔兰女作家。代表作品为长篇小说《牛虻》。小说以 1848 年前后的意大利为背景,塑造了一个富裕家庭的坚定革命者"牛虻"的形象。另著有《奥丽维亚·拉塔姆》、《中断了的友谊》等长篇小说。

乔伊斯 ★★★★☆

爱尔兰作家,“意识流”小说的代表,西方现代派小说的先驱。代表作《尤利西斯》被称为意识流小说的“经典性作品”,是现代派小说的巨著。另有短篇小说集《都柏林人》、长篇小说《一个青年艺术家的肖像》、《芬尼根的守灵夜》等。

贝克特 ★★★★★

爱尔兰著名剧作家、小说家,荒诞派戏剧的代表作家。代表作品《等待戈多》,揭示了人类在荒谬宇宙中的尴尬处境,被视为荒诞派戏剧中最有代表性的作品。其他作品有“长篇小说三部曲”《莫洛伊》、《马龙之死》、《无名者》,剧作《结局》、《啊,美好的日子》等。

真题示例:

《等待戈多》是(　　)的代表作品。

A. 现代派　　B. 新小说派　C. 意识流派　D. 荒诞派

【2010年浙江传媒学院媒体创意专业(影视制片方向)考试试题】

(四)法国文学

拉伯雷 ★☆☆☆☆

文艺复兴时期法国人文主义作家。所著长篇小说《巨人传》,讲述了巨人家族父子三代高朗古杰、高康大、庞大固埃的故事,揭露了法国封建社会的黑暗腐败,表现了人文主义政治、社会、教育及宗教主张,是一部具有浪漫主义色彩的现实主义作品,对后世欧洲讽刺文学产生了重大影响。

莫里哀 ★★★★★

法国古典主义喜剧作家。代表作《伪君子》深刻地揭露了教会势力的虚伪性和欺骗性，成功地塑造了欺骗撒谎、言行不一的伪善者形象达尔杜弗。另一部著名喜剧《吝啬鬼》（又译《悭吝人》）的主人公阿巴贡是欧洲文学中著名的吝啬鬼形象。另有剧作《唐璜》、《可笑的女才子》、《贵人迷》等。

真题示例：

1. 下列作品中属于莫里哀的作品是（　　）。

A.《基督山伯爵》　　B.《战争与和平》

C.《伪君子》　　D.《变形记》

【2010年平顶山学院广播电视编导专业考试试题】

2. ________是法国古典主义喜剧大师，其代表作品有《伪君子》、《悭吝人》等。

【2009年河南省编导制作类专业统考试题(A卷)】

伏尔泰 ★☆☆☆☆

法国启蒙思想家、文学家、哲学家。其重要作品有悲剧《扎伊尔》、《穆罕默德》，哲理小说《老实人》、《查第格》，长诗《奥尔良少女》等。曾将元杂剧《赵氏孤儿》译编为《中国孤儿》出版。

卢梭 ★★☆☆☆

法国启蒙思想家、哲学家、文学家、教育家。他在社会思想上主张“返回自然”，在文学艺术上强调“自然感情”。主要作品有自传体小说《忏悔录》，长篇教育小说《爱弥儿》，政治著作《社会契约论》等。

真题示例：

卢梭是法国启蒙运动时期的思想家，他宣称“人生而是自由的，可是现在他却处处带着镣铐”。他的主要代表作是（　　）。

A.《哲学通信》　　B.《天真汉》

C.《论法的精神》　　D.《社会契约论》

【2014年海南大学戏剧影视文学专业考试试题】

司汤达 ★★★★☆

法国杰出的批判现实主义作家。代表作《红与黑》是欧洲批判现实主义文学的奠基作。作品通过描写平民知识青年于连为了实现自己的个人野心,对封建贵族和大资产阶级进行的报复性反抗,反映了王朝复辟时期的社会生活和阶级矛盾。

真题示例:

《红与黑》的作者是__________。

【2013年重庆邮电大学广播电视编导专业考试试题】

巴尔扎克 ★★★★★

法国19世纪最著名的批判现实主义作家。他一生共创作96部长、中、短篇小说和随笔,总名为《人间喜剧》。作品广泛而深刻地再现了19世纪上半叶法国社会生活的各个方面,被称为法国社会的"百科全书"。《欧也妮·葛朗台》是其代表作品,小说最大的成就是塑造了葛朗台这个著名的吝啬鬼典型。其他著名作品有《高老头》、《贝姨》、《幻灭》、《夏倍上校》等。

真题示例:

1.《高老头》的作者是__________。

【2013年广西民族大学广播电视编导专业考试试题】

2.下列哪部文学作品是由法国文豪巴尔扎克创作的?( )

A.《巨人传》　　B.《悲惨世界》

C.《人间喜剧》　　D.《三个火枪手》

【2014年重庆邮电大学广播电视编导专业考试试题】

大仲马 ★★★★☆

法国19世纪浪漫主义作家。其小说大都以真实的历史作为背景,情节曲折生动,往往出人意料,有历史惊险小说之称。主要作品有《三个火枪手》、《基督山伯爵》(又译《基督山恩仇记》)等。

真题示例：

《基督山伯爵》的作者是（　　）。

A.大仲马　　B.小仲马　　C.雨果　　D.但丁

【2013年四川音乐学院戏剧影视文学专业考试试题】

雨果 ★★★★★

19世纪法国浪漫主义文学运动的领袖人物和代表作家。长篇小说《巴黎圣母院》是其最出色的浪漫主义作品。它成功地塑造了吉卜赛女郎爱丝美拉达和面目丑陋、心地善良的敲钟人卡西莫多这两个人物形象。另一部著名的社会史诗小说《悲惨世界》通过主人公冉阿让一生在专制制度下的生活际遇，深刻地反映了劳动者的悲惨命运。雨果的主要作品还有长篇小说《笑面人》、《海上劳工》等。

真题示例：

1.雨果作为19世纪浪漫主义文学家，其代表作是（　　）。

A.《悲惨世界》　　B.《三个火枪手》

C.《基督山伯爵》　　D.《双城记》

【2011年周口师范学院广播电视编导专业考试试题】

2.卡西莫多是雨果小说__________中的人物。

【2013年天津师范大学广播电视编导专业考试试题】

3.《巴黎圣母院》是__________国浪漫主义作家雨果的第一部长篇小说。

【2014年吉林动画学院摄影专业考试试题】

福楼拜 ★★★★☆

法国杰出的现实主义小说家。代表作《包法利夫人》是19世纪现实主义文学中的一部力作，叙述了女主人公爱玛因金钱和所谓爱情服毒自尽的悲剧命运。其他著名的作品有小说《萨朗波》、《情感教育》等。

小仲马 ★★★★★

法国作家。1848年,因发表以反映妓女悲惨生活的长篇小说《茶花女》而一举成名。此后,致力于戏剧创作,主要剧作有《私生子》、《放荡的父亲》、《奥布雷夫人的观点》等。

真题示例:

小说《茶花女》的作者是(　　)。

A.小仲马　　B.大仲马　　C.莫里哀　　D.左拉

【2014年重庆邮电大学广播电视编导专业考试试题】

凡尔纳 ★★★☆☆

法国著名的科学幻想小说家,被誉为“科学幻想小说的鼻祖”。代表作品有《格兰特船长的女儿》、《海底两万里》、《神秘岛》等。

都德 ★★★☆☆

法国现实主义作家。他以普法战争为背景,创作了大量以爱国主义为主题的小说,其中《最后一课》、《柏林之围》享有极高的声誉。其他作品有长篇小说《小东西》、《不朽者》等。

真题示例:

__________的《最后一课》以普法战争为背景。

【2009年重庆文理学院广播电视新闻学专业考试试题】

莫泊桑 ★★★★☆

19世纪后期法国批判现实主义作家。其文学成就以短篇小说最为突出,与契诃夫和欧·亨利合称“世界三大短篇小说巨匠”。著名作品有短篇小说《羊脂球》、《项链》、《我的叔叔于勒》，长篇小说《一生》、《漂亮朋友》等。

真题示例：

1. 世界著名三大短篇小说家是欧·亨利、契诃夫、__________，其代表作品分别是《麦琪的礼物》、《变色龙》、《项链》。

【2011 年河南省普通高校编导制作类专业统考试题(B 卷)】

2.《羊脂球》《我的叔叔于勒》《项链》是法国短篇小说巨匠(　　)的作品。

A. 福楼拜　B. 司汤达　C. 莫泊桑　D. 巴尔扎克

【2014 年海南大学戏剧影视文学专业考试试题】

罗曼·罗兰 ★★★☆☆

法国作家、音乐家、社会活动家。代表作有长篇小说《约翰·克利斯朵夫》、《欣悦的灵魂》，名人传记《贝多芬传》、《米开朗基罗传》、《托尔斯泰传》、《甘地传》等。

真题示例：

《约翰·克利斯朵夫》是(　　)的代表作。

A. 肖洛霍夫　B. 罗曼·罗兰　C. 海明威　D. 高尔基

【2012 年西南大学广播电视编导专业考试试题】

普鲁斯特 ★★★★☆

20 世纪法国最重要的作家，意识流小说的先驱。代表作品《追忆似水年华》是意识流小说的开山之作，全书共 7 卷，以叙述者“我”为主体，将其所见所闻所思所感融合于一体，既有对社会生活、人情世态的真实描写，又是对作者自我追求、自我认识的心路历程的记录。其他著名作品有长篇自传体小说《让·桑德伊》等。

萨特 ★★☆☆☆

法国著名文学家、哲学家和社会活动家，西方存在主义文学的主要代表。主要作品有长篇小说《厌恶》、《自由之路》，中篇小说《恶心》，短篇小说集《墙》，剧作《禁闭》、《苍蝇》，哲学著作《存在与虚无》等。1964年，萨特获得诺贝尔文学奖，但他拒绝领奖。

尤奈斯库 ★★★☆☆

法国剧作家，荒诞派戏剧家之一。其戏剧善于采用漫画式的夸张、荒诞不经的虚构、支离破碎的情节，揭示人生的荒诞、空虚和绝望。主要作品有《秃头歌女》、《椅子》、《犀牛》等。

真题示例：

贝克特的《等待戈多》和尤奈斯库的《秃头歌女》等作品是__________派戏剧的代表作。

【2009年天津师范大学戏剧影视文学专业考试试题】

加缪 ★★☆☆☆

法国著名存在主义作家。其作品用白描手法，极其客观地表现人物的一言一行，文笔简洁、明快、朴实，保持传统的优雅笔调和纯正风格。代表作有小说《局外人》、《鼠疫》，哲理随笔《西西弗斯神话》、《反抗者》等。1957年，加缪获得诺贝尔文学奖。

玛格丽特·杜拉斯 ★★☆☆☆

法国著名女作家，电影艺术家。其作品内容丰富，体裁多样，注重文体，具有新颖独特的风格。著名作品有小说《情人》、《抵挡太平洋的堤坝》、《琴声如诉》，电影剧本《广岛之恋》、《长别离》等。

（五）德国文学

歌德 ★★★★★

德国最伟大的诗人、作家、思想家，德国古典文学和民族文学最杰出的代表，“狂飙突进”运动的代表人物。其代表作有书信体小说《少年维特之烦恼》、诗剧《浮士德》。其中《浮士德》描写了主人公浮士德在魔鬼靡菲斯特的引诱下，一生探求真理的痛苦历程。

真题示例：

1.《浮士德》的作者是__________。

【2011年北京电影学院公共事业管理专业（院线经营管理方向）考试试题】

2.歌德的成名作是（　　）。

A.《少年维特之烦恼》　　B.《浮士德》

C.《诗与真》　　D.《普罗米修斯》

【2013年南阳理工学院广播电视编导专业考试试题】

席勒 ★★★☆☆

德国诗人、剧作家、美学家。席勒是德国文学“狂飙突进”运动和古典文学的代表人物之一，与歌德同为近代德国民族文学的奠基人。其代表作品为《阴谋与爱情》，其他主要作品有剧作《强盗》、《威廉·退尔》，美学和文艺批评著作《审美教育书简》等。

真题示例：

1.席勒的__________被称为“德国第一部有政治倾向的戏剧”。

【2013年山东女子学院文化产业管理专业考试试题】

2.席勒是（　　）的著名作家。

A. 法国　　B. 英国　　C. 俄国　　D. 德国

【2014年西南大学广播电视编导专业考试试题】

海涅 ★★☆☆☆

德国诗人、政论家。长篇政治讽刺诗《德国——一个冬天的神话》是其代表作。其他作品有诗集《时代的诗歌》、《诗歌集》，诗歌名篇《西里西亚的纺织工人》等。

布莱希特 ★★★☆☆

德国著名戏剧家、诗人。他一生致力于戏剧革新的探索，创立了“史诗戏剧”理论和“间离效果”表演方法，成为独树一帜的“布氏体系”。代表作品有《卡拉尔大娘的枪》、《伽利略传》、《大胆妈妈和她的孩子们》等。

雷马克 ★★☆☆☆

德国小说家。其代表作也是著名反战小说《西线无战事》，通过前线八名德国士兵的惨痛遭遇，控诉了第一次世界大战的罪恶，反映了人民的反战要求。其他作品有长篇小说《生死存亡的时代》、《里斯本之夜》等。

真题示例：

《西线无战事》的作者是(　　)。

A. 福克纳　　B. 海勒　　C. 海明威　　D. 雷马克

【2013年天津工业大学广播电视编导专业考试试题】

君特·格拉斯 ★★★☆☆

德国当代著名作家。其作品继承了传统的叙述方式，又用梦幻、怪异、荒诞等艺术技巧描绘历史和现实。作品的主人公多是畸形人或拟人化的动物，从而使小说构思奇诡、情节怪诞，探讨的问题比较隐晦深刻。代表作为《铁皮鼓》，并被改编为同名电影。其他作品有《猫与鼠》、《狗年月》、《局部麻醉》等。1990年，格拉斯获得诺贝尔文学奖。

真题示例：

《铁皮鼓》的作者是哪个国家的？（　　）

A.英国　　B.法国　　C.美国　　D.德国

【2011年四川大学锦江学院广播电视编导专业考试试题】

（六）意大利文学

但丁 ★★★★★

意大利从中世纪向文艺复兴运动过渡时期最有代表性的作家、诗人，欧洲文艺复兴的先驱。恩格斯称其为"中世纪的最后一位诗人，同时又是新时代的最初一位诗人"。其代表作长诗《神曲》在世界文学史上占有重要地位。全诗分为《地狱》、《炼狱》、《天堂》三个部分，广泛反映了中世纪后期意大利的社会生活和斗争。

真题示例：

1.__________为意大利著名作家但丁所著，主要分为《地狱》、《炼狱》、《天堂》三部分。

【2014年首都师范大学科德学院广播电视编导专业考试试题】

2.恩格斯称__________为"中世纪的最后一位诗人，同时又是新时代的最初一位诗人"，其代表作为《神曲》。

【2014年江西省普通高校编导联考试题】

彼特拉克 ★☆☆☆☆

意大利诗人。意大利人文主义的奠基人，被誉为"人文主义之父"。他的十四行诗为欧洲抒情诗的发展开辟了道路，被尊为"诗圣"。代表作品有抒情诗集《歌集》等。

薄伽丘 ★★★☆☆

意大利文艺复兴时期杰出的作家，人文主义文学的最早代表。其代表作《十日谈》，被公认为欧洲文学史上第一部现实主义经典巨著。《十日谈》写1348年，意大利佛罗伦萨瘟疫流行，10个青年在乡村一所别墅里避难，10天之内讲了100个故事。这些故事批判天主教会，赞美爱情是才华和高尚情操的源泉，谴责禁欲主义，无情暴露和鞭笞封建贵族的堕落和腐败，体现了人文主义思想。其他作品有长篇小说《菲洛柯洛》，叙事长诗《菲洛斯特拉托》、《苔塞伊达》等。

哥尔多尼 ★★☆☆☆

意大利喜剧作家。其作品题材新颖，情节单纯自然，语言生动幽默，对意大利启蒙主义戏剧运动产生巨大的推动作用。代表作品有《一仆二主》、《女店主》、《狡猾的寡妇》等。

真题示例：

优秀喜剧作品《女店主》的作者是意大利启蒙时期的著名作家__________。

【2014年中央戏剧学院戏剧影视文学专业考试试题】

(七)西班牙文学

塞万提斯 ★★★★★

西班牙作家，文艺复兴时期人文主义文学的杰出代表，被誉为"现代小说之父"。代表作品《堂·吉诃德》以乡村绅士堂·吉诃德的三次出游为线索，描绘了16世纪末17世纪初西班牙社会广阔的生活画面，具有鲜明的人文主义倾向，表现了强烈的人道主义精神。评论家们称之为欧洲文学史上第一部现代小说，同时也是世界文学的瑰宝之一。

真题示例：

1. 西班牙的现实主义作家__________的《堂·吉诃德》是欧洲文艺复兴时期最重要的长篇小说之一。

【2011 年河南省普通高校编导制作类专业统考试题(D 卷)】

2. 塞万提斯是__________(国家)文学史上最伟大的作家，他的小说__________被评论家称之为“西方文学史上第一部现代小说”。

【2014 年河南省普通高校编导制作类专业统考试题】

维加 ★★☆☆☆

西班牙文艺复兴时期杰出的剧作家，被誉为“西班牙戏剧之父”。主要作品有《羊泉村》、《塞维利亚之星》、《最好的法官是国王》等。

(八)中东欧文学

茨威格 ★★★☆☆

奥地利著名作家、文艺评论家。其创作成就主要在传记和中短篇小说方面。主要作品有中篇小说《一个陌生女人的来信》、《象棋的故事》，短篇小说《家庭女教师》、《月光小巷》，传记《三位大师》、《同精灵的斗争》等。

真题示例：

徐静蕾导演的电影《一个陌生女人的来信》是根据奥地利作家__________的同名小说改编的。

【2012 年临沂大学广播电视编导专业考试试题】

卡夫卡 ★★★★★

奥地利小说家，西方现代主义文学奠基者之一。中篇小说《变形记》是其代表作。它通过主人公格里高尔变成大甲虫的荒诞故事,展现了现代人丧失自我,在绝望中挣扎的精神状态。其他著名作品有长篇小说《城堡》、《审判》,短篇小说《在流放地》、《乡村医生》等。

真题示例:

奥地利作家卡夫卡的代表作是＿＿＿＿＿和《城堡》。

【2012年天津师范大学广播电视编导专业考试试题】

裴多菲 ★★★☆☆

匈牙利诗人,资产阶级民主革命的领导者之一。代表作有《自由与爱情》、《民族之歌》、《给贵族老爷们》、《使徒》等。名篇《自由与爱情》全诗为"生命诚可贵,爱情价更高。若为自由故,两者皆可抛"。

真题示例:

著名民族诗人裴多菲的名诗是(　　)。

A.《马丁·伊登》　　B.《自由与爱情》

C.《雾都孤儿》　　D.《永别了,武器》

【2013年南阳理工学院广播电视编导专业考试试题】

伏契克 ★☆☆☆☆

捷克斯洛伐克作家、文艺评论家。代表作《绞刑架下的报告》是其在法西斯监狱里写下的一部长篇特写。作品在简洁的叙事中穿插热烈的抒情和精辟的议论,深刻揭露了法西斯匪徒对革命者的残酷迫害。

米兰·昆德拉 ★★★☆☆

捷克小说家。善于运用反讽手法,用幽默的语调描绘人类境况。主要作品有《生命中不能承受之轻》、《玩笑》、《笑忘录》等。

真题示例：

世界畅销小说《生命中不能承受之轻》的作者是__________（国家）的著名作家。

【2009年北京电影学院管理系影视制片管理专业考试试题】

（九）北欧文学

安徒生 ★★★☆☆

丹麦作家。安徒生写有诗歌、戏剧、小说、游记等各类体裁作品，以童话创作成就最大。最著名的有《皇帝的新装》、《丑小鸭》、《卖火柴的小女孩》、《夜莺》等。

真题示例：

《卖火柴的小女孩》是丹麦作家__________的作品。

【2014年吉林动画学院摄影专业考试试题】

易卜生 ★★★★★

挪威最伟大的戏剧家，被誉为"现代戏剧之父"。他的"社会问题剧"对戏剧艺术的革新作出了重大贡献，具有世界性的影响。代表作品《玩偶之家》主要写主人公娜拉从爱护丈夫、信赖丈夫到与丈夫决裂，最后离家出走，摆脱玩偶地位的自我觉醒过程。这部剧作对中国的妇女运动起了很大的促进作用。其他著名作品有《社会支柱》、《人民公敌》、《群鬼》等。

真题示例：

19世纪，挪威的易卜生被誉为"现代戏剧之父"，他写了__________等"社会问题剧"。

【2014年首都师范大学科德学院广播电视编导专业考试试题】

(十)俄国、苏联文学

克雷洛夫 ★☆☆☆☆

俄国杰出的寓言作家。一生创作诗体寓言200余篇，主要借动物形象讽刺社会丑态。代表作品有《乌鸦和狐狸》、《狼和小羊》、《狐狸和葡萄》等。

普希金 ★★★★★

19世纪俄罗斯伟大的民族诗人，俄国浪漫主义文学的主要代表和俄国批判现实主义文学的奠基人，高尔基赞誉他是“俄国文学之始祖”。代表作品诗体小说《叶甫盖尼·奥涅金》是俄罗斯现实主义文学的奠基之作。小说成功地塑造了叶甫盖尼·奥涅金这一俄罗斯文学中第一个“多余人”的形象。其他著名作品有长篇小说《上尉的女儿》，中篇小说《黑桃皇后》，短篇小说《驿站长》，童话诗《渔夫和金鱼的故事》，政治抒情诗《自由颂》、《致大海》、《致恰达耶夫》等。

真题示例：

1. 普希金的代表作、诗体小说是(　　)。

A.《青铜骑士》　　B.《致大海》

C.《上尉的女儿》　　D.《叶甫盖尼·奥涅金》

【2011年聊城大学广播电视编导专业考试试题】

2.《致大海》《上尉的女儿》的作者是__________。

【2012年黄山学院戏剧影视文学专业考试试题】

3. 被高尔基誉为“伟大的俄国文学之始祖”的是下列哪位文学家？(　　)

A. 托尔斯泰　　B. 果戈理

C. 普希金　　D. 陀思妥耶夫斯基

【2013年重庆邮电大学广播电视编导专业考试试题】

果戈理 ★★★★★

19 世纪杰出的俄国作家，俄国批判现实主义文学的奠基人。长篇小说《死魂灵》以辛辣的讽刺笔调无情地揭露和抨击了腐朽的农奴制度，奠定了俄国批判现实主义文学的基础。小说刻画了一系列具有鲜明个性的地主典型，其中地主泼留希金被列为世界文学作品中经典的吝啬鬼形象之一。其他著名作品有喜剧《钦差大臣》，中短篇小说集《狄康卡近乡夜话》、《彼得堡的故事》、《密尔格拉得》等。

真题示例：

喜剧《钦差大臣》的作者是(　　)。

A. 雨果　B. 果戈理　C. 高尔基　D. 莫里哀

【2014 年重庆邮电大学广播电视编导专业考试试题】

冈察洛夫 ★☆☆☆☆

俄国著名作家。主要作品以长篇小说《奥勃洛摩夫》最为著名。它通过刻画一个寄生成性、极端懒惰的地主形象，揭示了农奴制的腐朽没落和必然灭亡的命运。另有长篇小说《平凡的故事》、《悬崖》等。

赫尔岑 ★☆☆☆☆

俄国作家、哲学家、革命民主主义者。长篇小说《谁之罪》通过写三个男女主人公来自三个不同的社会阶层，最后却陷入同样的“灾祸和不幸”，提出“罪过在谁”的思考，矛头直指俄国封建农奴制。其中主人公之一别里托夫是俄罗斯文学中的又一“多余人”形象。其他作品有中篇小说《克鲁波夫医生》、《偷东西的喜鹊》等。

莱蒙托夫 ★★★☆☆

俄国著名诗人。主要作品有抒情诗《诗人之死》、《孤帆》、《祖国》、《鲍罗金诺》,长诗《童僧》、《恶魔》,诗剧《假面舞会》,长篇小说《当代英雄》等。《当代英雄》中的主人公毕巧林是俄国文学史上"多余人"形象中的一员。

真题示例:

毕巧林是________国作家________的小说________中的人物。

【2009年中央戏剧学院戏剧影视文学专业(戏剧创作方向)考试试题】

屠格涅夫 ★★★★★

19世纪俄国著名的批判现实主义作家。短篇小说和散文集《猎人笔记》是其第一部现实主义作品。长篇小说《罗亭》反映了19世纪三四十年代俄国社会特别是贵族知识分子的生活,主人公罗亭是"多余人"行列中的新典型。其他著名作品有长篇小说《父与子》、《前夜》等。

真题示例:

《父与子》的作者是(　　)。

A. 高尔基　B. 普希金　C. 列夫·托尔斯泰　D. 屠格涅夫

【2011年河南省普通高校编导制作类专业统考试题(B卷)】

陀思妥耶夫斯基 ★★★★☆

19世纪俄国著名的批判现实主义作家。其作品戏剧性强,对人物心理剖析与内心矛盾的揭示尤为独到和深刻。代表作品有《罪与罚》、《被侮辱的与被损害的》、《白痴》,中篇小说《穷人》等。

列夫·托尔斯泰 ★★★★★

19世纪俄国最杰出的现实主义作家，世界上最伟大的小说家之一，被列宁誉为“俄国革命的一面镜子”。代表作品是长篇小说《复活》、《战争与和平》、《安娜·卡列尼娜》。其他著名作品有剧本《黑暗的势力》，中篇小说《伊凡·伊里奇之死》，短篇小说《误会之后》等。

真题示例：

1. 小说《复活》的作者是俄国作家＿＿＿＿＿＿。

【2011年北京电影学院公共事业管理专业（院线经营管理方向）考试试题】

2. 托尔斯泰的代表作有＿＿＿＿＿＿、＿＿＿＿＿＿。

【2011年四川音乐学院戏剧影视文学专业考试试题】

3. ＿＿＿＿＿＿是19世纪后期最伟大的作家、批判现实主义大师，被列宁誉为“俄国革命的一面镜子”。

【2014年宝鸡文理学院广播电视编导专业考试试题】

契诃夫 ★★★★★

19世纪末叶最为重要的俄国小说家和剧作家。他在中短篇小说创作上有杰出的成就，是世界三大短篇小说巨匠之一。主要作品有小说《变色龙》、《装在套子里的人》、《小公务员之死》、《万卡》、《第六病室》，戏剧《海鸥》、《樱桃园》、《万尼亚舅舅》等。

真题示例：

1. 名词解释：契诃夫

【2012年山东师范大学广播电视编导专业考试试题】

2. 小说《装在套子里的人》的作者是＿＿＿＿＿＿。

【2013年齐齐哈尔大学戏剧影视文学专业考试试题】

高尔基 ★★★★★

苏联伟大的无产阶级作家，20世纪苏联文学的奠基人。代表作品长篇小说《母亲》，是世界上第一部正面歌颂无产阶级革命斗争的作品，列宁称它是一部“非常及时的书”。其他著名作品有自传体三部曲《童年》、《在人间》和《我的大学》等。

真题示例：

1.《母亲》的作者是__________。

【2012年四川大学锦江学院广播电视编导专业考试试题】

2.下列作品中不属于苏联作家高尔基的“自传体三部曲”的是(　　)。

A.《童年》　B.《母亲》　C.《在人间》　D.《我的大学》

【2014年重庆市普通高校编导类专业统考试题】

阿·托尔斯泰 ★★☆☆☆

苏联著名作家。代表作品是反映俄国十月革命和国内战争的长篇巨作《苦难的历程》(包括《两姊妹》、《一九一八》、《阴暗的早晨》)。其他著名作品有长篇历史小说《彼得一世》、历史剧《伊凡雷帝》等。

马雅可夫斯基 ★☆☆☆☆

苏联诗人、戏剧家。他的喜剧讽刺了小市民，揭露了官僚主义，并在戏剧艺术上有所创新。著名作品有长诗《列宁》、《穿裤子的云》、《放开嗓子歌唱》，讽刺喜剧《臭虫》。

法捷耶夫 ★★★★☆

苏联著名的无产阶级作家。代表作品《青年近卫军》，展现了卫国战争时期苏联青年一代爱国主义和革命英雄主义的精神面貌，是战后苏联文学中最优秀的作品之一。另有著名作品长篇小说《毁灭》,中篇小说《泛滥》、《逆流》等。

真题示例:

下列属于苏联著名作家法捷耶夫的作品的是(　　)。

A.《青年近卫军》　　B.《静静的顿河》

C.《卡拉马佐夫兄弟》　　D.《铁流》

【2009年河南省编导制作类专业统考试题(B卷)】

奥斯特洛夫斯基 ★★★★☆

苏联著名的无产阶级作家。代表作品是长篇小说《钢铁是怎样炼成的》。作品以作者本人为生活原型,以主人公保尔·柯察金的成长过程为线索,热情歌颂了布尔什维克为实现共产主义理想所进行的英勇卓绝的斗争。

真题示例:

《钢铁是怎样炼成的》的作者是__________,主人公是__________。

【2012年沈阳大学广播电视编导专业考试试题】

肖霍洛夫 ★★★☆☆

苏联著名作家。代表作品《静静的顿河》是四部八卷的史诗般巨著,生动地反映了十月革命前后顿河一带的重大事件和哥萨克各阶层的矛盾冲突和兴衰变化,是哥萨克社会历史的一面镜子。

真题示例:

小说《静静的顿河》的作者是__________。

【2010年山东经济学院文化产业管理专业考试试题】

(十一)美国文学

斯托夫人 ★★★★☆

美国女作家。小说《汤姆叔叔的小屋》,真实地暴露了蓄奴制度的罪恶,对当时反对蓄奴制的政治斗争起到了巨大的推动作用。

真题示例:

美国废奴文学的代表作是(　　)。

A.《白鲸》　　B.《汤姆叔叔的小屋》

C.《汤姆·索亚历险记》　　D.《三个火枪手》

【2014年四川音乐学院绵阳艺术学院广播电视编导专业考试试题】

惠特曼 ★★★★★

美国19世纪最杰出的浪漫主义诗人。《草叶集》是惠特曼一生创作的唯一一部诗集。其诗热情奔放,打破了传统的诗歌格律,确立了自由体诗歌的地位,对美国和欧洲诗歌的发展以及美国现实主义文学的形成都有很大的影响。

真题示例:

1. 名词解释:惠特曼

【2011年聊城大学广播电视编导专业考试试题】

2. 浪漫主义诗集《草叶集》的作者是__________。

【2014年中央戏剧学院戏剧影视文学专业考试试题】

马克·吐温 ★★★☆☆

19世纪末美国现实主义文学的杰出代表,世界著名的短篇小说大师。其作品以幽默讽刺见长,形成了独特的艺术风格。著名作品有短篇小说《竞选州长》、《百万英镑》,长篇小说《汤姆·索亚历险记》、《哈克贝利·费恩历险记》等。

欧·亨利 ★★★★★

美国优秀的短篇小说家,世界三大短篇小说巨匠之一。

欧·亨利的作品情节生动，笔调幽默，富于生活情趣，被誉为“美国生活的幽默百科全书”。他的小说构思巧妙，尤以出人意料的结局著称，故有“欧·亨利式的结尾”之说。著名作品有《麦琪的礼物》、《警察和赞美诗》、《最后一片藤叶》等。

德莱赛 ★☆☆☆☆

美国杰出的现实主义作家。代表作《美国的悲剧》，通过描写一个青年在“美国生活方式”的腐蚀下走向毁灭的过程，控诉了资本主义社会制度和资产阶级人生哲学的罪恶，是美国最杰出的现实主义文学作品。另有著名作品长篇小说《嘉莉妹妹》、《珍妮姑娘》等。

杰克·伦敦 ★☆☆☆☆

美国批判现实主义作家。其作品常将笔下人物置于极端严酷、生死攸关的环境之下，以此展露人性中最深刻、最真实的一面。主要作品有短篇小说《热爱生命》，长篇小说《铁蹄》，自传体长篇小说《马丁·伊登》等。

尤金·奥尼尔 ★★★★☆

美国戏剧家。其作品多用悲剧形式描写美国现实生活中的病态现象，表现主人公追求理想与寻找归宿的主题，在一定程度上反映了美国的社会生活面貌。代表作品有《毛猿》、《天外边》、《琼斯皇帝》等。

福克纳 ★★★☆☆

美国作家，20 世纪西方意识流的代表作家之一。其作品大量运用意识流、多角度叙述等富有创新性的文学手法，具有明显的空间形式小说的特征。代表作品有《喧哗与骚动》、《八月之光》、《押沙龙，押沙龙！》等。福克纳在小说创作上的成就，对现代作家有着深远的影响。1949年，福克纳获得诺贝尔文学奖。

真题示例：

下列属于意识流作品的是(　　)。

A.《喧哗与骚动》　　B.《悲惨世界》

C.《基督山伯爵》　　D.《唐璜》

【2010年河南省编导制作类专业统考试题(A卷)】

海明威★★★★★

20世纪美国著名小说家。海明威所创作的独具风格的作品具有世界影响，并被称为"迷惘的一代"的代表。他早期的长篇小说《太阳照常升起》是"迷惘的一代"的代表作品。代表作中篇小说《老人与海》，描写一个老渔夫与鲨鱼搏斗的故事，歌颂了人的力量的伟大。另有著名作品长篇小说《永别了，武器》、《丧钟为谁而鸣》，短篇小说《乞力马扎罗山上的雪》等。

真题示例：

1."一个人并不是生来要给打败的，你尽可能把他消灭掉，可就是打不败他。"这句话出自(　　)。

A.《一个人的遭遇》　　B.《老人与海》

C.《丧钟为谁而鸣》　　D.《永别了，武器》

【2013年江西师范大学广播电视编导专业考试试题】

2.世界著名小说《老人与海》的作者是(　　)。

A.海明威　B.欧·亨利　C.马克·吐温　D.福楼拜

【2014年西南大学戏剧影视文学专业考试试题】

玛格丽特·米切尔★★★★☆

美国现代女作家。她的长篇小说《飘》，以美国南北战争前后的历史为背景，通过主人公郝思嘉的生活经历，广泛地反映了美国南方社会的历史风貌。1939 年根据该书改编的电影《乱世佳人》成为世界经典名片。

真题示例：

美国著名小说《飘》被改编为好莱坞著名影片（　　）。

A.《出水芙蓉》　　B.《魂断蓝桥》

C.《雨中曲》　　D.《乱世佳人》

【2014 年四川音乐学院绵阳艺术学院广播电视编导专业考试试题】

海勒 ★★★☆☆

美国著名小说家、戏剧家，黑色幽默文学的重要代表之一。主要作品有长篇小说《第二十二条军规》、《出了毛病》，剧本《我们轰炸纽黑文》。

真题示例：

小说《第二十二条军规》的作者是（　　）。

A. 欧·亨利　B. 海明威　C. 惠特曼　D. 海勒

【2009 年北京电影学院管理系影视制片管理专业考试试题】

（十二）印度文学

印度两大史诗 ★★★☆☆

印度古代梵文叙事诗《摩诃婆罗多》和《罗摩衍那》。《摩诃婆罗多》意为“伟大的婆罗多族的故事”，全书共分 10 篇，叙述了婆罗多族两支后裔俱卢族和般度族争夺王位继承权的斗争。《罗摩衍那》意为“罗摩传”，全书共分 7 篇，以罗摩和悉多的悲欢离合为故事主线，描写印度古代宫廷内部和列国之间的斗争。两大史诗是对印度在列国纷争时代社会现实的艺术反映，对印度人民的精神生活产生了深远的影响。

迦梨陀娑 ★★☆☆☆

印度享有最高声誉的古典梵语诗人和戏剧家。代表作品有剧作《沙恭达罗》、《优哩婆湿》,长篇叙事诗《鸠摩罗出世》、《罗怙世系》,抒情长诗《云使》等。

泰戈尔 ★★★★★

印度近代杰出的诗人、小说家和戏剧家。其诗以《吉檀迦利》、《飞鸟集》、《园丁集》、《新月集》最为著名。长篇小说代表作有《沉船》、《戈拉》等。1913年泰戈尔获诺贝尔文学奖,成为东方第一位获此殊荣的作家。

真题示例:

(　　)是亚洲首位获得诺贝尔文学奖的作家。

A. 泰戈尔　B. 莫言　C. 川端康成　D. 大江健三郎

【2014年云南艺术学院文化产业管理专业考试试题】

(十三)日本文学

紫式部 ★★★☆☆

日本平安时代杰出的女作家。她的《源氏物语》是世界上最早的一部长篇写实小说。作品真实地反映了古代贵族社会的生活面貌,是日本古典文学的杰作。

真题示例:

紫式部是日本杰出的女作家,她所作的世界上第一部长篇小说是(　　)。

A.《我是猫》　B.《源氏物语》

C.《伊豆的舞女》　D.《没有太阳的街》

【2013年黄淮学院广播电视编导专业考试试题】

夏目漱石 ★★☆☆☆

日本近代文学史上最杰出的代表作家之一。长篇讽刺小说《我是猫》,反映了资本主义社会的黑暗和知识分子的空虚绝望的生活,对明治时期的社会制度进行了抨击。另有名作《哥儿》、《三四郎》等。

川端康成 ★★★☆☆

日本现代著名小说家。早年参加发起新感觉派的文学运动,对该学派在理论上的建树颇有贡献。著名作品有《雪国》、《伊豆的舞女》、《千只鹤》、《古都》等。1968 年,川端康成获得诺贝尔文学奖,是首位获得该奖项的日本作家。

小林多喜二 ★☆☆☆☆

日本无产阶级作家。代表作品有中篇小说《蟹工船》,自传体长篇小说《为党生活的人》等。

大江健三郎 ★★☆☆☆

日本当代著名小说家。其创作思想受到存在主义的影响,作品内容多反映人在政治重压和核威胁下的内心孤独和痛苦。代表作有《个人的体验》、《万延元年的足球队》、《饲育》等。1994 年,大江健三郎获得诺贝尔文学奖。

真题示例:

日本已经有两位作家获得过诺贝尔文学奖,一位是川端康成,另一位是__________。

【2011 年中国戏曲学院戏剧影视文学专业(戏曲文学方向)考试试题】

村上春树 ★★★★☆

日本现代作家和翻译家。主要代表作有长篇小说《挪威的森林》、《海边的卡夫卡》、《寻羊冒险记》、《舞！舞！舞!》等。他的作品构思新奇,抒情风格浓郁,被推举为最具都市感受性、最能掌握时代特质与节奏的作家。

(十四)拉丁美洲文学

博尔赫斯 ★★☆☆☆

阿根廷诗人、小说家和文学评论家。其作品基调低沉,题材具有幻想性,充满孤独和失望。代表作有《小径分叉的花园》、《深沉的玫瑰》、《阿莱夫》等。

加西亚·马尔克斯 ★★★★★

哥伦比亚小说家,魔幻现实主义文学的代表作家。代表作长篇小说《百年孤独》是拉丁美洲魔幻现实主义文学的典范之作,被誉为“再现拉丁美洲历史社会图景的鸿篇巨制”,奠定了其在拉美乃至世界文坛的地位。

真题示例:

被称为“魔幻现实主义文学的典范之作”的《百年孤独》的作者是(　　)。

A. 加西亚·马尔克斯　　B. 博尔赫斯

C. 司汤达　　D. 贝克特

【2014年天津工业大学广播电视编导专业考试试题】

第三章　电影常识

识记导引：本章分为电影基本常识、中国电影常识、外国电影常识三大部分，其中中外电影常识又分为电影导演、电影思潮及流派、电影名片及电影评奖四部分。总结历年考试，电影基本常识中的词目常以名词解释的形式来考查，考生应当予以关注。中外电影常识中，需要准确记忆中外电影的诞生年代、中外不同时期具有代表性的著名导演及其代表作品、具有标志性意义的电影名作、中外各时期电影思潮及流派的特征，以及中外著名电影奖项等。

第一节　电影基本常识

电影 ★★★★★

根据视觉暂留原理，运用照相（以及录音）手段，把外界事物的影像（以及声音）摄录在胶片上，通过放映（以及还音），在银幕上造成活动影像（以及声音），以表现一定内容的技术。

1895 年，法国卢米埃尔兄弟制造出“活动电影机”，并在巴黎的“大咖啡馆”放映了影片《火车到站》，标志着电影的正式诞生。

真题示例：

1.名词解释：电影

【2014年山东师范大学戏剧影视文学专业考试试题】

2.__________年，__________在巴黎一家咖啡馆里放映《水浇园丁》、《火车进站》等影片，这标志着电影时代的诞生。

【2014年河南省普通高校编导制作类专业统考试题】

视觉暂留 ★★★☆☆

人眼在观察景物时，光信号传入大脑神经，需经过一段短暂的时间，光的作用结束后，视觉形象并不立即消失，这种残留的视觉称“后像”，视觉的这一现象则被称为“视觉暂留”。

真题示例：

名词解释：视觉暂留原理

【2013年泰山学院广播电视编导专业考试试题】

电影艺术 ★★☆☆☆

以电影技术为手段，以画面和音响为媒介，在银幕上运动的时间和空间里创造形象，再现和反映生活的一门艺术。

第七艺术 ★★★☆☆

电影艺术的同义语。1911年，意大利诗人和电影先驱者乔托·卡努杜发表了著名论著《第七艺术宣言》，第一次宣称电影是一种艺术，是一种综合建筑、音乐、绘画、雕塑、诗和舞蹈等六种艺术元素的“第七艺术”。此后，人们将电影艺术称为“第七艺术”。

真题示例：

1911年意大利诗人和电影先驱者__________提出电影是一门艺术。

【2014年廊坊师范学院戏剧影视文学专业考试试题】

电影文学 ★★★☆☆

继抒情文学、叙事文学、戏剧文学等传统文学类型之后出现的一种新兴文学类型。兼有电影与文学的双重特性，并在二者的交互渗透中将文学的叙事因素与电影的造型因素有机地融合为一体，其具体的书面形式即电影文学剧本。

分镜头剧本 ★★☆☆☆

又称“导演剧本”，是导演案头工作的集中表现，是将影片的文学内容分切成一系列可以摄制的镜头的一种剧本。导演对文学剧本进行分析、研究之后，将未来影片中准备塑造的声画结合的银幕形象，通过分镜头的方式诉诸文字，就成为分镜头剧本。内容包括镜头号、景别、摄法、画面内容、台词、音乐、音响效果、镜头长度等项目。

真题示例：

名词解释：分镜头剧本

【2010年鲁东大学广播电视编导专业考试试题】

电影镜头 ★★★☆☆

即“电影画面”，用摄影机不间断地拍摄下来的一个片段。镜头是影片结构的基本组成单位。一个电影镜头可以表现一种景别，也可以表现多种景别的变化。无论一个镜头有多长，只要中间不断开，不经剪接，仍为一个镜头，即一个电影画面。

真题示例：

名词解释：镜头

【2014年新疆艺术学院广播电视编导专业考试试题】

运动镜头 ★★★★☆

通过移动摄像机机位，或者改变镜头光轴，或者改变镜头焦距所进行的拍摄镜头。运动镜头主要包括由推、拉、摇、移、跟、升降摄像形成的推镜头、拉镜头、摇镜头、移镜头、跟镜头、升降镜头等。

真题示例:

名词解释:运动镜头

【2014年鲁东大学广播电视编导专业考试试题】

推镜头 ★★☆☆☆

摄像机向被摄主体的方向推进,或者改变镜头焦距(从短焦距逐渐调至长焦距部位),使画面框架由远而近向被摄主体不断接近的镜头。

拉镜头 ★★★★☆

摄像机逐渐远离被摄主体,或者改变镜头焦距(从长焦距逐渐调至短焦距部位),使画面框架由近至远与主体拉开距离的镜头。

真题示例:

摄像机沿光轴方向向后移动或采取变焦距镜头,从长焦距变为短焦距的镜头叫作__________。

【2012年泰山学院广播电视编导专业考试试题】

摇镜头 ★★☆☆☆

摄像机机位不动,借助于三脚架上的活动底盘或拍摄者自身,使摄影机的机身做上下、左右、旋转等各种运动的镜头。

移镜头 ★★★☆☆

又称“移动镜头”。摄像机安放在移动车或其他运载工具上,在水平方向按一定的运动轨迹进行运动拍摄的镜头。

真题示例：

名词解释：移镜头

【2012 年青岛大学广播电视编导专业考试试题】

跟镜头 ★★☆☆☆

摄像机始终跟随运动的被摄主体一起运动而进行拍摄的镜头。

升降镜头 ★☆☆☆☆

摄像机借助升降装置等在空间里上下移动拍摄的镜头，一般用来表现高大物体的各个局部、展示事件或场面的规模和氛围等。

仰拍 ★★★☆☆

摄影机镜头视轴偏向视平线上方的拍摄方式，常用于表现崇高、庄严、伟大的气势。

俯拍 ★☆☆☆☆

摄影机镜头视轴偏向视平线下方的拍摄方式。摄影机处于俯视被摄对象的位置，常用来描述环境特色，也用于营造压抑、低沉的氛围。

长镜头 ★★★★★

摄影过程中从开机到关机，未间断且完整地拍摄下一个完整的片段。长镜头并没有绝对的标准，延续时间一般在 30 秒到 10 分钟。其特点是保持被摄对象时间与空间的连续和完整，以营造真实、可信、连贯的感觉，形成一种独特的纪实风格。

真题示例:

名词解释:长镜头

【2013年四川音乐学院绵阳艺术学院广播电视编导专业考试试题】

空镜头 ★★★★☆

又称“景物镜头”,指画面中没有人物而只有景和物的镜头。空镜头与有演员(包括人和动物)的镜头可以互补而不能代替,是导演阐明思想内容、叙述故事情节、抒发感情意境的重要手段之一。

真题示例:

影片画面中没有人物只有景物的镜头叫作__________。

【2013年泰山学院广播电视编导专业考试试题】

快慢镜头 ★★☆☆☆

摄影机按正常情况拍摄的速度是每秒钟24格画面。低于摄影机正常速度24格/秒拍下的镜头叫快镜头,高于摄影机正常速度24格/秒拍下的镜头叫慢镜头。

主观镜头 ★★★★☆

摄影机的视点直接代表剧中某一人物的视点所拍摄的镜头。在银幕直观效果上,可使观众以剧中人物的角度“目击”或“臆想”其他人物及场面的活动与发展,从而产生与剧中人物相似的主观感受。

真题示例:

以摄像机代表影片中某一人物的眼睛,直接摄取他当时的目击景物的镜头叫作__________。

【2013年泰山学院广播电视编导专业考试试题】

客观镜头 ★★☆☆☆

又称“中立镜头”，摄影机采用大多数人在拍摄现场所共有的视点拍摄的镜头。这类镜头的作用是将内容客观地呈现给观众，从而使观众产生临场感。

景别 ★★★★★

被摄主体在画面中呈现的范围。一般分为远景、全景、中景、近景和特写。

真题示例：

1. 名词解释：景别

【2013 年四川大学锦江学院广播电视编导专业考试试题】

2. 景别是镜头所表达的视野范围，其分类为（　　）。

A. 远全中近俯　　B. 近平仰拉俯

C. 远俯仰中特　　D. 远全中近特

【2014 年四川音乐学院绵阳艺术学院戏剧影视文学专业考试试题】

远景 ★★★☆☆

表现广阔空间和场面的电影画面，如自然景色、大规模的群众场面等。远景提供的视野开阔，以表现环境氛围为主。

全景 ★★★☆☆

表现成年人的全身或场景全貌的电影画面。全景可以使观众看清人物的形体动作以及人物和环境的关系，因此对于影片的一个场景来说，全景起到确立空间关系和其他影像元素总体基调的作用。

中景 ★★★☆☆

表现成年人膝盖以上或场景局部的电影画面。中景可以使观众看清人物半身的形体动作和情绪交流,有利于交代人与人、人与物之间的关系,是表演场面的常用镜头。

近景 ★★★☆☆

表现成年人胸部以上或物体局部的电影画面。运用近景,可以使观众看清展示人物心理活动的面部表情和细微动作,使观众仿佛置身于事件中,容易产生交流。

特写 ★★★★★

表现成年人肩部以上的头像或被拍摄对象细部的电影画面。特写镜头往往能将演员细致的表情和某一瞬间的心灵信息传达给观众,常被用来细腻地刻画人物性格以及情绪变化。

真题示例:

1. 善于细腻表现人物或被拍摄物体细致特征的景别是__________。

【2013年临沂大学广播电视编导专业考试试题】

2. 下列表述不属于"特写镜头"功能特征的是(　　)。

A. 展现环境　　　　B. 具有放大效果

C. 表现细节　　　　D. 起强调作用

【2014年重庆市普通高校编导类专业统考试题】

蒙太奇 ★★★★★

法文montage,原为建筑学术语,意为构成、装配。借用到电影艺术中有组接、构成之意,是影视创作的主要叙述手段和表现手段之一。一般包括画面剪辑和画面合成两方面,电影将一系列在不同地点,从不同距离和角度,以不同方法拍摄的镜头排列组合起来，叙述情节，刻画人物。但当不同的镜头组接在一起时，往往又会产生各个镜头单独存在时所不具有的含义。以结构功能为标准，蒙太奇可分为叙事蒙太奇、表现蒙太奇两个基本类别。

真题示例：

名词解释：蒙太奇

【2014年广西壮族自治区普通高校影视传媒类专业统考试题】

叙事蒙太奇 ★★★☆☆

以交代情节、展示事件为主旨的一种蒙太奇类型。它按照情节发展的时间流程、逻辑顺序、因果关系来组合镜头、场面和段落，表现动作的连贯，推动情节的发展，引导观众理解剧情。其优点是脉络清晰，逻辑连贯，明白易懂。根据叙述方式，叙事蒙太奇一般分为连续蒙太奇、平行蒙太奇、交叉蒙太奇、重复蒙太奇等。

连续蒙太奇 ★★☆☆☆

是指沿着一条单一的情节线索，按照事件的逻辑顺序，有节奏地连续叙述，以展现事件的连续过程的蒙太奇方法。

平行蒙太奇 ★★★☆☆

指将两条或两条以上的情节线索（不同时空、同时同地或同时异地）并列表现、分别叙述而统一在一个完整的情节结构之中，或将几个表面毫无联系的情节（或事件）互相穿插交错表现而统一在共同的主题中的蒙太奇方法。

真题示例：

名词解释：平行蒙太奇

【2013年广西民族大学广播电视编导专业考试试题】

交叉蒙太奇 ★★☆☆☆

又称“交替蒙太奇”，指将并列表现的相互紧密联系的两条或数条情节线索同时而又迅速频繁地交替叙述，其中一条线索的发展往往决定另一条或数条线索的发展，最后几条线索汇合在一起的蒙太奇手法。

重复蒙太奇 ★★☆☆☆

又称“复现蒙太奇”。指根据艺术构思，将代表一定寓意的镜头或场面在关键时刻反复出现，造成强调、对比、呼应、渲染等艺术效果的蒙太奇手法。

表现蒙太奇 ★★☆☆☆

以加强艺术表现力和情绪感染力为主旨的一种蒙太奇类型。它以镜头队列为基础，通过相连或相叠镜头在形式或内容上相互对照、冲击，从而产生一种单独镜头本身不具有或更为丰富的含义，以表达某种情感、情绪、心理或思想。表现蒙太奇一般可分为对比蒙太奇、隐喻蒙太奇、心理蒙太奇、抒情蒙太奇等类别。

真题示例：

名词解释：表现蒙太奇

【2012年青岛农业大学广播电视编导专业考试试题】

对比蒙太奇 ★★☆☆☆

通过镜头(或场面、段落)之间的内容或形式上的强烈对比，产生相互强调、相互冲突的作用，以表达创作者的某种寓意或强化所表现的内容、情绪和思想。

隐喻蒙太奇 ★★☆☆☆

通过镜头或场面的对列或交替表现进行类比，含蓄而形象地表达创作者的某种寓意或事件的某种情绪色彩。

心理蒙太奇 ★★☆☆☆

通过镜头组接或声画结合，具体而形象地展示人物的心理活动、精神状态的蒙太奇方法。常用来表现人物的回忆、梦境、幻觉想象、闪念乃至潜意识的活动，是人物心理的外化和物化表现。

真题示例：

名词解释：心理蒙太奇

【2010 年山东师范大学广播电视编导专业考试试题】

抒情蒙太奇 ★★☆☆☆

通过镜头各种元素的组合或镜头之间的组合，在保证叙事和描写的连贯性的同时，表现超越剧情之上的思想和情感，使影视作品充满浓郁的诗情画意。

声音 ★★★★☆

影视的声音是指在银（屏）幕上出现的所有用来表情达意的声音形态。影视中的声音包括人声、音乐、音响三类。

人声 ★★★☆☆

指银（屏）幕上的人物在表达思想和交流感情时所发出的各种声音。其主要表现形态有对白、独白和旁白。

真题示例：

名词解释：人声

【2010 年青岛大学广播电视编导专业考试试题】

对白 ★☆☆☆☆

指剧情中人物之间的对话。它是人声最主要的表现形式，也是影视声音中最主要的因素。

独白 ★☆☆☆☆

指剧中人物在画面中对内心活动的自我表述。独白通常分为两种形式:一是以自我为交流对象的独白,即通常所说的"自言自语";二是有其他交流对象的大段述说。

旁白 ★☆☆☆☆

以画外音形式出现的第一人称的自述及第三人称的议论和评说。

影视音乐 ★★★☆☆

专为影视作品创作、编配的音乐,包括器乐和声乐两部分。影视音乐是影视作品的重要组成部分,是一种新的音乐艺术体裁,是影视作品重要的表意、抒情的造型元素。

真题示例:

名词解释:电影音乐

【2012年山东艺术学院公共事业管理专业考试试题】

音响 ★★★☆☆

指在影视艺术作品中,除了人声和音乐之外,所有能够传递信息、表达思想、交代环境的一切声音形态的总称。从声源性质来看,主要有自然环境中的声音和社会环境中的声音两类。

画外音 ★★★★☆

声源来自画面外的声音,而不是由画面中的人或物体直接发出的,可以是人声也可以是音乐、音响效果。

真题示例:

名词解释:画外音

【2013年四川音乐学院绵阳艺术学院广播电视编导专业考试试题】

声画关系 ★★★☆☆

声音与画面在影片中的结合关系。声音是听觉艺术，画面是视觉艺术，两者只有协调、巧妙地配合才能产生立体、完整的感官效果。一般分为声画同步和声画对位两种形式。

声画同步 ★★★☆☆

又称“声画合一”。即声音与画面中的发声体同时呈现又同时消失，并且声音情绪与画面情绪基本一致，音乐节奏与画面节奏完全吻合。

声画对位 ★★★☆☆

又称“声画分离”。指影视作品中出现的声音，不是来自画面中的人或物所发出的，而是以“画外音”的方式出现的。声画对位使声音与画面在同一时间内做不同侧面的表现，两者形成“对位”的关系，从而更深刻地表达影片的主题。声画对位一般包含声画并行和声画对立两种形式。

声画并行 ★★★☆☆

声画并行是指声音不是具体地解释画面内容，也不是与画面处于对立状态，而是以自身独特的表现方式从整体上揭示影视作品的思想内容和人物的情绪状态，为受众提供更广阔的联想空间，从而扩大影视作品在单位时间内的容量。

声画对立 ★★★☆☆

即画面与声音之间在情绪、气氛、节奏以至内容等方面互相对立，使声音具有寓意，从而深化影视作品的主题。

画格 ★★★☆☆

拍摄在电影胶片上的每个长方形的画幅。是构成电影镜头长度的最基本的单位,也是构成电影时间的最小单位。

定格 ★★★★☆

电影剪辑技巧手法之一。银幕上活动的影像突然停止而成为静止画面,用定格印片的方法,使被停顿的画面延伸到所需要的长度,用以突出或渲染某一场面、某种神态或某个细节等。

真题示例:

1. 画面由动态变为静止被称为__________。

【2010 年鲁东大学广播电视编导专业考试试题】

2. 看电视时,一幅画突然停止,静止不动,叫作__________。

【2009 年天津工业大学广播电视编导专业考试试题】

叠印 ★★★☆☆

电影剪辑技巧手法之一。两个或两个以上不同时空中的不同景物或人物的画面重叠起来,复印在一条胶片上,相互重叠的各个画面的内容之间有内在联系。

淡入、淡出 ★★★☆☆

电影剪辑技巧手法之一,又称"渐显、渐隐",是电影艺术表现时空间隔的重要手段。表现形式是前一场景的画面逐渐暗淡直至完全消失(渐隐),后一场景的画面逐渐显露直到十分清晰(渐显)。

真题示例:

名词解释:淡出淡入

【2014 年西北大学现代学院广播电视编导专业考试试题】

化出、化入 ★★☆☆☆

电影剪辑技巧手法之一。又称“化”，是电影艺术表现时空转换和深化情绪的重要手段。其表现形式是前一画面渐渐隐去（化出）之前，后一画面已开始渐渐显露（化入），两个画面同时重叠隐现，起到时空自然过渡的作用。

划入、划出 ★★☆☆☆

电影剪辑技巧手法之一。又称“划”、“划变”，指用多种样式的技巧把两幅画面衔接起来。表现形式是滑移，即后一镜头从前一镜头画面上渐渐划过，前后交替。

圈入、圈出 ★★☆☆☆

电影剪辑技巧手法之一。“划”的变种。其表现形式是从画面中心以圆点开始逐渐扩大（圈出）或从画面外沿以圆形逐渐收缩（圈入），使下一镜头的画面逐渐取代上一镜头的画面。

出画、入画 ★★☆☆☆

在镜头末尾，运动主体离开画面，称为出画；在镜头开始出现若干画面后，运动主体进入画面，称为入画。

切换 ★★☆☆☆

简称“切”，是电影最基本的镜头转换方式。切换是不用诸如化、划、淡、圈等光学技巧作为过渡，直接由一个镜头转换成另一个镜头。

切出、切入 ★★☆☆☆

又称“跳切”。是一种不遵循时空和动作的连续性，将动作做跳跃式组接以突出某些重要内容、省略时空过程的切换方式。

闪回 ★★★☆☆

在某一场景中突然插入另一场景镜头或片段的一种电影叙事手法。闪回内容一般为闪回前面镜头中某个人物的思念或回忆,使受众更清晰地感受人物的思想和情绪。

景深 ★★★★☆

指处在不同距离上的被摄对象在感光胶片上能获得清晰影像的空间范围。决定景深的三种因素:镜头焦距、镜头光圈和拍摄距离。光圈越大、景深越短,光圈越小、景深越长;镜头的焦距越长、景深越短,镜头的焦距越短、景深越长;距离拍摄体越近、景深越短;距离拍摄体越远、景深越长。

真题示例:

名词解释:景深镜头

【2013年井冈山大学广播电视编导专业考试试题】

电影三原色 ★★★★★

即光的三原色,指红、绿、蓝三种颜色。原色,又称为基色,即用以调配其他色彩的基本色。

真题示例:

电影"三原色"是________、________、________。

【2010年周口师范学院广播电视编导专业考试试题】

暖色与冷色 ★★★★☆

又称"热色"与"寒色",是人眼的色觉与温度感觉相联结产生的一种色彩感受现象。红、黄、橙等色,可使人联想到阳光、火焰、灼热的金属、炎热干燥的土地等,被称为暖色;青、蓝、绿等色,可使人联想到水、冰、寒冷的夜空等,被称为冷色。

真题示例：

1. 色调分为暖色调和__________。

【2012 年临沂大学文化产业管理专业考试试题】

2. 在暖色调画面中，一般是由__________色、__________色、__________色构成画面基调。

【2013 年成都理工大学广播影视学院影视摄影与制作专业考试试题】

直射光 ★★★☆☆

又称“硬光”。在被摄体上产生清晰投影的光线，如日光灯和聚光灯照明。

散射光 ★★★☆☆

又称“软光”。在被摄体上产生不明显投影的光线，如阴天和经柔化的灯光的照明。

顺光 ★★★☆☆

又称“正面光”。光线投射方向和摄影机拍摄方向相一致的照明。

侧光 ★★★☆☆

光线投射方向与拍摄方向成水平角 90°左右的照明。

逆光 ★★★☆☆

又称“背面光”，来自被摄体后方的照明。由于它从背面照明，只能照亮被摄体的轮廓，所以也称为轮廓光。

顶光 ★★★☆☆

来自被摄体上方的照明。

电影构图 ★★★☆☆

指结合被摄对象和摄影造型元素,按照时间顺序和空间位置有重点地分布、组织在一系列活动的电影画面中,形成统一的画面形式。一般来说,电影画面构图分为主体、陪体和环境三部分。

构图形式 ★★★☆☆

被摄对象与摄影机之间的动静变化及取景所产生的画面结构。主要形式有静态构图和动态构图、封闭式构图和开放式构图、不规则构图和不完整构图。此外,构图形式还表现为线条结构形式,如水平线构图、垂直线构图、三角形构图等。

类型电影 ★★★☆☆

按照不同的类型或样式的规定创作出来的影片,是由于不同题材或技巧而形成的影片范畴、种类或形式。类型电影在美国最为典型,盛行于20世纪三四十年代的好莱坞。其最有典型性的四个类型是喜剧片、西部片、犯罪片和幻想片。作为一种影片制作方式,类型电影具有以下三个基本元素:(1)公式化的情节;(2)定型化的人物;(3)图解式的视觉形象。

西部片 ★★★★★

又称"牛仔片"。美国好莱坞特有的一种影片类型,主要以美国西部为故事背景,以19世纪下半叶美国人开发西部荒野土地为题材,被认为是最能反映美国人的民族性格和精神的影片类型。影片一般都具有相同的电影元素,其符号特征十分明显,如苍茫的原野、富有传奇色彩的牛仔形象和跃马驰骋持枪格斗的激烈场面等。

真题示例：

1. 名词解释：西部影片

【2012年赣南师范学院广播电视编导专业考试试题】

2. 美国富有特色的类型电影“__________”是好莱坞特有的一种影片类型，第一部是《火车大劫案》。

【2013年南阳理工学院广播电视编导专业考试试题】

第二节 中国电影常识

（一）中国电影导演

第一代导演 ★★★☆☆

指默片时期的电影导演，大致活跃于19世纪初叶到20年代末。代表人物有郑正秋、张石川、但杜宇、邵醉翁、杨小仲等，其中尤以郑正秋、张石川的成就为大。

作为中国电影的奠基者，第一代导演从中国传统的叙事艺术和舞台戏曲中吸收了很多手法，与时代要求相联系，重视电影的社会教化作用。

真题示例：

第一代导演的代表人物有__________、__________。

【2013年大连艺术学院广播电视编导专业考试试题】

郑正秋 ★★★★★

中国电影事业的开拓者，我国最早的电影编剧和导演之一。1913年，与张石川合作导演了中国第一部短故事片《难夫难妻》，同时也是该片的编剧。1922年与张石川等创建明星影片公司，担任编剧、导演。主要编导作品有《姊妹花》（胡蝶一人分饰两角)、《玉梨魂》、《自由之花》等。

真题示例:

1933年,在郑正秋导演的影片__________中胡蝶一人分饰双胞胎姐妹两角。

【2013年天津师范大学戏剧影视文学专业考试试题】

张石川 ★★★★★

中国电影事业的开拓者,最早的电影导演之一。1913年,与郑正秋合作导演了《难夫难妻》,其后导演了影片《黑籍冤魂》、《孤儿救祖记》、《火烧红莲寺》、《歌女红牡丹》等。张石川一生共编导了156部影片,为中国电影的发展作出了重要贡献。

第二代导演 ★★★☆☆

主要活动时间是在20世纪三四十年代,部分导演一直到上世纪五六十年代甚至80年代,仍工作在电影岗位上。这一代导演主要有程步高、沈西苓、蔡楚生、史东山、费穆、孙瑜、袁牧之、应云卫、陈鲤庭、吴永刚、沈浮、汤晓丹、张骏祥、桑弧等。其中成就最大的是蔡楚生、郑君里、费穆、吴永刚、桑弧、汤晓丹。

第二代导演的突出贡献是完成了中国电影从默片到有声片的转变。在艺术上,他们最大的特点是写实主义,同时,注意把写实和电影化结合起来,逐渐摆脱舞台的局限,充分发挥电影艺术之长。中国电影从这一代开始,才显出自己独立的价值。

蔡楚生 ★★★★★

电影导演,中国第二代导演的杰出代表。1934年拍摄的电影《渔光曲》在莫斯科国际电影节上获得“荣誉奖”,成为中国第一部在国际上获奖的影片。另有著名作品《一江春水向东流》(与郑君里合作导演)、《都会的早晨》等。蔡楚生以他对中国电影事业和电影艺术发展作出的贡献，被誉为“中国进步电影的先驱者”、“中国现实主义电影的奠基人”。

真题示例：

1. 蔡楚生是第__________代导演。

【2012年湖南师范大学广播电视编导专业考试试题】

2. 我国第一部在国际上获奖的影片是__________。

【2014年重庆师范大学戏剧影视文学专业考试试题】

郑君里 ★★★☆☆

电影演员、导演。抗日战争爆发前，曾在《新女性》、《迷途的羔羊》、《大路》等影片中担任主要演员。抗日战争胜利后，导演了《一江春水向东流》（与蔡楚生合作导演）、《乌鸦与麻雀》等著名影片。新中国成立后，导演了《林则徐》、《聂耳》、《枯木逢春》等影片。

费穆 ★★★☆☆

电影导演。1936年导演的影片《狼山喋血记》，被认为是“国防电影”的代表作。1947年执导由京剧大师梅兰芳主演的戏曲片《生死恨》，这是我国第一部彩色影片。1948年，他导演了名作《小城之春》，达到个人导演艺术的顶峰，成为中国电影史上的经典作品。

吴永刚 ★★★☆☆

由美术师转为导演。1934年编导影片《神女》，一举成名。1980年与吴贻弓合作导演影片《巴山夜雨》，获得了第一届中国电影“金鸡奖”最佳故事片奖。其他作品有《壮志凌云》、《辽远的乡村》、《哈森与加米拉》、《楚天风云》等。

桑弧 ★★★☆☆

电影编剧、导演。导演了新中国第一部彩色电影戏曲片《梁山伯与祝英台》、新中国第一部彩色故事片《祝福》及根据茅盾同名小说改编的影片《子夜》等。

真题示例：

20世纪40年代，将张爱玲的小说《太太万岁》搬上银幕的是导演＿＿＿＿＿＿。

【2013年天津师范大学戏剧影视文学专业考试试题】

孙瑜 ★★★☆☆

电影导演，是我国第一个在国外受过专业电影教育的电影艺术家。其影片借鉴西方戏剧结构和新颖的电影手法，重视镜头的美感和剪辑的流畅，被称为"电影诗人"。其导演的代表作品有《武训传》、《故都春梦》、《野草闲花》、《野玫瑰》、《小玩意》、《大路》等。

真题示例：

中国影片《大路》的导演是被称为"电影诗人"的＿＿＿＿＿＿。

【2013年天津师范大学戏剧影视文学专业考试试题】

第三代导演 ★★★☆☆

新中国成立后走上影坛的导演艺术家，被称为中国电影导演的"第三代"。这一代导演主要有成荫、谢铁骊、水华、崔嵬、凌子风、谢晋、王炎、郭维、李俊、于彦夫、鲁韧、王苹、林农等。

第三代导演在遵循现实主义原则的基础上表现生活的本质，深入展现矛盾冲突，在民族风格、地方特色、艺术意蕴等方面，都进行了十分有益的探索。

谢铁骊 ★★★☆☆

电影导演。诗意激情和细腻精微的表达特色，使其导演的作品充满了浓郁的人情味。其代表作是根据柔石的中篇小说《二月》改编的《早春二月》。其他著名的作品有《暴风骤雨》、《海霞》、《包氏父子》、《红楼梦》等。

真题示例：

影片《早春二月》的导演是___________。

【2012 年天津师范大学广播电视编导专业考试试题】

水华 ★★★☆☆

电影导演。水华的突出贡献是建立起以民族情感、民族生活内容支撑而形成的富有民族风格的影像，架通了民族化和艺术化的电影桥梁。其主要作品有《白毛女》、《林家铺子》（根据茅盾同名小说改编）、《革命家庭》、《烈火中永生》（根据罗广斌、杨益言小说《红岩》改编）等。

崔嵬 ★★★★☆

话剧演员、电影演员、导演、剧作家。著名的导演作品有《青春之歌》、《小兵张嘎》、《北大荒人》以及戏曲艺术片《杨门女将》、《野猪林》等。他导演的影片以粗犷的线条和细腻的感情为鲜明特色，有着强烈的艺术感染力。

真题示例：

1. 电影《青春之歌》是根据___________的同名小说改编的。

【2012 年重庆邮电大学广播电视编导专业考试试题】

2.《青春之歌》《小兵张嘎》的导演是___________。

【2013 年天津师范大学戏剧影视文学专业考试试题】

凌子风 ★★★☆☆

电影导演。1949年导演了处女作《中华儿女》后，相继拍摄完成《光荣人家》、《红旗谱》、《骆驼祥子》、《边城》、《春桃》、《李四光》、《狂》等十几部影片。

谢晋 ★★★★★

电影导演。中国第三代电影人中最具代表性的人物。1957年编导了其成名作、中国第一部彩色体育故事片《女篮五号》。重要作品有《红色娘子军》、《舞台姐妹》、《天云山传奇》、《牧马人》、《高山下的花环》、《芙蓉镇》、《最后的贵族》等。

真题示例：

1. 谢晋是中国第________代导演。

【2013年天津师范大学戏剧影视文学专业考试试题】

2. 中国电影《女篮五号》和《女足九号》的导演是(　　)。

A. 郑洞天　B. 水华　C. 谢晋　D. 袁牧之

【2014年重庆市普通高校编导类专业统考试题】

3. 电影《红色娘子军》是下列哪位导演的作品？(　　)

A. 郑洞天　B. 袁牧之　C. 水华　D. 谢晋

【2014年重庆邮电大学广播电视编导专业考试试题】

第四代导演 ★★★☆☆

其主体是20世纪60年代毕业于北京电影学院的导演，还包括同一时期的其他导演。他们提出中国电影要打破戏剧式结构，提倡纪实性，追求质朴自然的风格和开放式结构，注重主题与人物的意义性，注重从生活中、从凡人小事中去挖掘人生哲理。

第四代导演既有理论也有实践，是这一时期获得重大成就的一支导演力量。主要代表人物有吴贻弓、吴天明、张暖忻、黄建中、滕文骥、郑洞天、谢飞、黄蜀芹等。

吴贻弓 ★★★☆☆

电影导演，第四代电影人中的优秀代表。其作品清新流畅，讲究电影语言的表现力，在含蓄、细腻、质朴、深沉、淡雅的风格中体现着中国美学的传统。代表作品有《巴山夜雨》、《城南旧事》、《少爷的磨难》、《阙里人家》、《海之魂》等。

真题示例：

我国第四代导演的代表人物__________的代表作是《城南旧事》。

【2013年临沂大学广播电视编导专业考试试题】

吴天明 ★★★☆☆

电影导演。他的导演风格凝重、厚实，有着浓郁的民族特色。其作品中既融注了中国传统文化，又有新的艺术方法，表现了他对社会、历史和人生的深沉思考。代表作品有《人生》、《变脸》、《老井》等。

张暖忻 ★★★☆☆

电影女导演。作为第四代电影人中女性导演的代表，张暖忻是纪实美学最早的实践者，为中国电影艺术创新作出了重要贡献。著名的作品有《沙鸥》、《青春祭》、《北京，你早》等。

郑洞天 ★★★☆☆

电影导演。代表作品《邻居》为改革开放时期中国电影现实主义创作拉开了大幕，印证了纪实美学电影的魅力。另有著名作品《鸳鸯楼》、《人之初》、《台湾往事》等。

谢飞 ★★★☆☆

电影导演。其作品严谨含蓄，表现出一种理想与温情的书卷气，流畅的叙事、浓郁的生活气息给人耳目一新之感。代表作品有《湘女萧萧》、《本命年》、《香魂女》等。其中《香魂女》获第43届柏林国际电影节金熊奖。

真题示例：

电影《黑骏马》、《本命年》的导演是__________。

【2013年沈阳大学广播电视编导专业考试试题】

黄蜀芹 ★★★☆☆

电影女导演。代表作《人·鬼·情》表现了一个受伦理压抑、世俗藩篱禁锢的戏曲女演员秋芸坎坷的生活经历和从艺生涯，是当代女性主义电影的代表作。另有著名影片《青春万岁》、《画魂》等。

第五代导演 ★★★★★

第五代导演是指20世纪80年代从北京电影学院毕业的年轻导演。其作品在选材、叙事、刻画人物、镜头运用、画面处理等方面，都力求标新立异，并且作品的主观性、象征性、寓意性特别强烈。

第五代导演的代表人物有张军钊、陈凯歌、张艺谋、吴子牛、田壮壮、黄建新等。除此之外，李少红、胡玫、周晓文等在这一时期也拍出了各具特色的作品。

真题示例：

1. 第五代导演的主要代表人物有__________、__________、__________、__________。

【2013年蚌埠学院广播电视编导专业考试试题】

2. 名词解释：第五代导演

【2014年青岛农业大学广播电视编导专业考试试题】

张军钊 ★★★☆☆

电影导演。1983 年执导了影片《一个和八个》，成为第五代导演探索电影的开山之作。之后导演了《加油，中国队》、《弧光》等影片。

陈凯歌 ★★★★★

电影导演，第五代电影导演中的重要代表。1984 年导演的处女作《黄土地》（张艺谋摄影），是中国当代电影史上一部划时代之作。1993 年导演的《霸王别姬》，是我国第一部获得法国戛纳国际电影节金棕榈奖的电影，并获得当年奥斯卡最佳外语片提名。其他著名作品有《大阅兵》、《孩子王》（由阿城同名小说改编）、《边走边唱》、《风月》、《和你在一起》、《无极》、《梅兰芳》、《赵氏孤儿》等。

真题示例：

1.《赵氏孤儿》的导演是__________。

【2012 年青岛农业大学广播电视编导专业考试试题】

2.《黄土地》是（　　）的作品。

A. 陈凯歌　　B. 王家卫　　C. 张艺谋　　D. 徐克

【2013 年四川音乐学院绵阳艺术学院广播电视编导专业考试试题】

3. 影片《大阅兵》的导演是__________。

【2013 年大连艺术学院广播电视编导专业考试试题】

4. 陈凯歌导演的代表作__________获得了奥斯卡最佳外语片提名。

【2013 年南京艺术学院戏剧影视文学专业考试试题】

张艺谋 ★★★★★

电影导演、摄影师、演员。张艺谋是中国第五代导演中艺术多样、成就最为突出的代表,也是中国导演中具有世界声誉的代表。1988年正式执导第一部影片《红高粱》,获得第38届柏林国际电影节金熊奖等诸多大奖。另有著名作品《菊豆》、《大红灯笼高高挂》、《秋菊打官司》、《活着》、《有话好好说》、《一个都不能少》、《我的父亲母亲》、《英雄》、《十面埋伏》、《满城尽带黄金甲》、《三枪拍案惊奇》、《山楂树之恋》等。

《英雄》是2002年张艺谋转型执导的首部武侠电影,主要讲述了战国末期,三大侠客长空、残剑、飞雪刺杀秦王的故事。影片提名奥斯卡金像奖和美国电影金球奖最佳外语片,获得多个国内外电影奖项。影片获得了巨大的票房成功,拉开了中国商业大片的帷幕,被认为是中国电影"大片时代"的里程碑,对中国电影产业的发展起到重要的推动作用。

真题示例:

1.名词解释:《英雄》

【2011年赣南师范学院广播电视编导专业考试试题】

2.名词解释:张艺谋

【2013年江西服装学院数字媒体艺术专业考试试题】

3.电影《十面埋伏》的导演是__________。

【2013年大连艺术学院广播电视编导专业考试试题】

田壮壮 ★★★☆☆

电影导演。其创作的突出特点是影片对人的心灵和大自然的关注。主要作品有《猎场札撒》、《盗马贼》、《摇滚青年》、《大太监李莲英》、《蓝风筝》等,并重拍了费穆的经典作品《小城之春》。

真题示例:

费穆1948年执导的影片《小城之春》开启了中国诗化电影的先河,后来当代导演__________重拍了这部电影。

【2014年江西省普通高校编导联考试题】

黄建新 ★★★☆☆

电影导演。黄建新执导的电影是艺术理想阐释和关注社会现实结合较好的典型，他对新时期都市电影的探索独具特点。代表作品有《黑炮事件》、《站直啰！别趴下》、《背靠背，脸对脸》、《红灯停，绿灯行》、《埋伏》、《建国大业》、《建党伟业》等。

顾长卫 ★★☆☆☆

电影摄影师、导演，被誉为“中国第一摄影师”。著名摄影作品有《孩子王》、《霸王别姬》、《红高粱》、《菊豆》、《阳光灿烂的日子》、《兰陵王》等。著名导演作品有《孔雀》、《立春》等。

李少红 ★★☆☆☆

电影女导演。著名电影作品有《红西服》、《红粉》、《恋爱中的宝贝》、《血色清晨》、《四十不惑》等，电视作品有《大明宫词》、《橘子红了》、《红楼梦》(2010 年版)等。

真题示例：

执导电影《恋爱中的宝贝》、电视剧《大明宫词》、《橘子红了》的女导演是__________。

【2009 年天津师范大学戏剧影视文学专业考试试题】

冯小刚 ★★★☆☆

电影导演。其作品风格以京味儿喜剧著称，擅长商业片，在业界享有“贺岁片之父”的美誉。代表作品有《甲方乙方》、《不见不散》、《大腕》、《手机》、《天下无贼》、《夜宴》、《集结号》、《非诚勿扰》、《唐山大地震》、《一九四二》等。

真题示例：

1.《非诚勿扰》、《不见不散》、《一声叹息》是__________的作品，开创了中国贺岁片的辉煌。

【2014 年大连艺术学院广播电视编导专业考试试题】

2. 电影《一九四二》的导演是__________。

【2014年新疆艺术学院广播电视编导专业考试试题】

第六代导演 ★★★☆☆

关于“第六代”导演最初的界定是指北京电影学院85级王小帅、娄烨、路学长、胡雪杨、张元、唐大年以及87级的管虎、李欣等人。随后这个群体中又汇入了中央戏剧学院的张扬、施润玖和金琛等人，以及后来北京电影学院93级的贾樟柯。人们沿用对第五代导演的称呼，称他们为“第六代导演”。其作品注重反映当代都市普通人、边缘人的生活状态，新一代青年在历史转型时期的迷茫、困惑和无所适从。

贾樟柯 ★★★★☆

电影导演。其作品的叙事更为沉静和不张扬，不做单纯的道德判断，而是通过个性鲜明的纪实性风格，去描绘社会转型时期普通人命运发生的转变。其作品专注于历史变迁中的细节，在冷酷的现实中保持着一种温暖的基调。主要导演作品有“家乡三部曲”(《小武》、《站台》、《任逍遥》)、《世界》、《三峡好人》、《二十四城记》、《海上传奇》等，其中《三峡好人》获第63届威尼斯国际电影节最佳影片金狮奖。

真题示例：

贾樟柯导演的“家乡三部曲”是指(　　)。

A.《家》、《春》、《秋》

B.《小武》、《站台》、《任逍遥》

C.《三峡好人》、《站台》、《任逍遥》

D.《任逍遥》、《小武》、《三峡好人》

【2014年北京电影学院文学系策划专业考试试题】

张元 ★★★☆☆

电影导演,第六代导演的主要代表。其作品关注青年文化和社会边缘人群,具有对主流价值观的挑战性和批判性,抒写与表达社会嬗变中青年人的生命体验。主要作品有《妈妈》、《北京杂种》、《东宫西宫》、《过年回家》、《绿茶》、《看上去很美》等。

王小帅 ★★★☆☆

电影导演。其作品关注个体,关注小人物,关注生活在底层社会的人们,关注年轻人的命运,充满了浓郁的人文精神。善于运用长镜头、运用亮丽的色彩,表现人物的悲剧命运,以开放式的结局给人以想象的空间。主要作品有《十七岁的单车》、《青红》、《扁担·姑娘》、《日照重庆》、《冬春的日子》、《极度寒冷》、《梦幻田园》、《左右》等。

娄烨 ★★★☆☆

电影导演。其作品别具一格,始终坚持对个人心理与自我的探索,主题以爱情为主,真实地记录了现代都市被遮蔽的一面,独特地呈现了现代都市的生存景观和心灵世界。主要作品有《周末情人》、《苏州河》、《紫蝴蝶》、《春风沉醉的晚上》等。

管虎 ★★★☆☆

电影导演。其作品以内敛、犀利、富含个性思想的批判手段,阐释其在主题维度上的个人把握,在历史情境中考辨个人的生命价值。其作品以复杂的时空、多元的视点、离间化的叙事方式,展示了独特、个性化的叙事手法。主要作品有《头发乱了》、《浪漫街头》、《再见,我们的1948》、《斗牛》等。

姜文 ★★★☆☆

电影演员、导演。其作品关注时代背景下个体的境遇和感受，在历史洪流中观察和反思人性。采用非常规叙事，营造陌生化的艺术效果，运用黑色幽默、反讽等艺术手法。导演作品有《阳光灿烂的日子》、《鬼子来了》、《太阳照常升起》、《让子弹飞》等。

陆川 ★★★☆☆

电影导演、编剧。其作品用娱乐化的方式表现严肃性的主题，蕴含着深层次的含蓄性主题。善于使用长镜头创造时空真实感、生动表现角色的心理变化，形成镜头语言丰富的表意性，通过自然光线、非职业演员、节奏形成陌生化效果。主要作品有《寻枪》、《可可西里》、《南京！南京！》等。

真题示例：

电影《可可西里》的导演是__________。

【2014年西北师范大学广播电视编导专业考试试题】

徐静蕾 ★★★☆☆

电影演员、导演。导演作品有《我和爸爸》、《一个陌生女人的来信》、《梦想照进现实》、《杜拉拉升职记》等。

徐克 ★★★☆☆

香港电影导演、编剧，香港武侠电影的代表人物。他不仅继承了香港武侠电影的传统，更在如何通过武侠电影进一步发扬传统文化的道路上进行了意义深远的探索，形成了更具传统文化意蕴的武侠电影。主要作品有《蝶变》、《新蜀山剑侠》、《倩女幽魂》、《青蛇》、《笑傲江湖》、《黄飞鸿》、《蜀山传》、《七剑》、《狄仁杰之通天帝国》等。

吴宇森 ★★★☆☆

香港电影编剧、导演，有“暴力美学大师”之称。其作品通过编织故事、建构情节和塑造人物，将男性情义和视觉奇观相结合。采取慢动作、剪辑、构图等手法表现暴力，使得暴力场面消除了惨烈与恐怖，呈现出浪漫的美感。主要作品有《英雄本色》、《喋血双雄》、《纵横四海》、《夺命双雄》、《风语者》、《赤壁（上）》、《赤壁（下）》、《剑雨》等。

王家卫 ★★★☆☆

香港电影编剧、导演。作为一位风格化导演，其作品有着一以贯之的风格，从工作方式（比如不提前写剧本）到电影语言的运用（手提摄像机的摇晃感、快速频繁的剪辑），从使用演员的偏好到电影精神主题的统一。以别具一格的主题选择和艺术手法，鲜明地揭示了后现代语境下当代人的生活状态：人与人的疏离、隔绝、缺乏沟通以及人的漂泊无根。主要作品有《旺角卡门》、《阿飞正传》、《东邪西毒》、《重庆森林》、《春光乍泄》、《花样年华》、《2046》、《蓝莓之夜》、《一代宗师》等。

真题示例：

名词解释：王家卫

【2013年泰山学院广播电视编导专业考试试题】

陈可辛 ★★★☆☆

香港电影导演、监制。其作品注重内涵表达、抒发个人情怀，关注社会文化特色和时代精神，形成了别具一格的艺术风格，体现了温馨厚重的人文情怀。主要作品有《甜蜜蜜》、《金枝玉叶》、《如果·爱》、《投名状》、《武侠》等。

真题示例：

电影《如果·爱》的导演是（　　）。

A. 王家卫　B. 尔冬升　C. 陈可辛　D. 刘镇伟

【2011年重庆邮电大学广播电视编导专业考试试题】

许鞍华 ★★☆☆☆

香港电影女导演。其作品善于营造平淡深远、富有诗意的意境美,形成独特的诗意风格。通过声音和影像再现历史,以生活中的真实事件讲述普通人的生活,形成现实主义风格。著名作品有《天水围的夜与雾》、《天水围的日与夜》、《姨妈的后现代生活》、《女人四十》等。

杨德昌 ★★★☆☆

台湾电影编剧、导演。其作品将西方电影理论与中国传统电影美学相结合,注重人性层面的理性剖析,富有思辨色彩又不失哲理的锋芒,题材偏重于人际关系、家庭生活。叙事采用散点结构与开放式结尾,呈现出纪实、隽永、朴素的艺术风格。主要作品有《青梅竹马》、《恐怖分子》、《牯岭街少年杀人事件》、《麻将》、《一一》等。

真题示例:

电影《牯岭街少年杀人事件》的导演是__________。

【2011年天津师范大学戏剧影视文学专业考试试题】

侯孝贤 ★★★☆☆

台湾电影编剧、导演,被称为"台湾新电影运动的旗帜"。其作品善于运用长镜头、空焦距、固定拍摄等手法,在细腻的故事叙述中形成心理节奏和情绪节奏。在思考个人成长和命运变迁中,流露出对生命存在的关注和感悟,对岁月和青春的流逝表现出淡淡的惆怅和伤感。主要作品有《就是溜溜的她》、《风柜来的人》、《恋恋风尘》、《悲情城市》、《南国再见,南国》、《海上花》、《红气球》等。

李安 ★★★☆☆

台湾电影编剧、导演。主要作品有“父亲三部曲”(《推手》、《喜宴》、《饮食男女》)、《理智与情感》、《卧虎藏龙》、《断背山》、《色戒》等。1999年,因执导《卧虎藏龙》获得奥斯卡金像奖最佳外语片奖,成为首位获得该奖项的华人导演 。2006和2013年,凭借《断背山》和《少年派的奇幻漂流》获得第78届和第85届奥斯卡金像奖最佳导演奖,成为首位两度获得该奖项的亚洲导演。

蔡明亮 ★★★☆☆

台湾电影编剧、导演。坚持个人化创作,坚持“作者电影”理论。运用凝滞的“现在式”,以表现主题、再现真实;取消矛盾冲突、淡化故事情节,显示出质朴的结构特征;运用不变焦、人物调度丰富的景深镜头,表现人物的生存状态。主要作品有《爱情万岁》、《天边一朵云》、《河流》、《你那边几点》等。

真题示例:

成名于20世纪90年代的台湾著名导演__________,代表作有《天边一朵云》、《爱情万岁》。

【2007年天津师范大学戏剧影视文学专业考试试题】

(二)中国电影思潮与流派

左翼电影 ★★★☆☆

左翼电影是20世纪30年代中国左翼电影工作者,在中国共产党领导下所发动的电影艺术创作潮流,也是当时中国影坛影响最大的电影艺术流派。1931年,左翼剧联提出电影要暴露帝国主义的侵略、资产阶级和地主阶级的剥削以及国民党政权的压迫,描写工农群众的反抗斗争并指出知识分子的出路的主张,提出了理论战线的建设和对各种反动电影理论及其作品斗争的任务,从而掀起了一场电影运动,这一时期的电影被称为左翼电影。代表作有夏衍编剧、程步高导演的《狂流》、《春蚕》,沈西苓的《女性的呐喊》,孙瑜的《大路》,吴永刚的《神女》等。

国防电影 ★☆☆☆☆

指在"国防文学"号召下,于1936年提出的电影创作口号及摄制的电影。旨在发起"一个最大限度地动员文艺上的一切救亡力量的运动",主张电影工作者在民族存亡的紧急关头以电影为武器,更好地为抗敌斗争服务。代表作品有费穆的《狼山喋血记》、沈西苓的《十字街头》、吴永刚的《壮志凌云》、袁牧之的《马路天使》等。

"孤岛"电影 ★★★☆☆

指20世纪30年代初在处于孤岛时期的上海,所掀起的一次中国商业片制作热潮。这一次商业片的畸形繁荣是由于当时上海租界处于战火围困和难民大量涌入的非常环境和特殊社会心态造成的。在商业片畸形繁荣的环境中,一些严肃的电影艺术家仍坚持高格调、高品位的艺术电影的创作,如费穆编导的《孔夫子》、于伶编剧的《花溅泪》、柯灵编剧的《乱世风光》等。

主旋律电影 ★★☆☆☆

一种有着类型电影倾向的主要表达国家主流意识、体现民族精神、弘扬民族文化和主流文化秩序的电影类型。主要类型有:重大革命历史题材影片(《大决战》、《周恩来》、《重庆谈判》)、伦理道德片(《离开雷锋的日子》、《被告山杠爷》)、献礼片(《国歌》、《共和国之旗》)、商业化主旋律电影(《黄河绝恋》、《红河谷》)。

香港电影新浪潮 ★★☆☆☆

20世纪七八十年代之交,一批出身于电视圈的香港青年导演运用新的电影语言与技巧创作出了为数可观的新商业片，为香港影坛吹来了一股强劲的电影革新之风，这一类电影称之为“香港电影新浪潮”或“香港新电影”。代表人物及作品有严浩的《茄哩啡》、徐克的《蝶变》、许鞍华的《疯劫》等。

台湾新电影 ★★☆☆☆

指 20 世纪 80 年代台湾青年电影艺术家的电影革新运动，是台湾战后一代新的文化精神的形象体现。台湾新电影作为一种艺术运动，是从 1982 年 8 月由四位台湾电影节新导演合作导演的影片《光阴的故事》开始的，其代表人物有杨德昌、侯孝贤、柯一正等。

（三）中国电影名片

《定军山》★★★★★

中国第一部电影。是 1905 年秋在北京丰泰照相馆拍摄的戏曲片，由任景丰任导演、刘仲伦摄影、京剧演员谭鑫培主演。这是有记载的中国人自己摄制的第一部电影，标志着中国电影的正式诞生。

真题示例：

1. 中国第一部电影是__________年拍摄的__________。

【2014 年河南省普通高校编导制作类专业统考试题】

2. 1905 年秋天，北京丰泰照相馆拍摄了第一部戏曲片__________。

【2014 年新疆艺术学院广播电视编导专业考试试题】

《难夫难妻》★★★★☆

中国第一部故事片。1913 年由上海亚细亚影戏公司出品，郑正秋编剧、郑正秋和张石川联合导演。影片以广东潮州地区的封建包办婚姻习俗为题材，写一对素未谋面的少男少女在人们的摆布之下成婚的故事，反映了封建制度下婚姻的可悲。

真题示例：

我国第一部故事片是郑正秋编剧的＿＿＿＿＿＿。

【2010年广西艺术学院广告学专业考试试题】

《庄子试妻》★★★★☆

1913年，香港"华美影片公司"摄制的一部短故事片，由黎北海导演、黎民伟编剧。影片讲述了庄子得道成仙后，试探妻子对自己是否忠贞的一段故事。该片是中国第一部输出到国外放映的影片。影片中的配角庄子的丫环由严珊珊饰演，严珊珊成为中国电影史上的第一位女演员。

真题示例：

中国电影史上第一位女演员是(　　)。

A. 林楚楚　　B. 严珊珊　　C. 王彩云　　D. 殷明珠

【2014年四川音乐学院绵阳艺术学院广播电视编导专业考试试题】

《阎瑞生》★★★☆☆

中国第一部长故事片。1921年由任彭年导演，影片取材于当时上海滩一个真实的案件，公映后在社会上引起了巨大的轰动，在中国电影史上具有划时代的意义。

《歌女红牡丹》★★★★☆

中国第一部有声电影。1931年由明星影片公司出品，张石川导演，洪深编剧。影片讲述了歌女红牡丹不幸的婚姻、家庭经历。

真题示例：

我国第一部有声故事片是(　　)。

A.《劳工之爱情》　　B.《渔光曲》

C.《歌女红牡丹》　　D.《生死恨》

【2014年四川音乐学院绵阳艺术学院戏剧影视文学专业考试试题】

《渔光曲》★★★★☆

中国第一部在国际上获奖的影片。1934年由蔡楚生编导，1935年在莫斯科国际电影节上获得“荣誉奖”。

真题示例：

我国第一部在国际上获奖的影片是__________。

【2010年广西民族大学广播电视编导专业考试试题】

《铁扇公主》★★☆☆☆

中国第一部长动画片。1941年完成，由《西游记》中唐僧师徒过火焰山的一段情节改编而成，公映后受到好评。

《生死恨》★★☆☆☆

中国第一部彩色电影。是1948年由华艺影片公司出品，费穆导演、著名京剧艺术家梅兰芳主演的戏曲影片。影片讲述北宋末年，金兵南犯，韩玉娘、程鹏举沦落敌营为奴，被敌将强令婚配后的悲欢离合、饱经劫难的不幸遭遇。

《桥》★★☆☆☆

新中国第一部故事片。1949年由东北电影制片厂摄制，影片讲述了东北铁路工厂的工人为支援解放战争，为修复被战争破坏的松花江铁路大桥无私奉献的故事。

真题示例:

新中国第一部故事片是__________。

【2014年广州大学广播电视编导专业考试试题】

《梁山伯与祝英台》★★☆☆☆

新中国第一部彩色电影。1953年由上海电影制片厂出品的彩色戏曲片,桑弧导演,影片取材于传统民间故事梁山伯与祝英台。

《祝福》★★☆☆☆

新中国第一部彩色故事片。影片改编自鲁迅的同名小说,1956年由北京电影制片厂出品,桑弧导演。

《神笔》★★☆☆☆

中国第一部在国际上获奖的美术片。1956年木偶片《神笔》获第八届威尼斯国际儿童影片节儿童文娱片一等奖,这是中国美术片第一次在国际上获奖。

真题示例:

1956年木偶片__________获得第八届威尼斯国际儿童影片节儿童文娱片一等奖,这是中国美术片首次在国际上获奖。

【2014年江西省普通高校编导联考试题】

《风筝》★★☆☆☆

新中国第一部中外合拍的彩色故事片。1958年由北京电影制片厂与法国加郎斯艺术制片公司共同摄制的儿童故事片。

《老兵新传》★★☆☆☆

中国第一部彩色宽银幕电影。1959年由海燕电影制片厂摄制,李准编剧,沈浮导演。

《魔术师的奇遇》★★☆☆☆

中国第一部彩色宽银幕立体故事片。1962 年由上海天马电影制片厂出品，王炼、陈恭敏、桑弧编剧，桑弧导演。影片用风俗喜剧手法，讲述了魔术师陆幻奇在新中国成立前后不同的生活历程。

（四）中国电影评奖

金鸡奖 ★★★☆☆

即“中国电影金鸡奖”。1981 年创办，是由中国电影家协会主办的专业性电影评选活动。它以奖励优秀影片和表彰成绩卓著的电影工作者为宗旨，对促进中国电影产业的发展具有重要意义。

真题示例：

名词解释：金鸡奖

【2010 年枣庄学院广播电视编导专业考试试题】

百花奖 ★★★☆☆

全称“《大众电影》百花奖”。1962 年创办，由中国发行量最大的电影刊物《大众电影》杂志编辑部主办，是中国群众性的电影奖。

华表奖 ★★★☆☆

中华人民共和国的一个政府电影奖项，因奖杯采用北京天安门城楼前的华表造型而得名。其前身是“中华人民共和国文化部优秀影片奖”。

真题示例：

我国政府颁发的最高电影荣誉奖项是__________。

【2014 年江西省普通高校编导联考试题】

金像奖 ★★★☆☆

创办于1982年。由香港电台、《电影双周刊》联合举办，每年一届。目的在于对中国香港地区生产的影片进行年度总结，奖励优秀作品和个人。它是目前中国香港地区最具代表性、权威性的电影颁奖礼活动。

金马奖 ★★★☆☆

创办于1962年，原由台湾"行政院新闻局"主办，后由台湾"电影事业发展基金会"赞助。其目的主要是为了促进中国台湾地区电影制作事业和表扬对中华电影文化有杰出贡献的电影人。与香港电影金像奖和大陆电影金鸡百花奖并称为华语电影最高成就的三大奖。

真题示例：

中国台湾地区最知名、最重要的电影年度评奖活动是__________。

【2014年江西师范大学广播电视编导专业考试试题】

第三节 外国电影常识

(一)外国电影导演

卢米埃尔兄弟 ★★★★★

法国的一对兄弟，电影发明家、电影导演。1895年12月28日，卢米埃尔兄弟在巴黎公开放映了他们拍摄的《工厂大门》、《火车进站》等短片，这一天被认为是电影的诞生日。

真题示例：

1. 名词解释：卢米埃尔兄弟

【2011年四川音乐学院绵阳艺术学院广播电视编导专业考试试题】

2."电影之父"是指__________。

【2012年泰山学院广播电视编导专业考试试题】

乔治·梅里爱 ★★★☆☆

法国电影导演，世界第一位电影艺术家。1897年，他在巴黎郊区建造了世界电影史上的第一个"摄影棚"，把剧院的剧目搬上银幕。从此他逐渐把戏剧美学引进电影，形成了"银幕即舞台"的美学观念，改变了电影实景摄录的原初面貌，成为电影艺术之父。代表作《月球旅行记》标志着梅里爱艺术创作的高峰，堪称电影史上第一部科幻片。

让·雷诺阿 ★★★☆☆

法国电影导演，被誉为"法国电影之父"。其作品具有鲜明的现实主义特征，是诗意现实主义电影的杰出代表。最为重要的两部影片是《大幻灭》和《游戏规则》。

真题示例：

被称作法国诗意现实主义电影大师的是(　　)。

A. 奥古斯特·雷诺阿　　B. 让·雷诺阿

C. 让·保罗·贝尔蒙多　　D. 吕克·贝松

【2014年海南大学戏剧影视文学专业考试试题】

戈达尔 ★★☆☆☆

法国电影导演，"新浪潮"电影的代表人物之一。1959年，导演长篇处女作《筋疲力尽》，是新浪潮电影运动的标志性作品之一。另有著名作品《随心所欲》、《中国姑娘》、《芳名卡门》等。

特吕弗 ★★☆☆☆

法国电影导演,“新浪潮”电影主将之一。他的影片充满人情味和幽默感,渗透了他对人生、爱情、伦理及社会的思考和体验。1959年由他执导的影片《四百击》,成为新浪潮电影的代表作品之一。

阿伦·雷乃 ★★☆☆☆

法国电影导演,“左岸派”电影的代表人物之一。代表作品有《广岛之恋》、《去年在马里昂巴德》等。

卓别林 ★★★★☆

英国电影喜剧演员、导演。他是无声电影时期最富创造力和影响力的喜剧大师,奠定了现代喜剧电影的基础。代表作品有《淘金记》、《城市之光》、《摩登时代》、《大独裁者》、《凡尔杜先生》、《舞台生涯》等。

真题示例:

美国喜剧影片《淘金记》、《城市之光》的导演是__________。

【2012年江西服装学院数字媒体艺术专业考试试题】

爱森斯坦 ★★★★☆

苏联电影导演、电影艺术理论家,苏联蒙太奇学派的代表人物。1922年发表“杂耍蒙太奇”理论,对电影艺术的发展产生了深远的影响。1925年执导的影片《战舰波将金号》被公认为是电影史上的经典之作。

真题示例:

爱森斯坦是蒙太奇理论的集大成者,其代表作品是(　　)。

A.《伊万的童年》　　B.《一个国家的诞生》

C.《战舰波将金号》　　D.《母亲》

【2014年聊城大学广播电视编导专业考试试题】

普多夫金 ★★☆☆☆

苏联电影导演和演员。蒙太奇理论的创始者之一。其创作特点是表现手段丰富、风格严谨、节奏抑扬顿挫，并特别注重表演。著名作品有《母亲》、《圣彼得堡的末日》、《成吉思汗的后代》。

格里菲斯 ★★★★☆

美国电影导演，有"美国电影之父"的美誉。他在艺术实践过程中，创立了一套较为完美的电影叙事语言，极大地丰富了电影的表现力。代表作品是《一个国家的诞生》、《党同伐异》。

真题示例：

1. 大卫·格里菲斯拍摄于1915年的__________，标志着好莱坞电影统治世界的开端。

【2013年安阳师范学院广播电视编导专业考试试题】

2.《党同伐异》的导演是(　　)。

A. 格里菲斯　B. 弗拉哈迪　C. 卢米埃尔　D. 格里尔逊

【2014年贺州学院广播电视编导专业考试试题】

弗拉哈迪 ★★★★☆

美国纪录片导演和摄影师。1922年，完成了世界电影史上第一部"具有真正记录意义的纪录片"《北方的纳努克》，被称作"纪录片之父"。

奥逊·威尔斯 ★★★☆☆

美国电影导演、演员和剧作家。1941年，由威尔斯独立执导并主演的第一部影片《公民凯恩》，不仅对电影语言及其视觉技巧锐意革新，而且创造出一种独具新意的多视角的现代叙事结构，堪称是美国第一部现代主义的杰出电影作品。

真题示例：

《公民凯恩》是__________自编、自导、自演的成名代表作，是美国和世界电影发展史上的里程碑。

【2014年聊城大学广播电视编导专业考试试题】

希区柯克 ★★★☆☆

美国电影导演。1940年，以影片《蝴蝶梦》开始了在好莱坞的辉煌事业。20世纪40年代的杰作《深闺疑云》、《疑影》等奠定了其"悬念大师"的地位。此后著名的作品有《后窗》、《西北偏北》、《惊魂记》、《迷魂记》、《狂凶记》等。

真题示例：

美国悬念大师是__________。

【2014年宝鸡文理学院广播电视编导专业考试试题】

斯皮尔伯格 ★★★★☆

美国电影导演。1994年凭借史诗片《辛德勒的名单》首获奥斯卡最佳导演奖。其他著名作品有《大白鲨》、《E. T.》、《侏罗纪公园》、《拯救大兵瑞恩》等。

真题示例：

1. 电影《侏罗纪公园》的导演是__________。

【2013年大连艺术学院广播电视编导专业考试试题】

2.《辛德勒的名单》的导演是__________。

【2014年安阳师范学院广播电视编导专业考试试题】

詹姆斯·卡梅隆 ★★★★☆

加拿大电影导演。著名作品有《终结者》、《泰坦尼克号》、《阿凡达》等。其中《阿凡达》是目前全世界票房收入最高，也是电影史上最成功的电影之一。

真题示例：

《泰坦尼克号》、《阿凡达》的导演＿＿＿＿＿被称为“世界票房之王”。

【2014 年大连艺术学院广播电视编导专业考试试题】

罗西里尼 ★★★☆☆

意大利电影导演。1945 年拍摄的影片《罗马，不设防的城市》，是公认的意大利新现实主义电影的奠基作，并为这一电影流派的美学原则和风格奠定了基础。另有著名作品《游击队》、《圣女贞德》等。

真题示例：

意大利新现实主义电影中具有重要影响力的作品《罗马，不设防的城市》是由下列哪位导演执导的？（　　）

A. 罗西里尼　B. 威尔逊　C. 阿伦·雷乃　D. 德·西卡

【2014 年重庆邮电大学广播电视编导专业考试试题】

费里尼 ★★★☆☆

意大利电影导演。著名作品《八部半》是最能代表费里尼创作思想和艺术风格的自传性极强的影片，并为意识流电影开创了新的创作模式。另有著名影片《甜蜜的生活》、《道路》等。

德·西卡 ★★☆☆☆

意大利电影导演、演员。意大利新现实主义电影主将。1948 年执导的影片《偷自行车的人》，是新现实主义电影最典型和最突出的代表作品。

安东尼奥尼 ★★★☆☆

意大利现代主义电影导演，也是公认在电影美学上最有影响力的导演之一。1964 年拍摄的影片《红色沙漠》直接运用色彩来表现情绪，该片被称为电影史上第一部真正的彩色片。1972 年，安东尼奥尼来中国拍摄了纪录片《中国》。

真题示例：

倡导内在的写实主义，作品关注人的精神状态的病态和异化，曾经到中国拍摄过影片的意大利现实主义电影大师是(　)。

A. 米开朗基罗·安东尼奥尼　　B. 贝纳多·贝托鲁奇

C. 朱塞佩·托纳多雷　　D. 赛尔乔·莱翁内

【2014 年海南大学戏剧影视文学专业考试试题】

英格玛·伯格曼 ★★★☆☆

瑞典电影导演。他的作品大都围绕着上帝是否存在、生的痛苦、死的恐惧等主题展开，并经常采用隐喻、象征、影射、暗示等手法。代表作品有《野草莓》、《处女泉》、《呼喊与细语》、《第七封印》等。

真题示例：

电影《野草莓》是__________的作品。

【2014 年安阳师范学院广播电视编导专业考试试题】

施隆多夫 ★★★★☆

德国电影导演，新德国电影的代表人物之一。1979 年，施隆多夫根据君特·格拉斯的同名小说改编拍摄的《铁皮鼓》，是现代电影的经典作品。

法斯宾德 ★★☆☆☆

德国电影导演，新德国电影最重要的导演之一。其影片主题具有强烈的思辨性和批判性，擅长将好莱坞类型片的风格与新德国电影题材的民族性、真实性和批判性相结合。代表作品有《玛丽娅·布劳恩的婚姻》、《莉莉·玛莲》等。

布努埃尔 ★★★☆☆

西班牙电影导演。代表作品是1928年拍摄的影片《一条安达鲁狗》,该片以隐喻的手法抨击了资产阶级和教会,成为超现实主义电影的典型代表作品。

真题示例:

《一条安达鲁狗》的导演是__________。

【2013年天津师范大学戏剧影视文学专业考试试题】

基耶斯洛夫斯基 ★★★☆☆

波兰电影导演。代表作品是探讨现代人道德困惑的鸿篇巨制《十诫》,影片叙述的是关于现代人在复杂的生存环境中挣扎的现代道德寓言。另有著名爱情三部曲《蓝》、《白》、《红》等。

真题示例:

拍摄了爱情三部曲《蓝》、《白》、《红》的导演是__________国的__________。

【2009年北京电影学院管理系影视制片管理专业考试试题】

黑泽明 ★★★★★

日本电影导演。1943年自编、自导处女作《姿三四郎》而一举成名。1950年执导的影片《罗生门》获1951年威尼斯电影节大奖,为日本电影首次赢得了国际声誉,也使他本人享誉国际影坛。另有著名作品《白痴》、《七武士》、《影子武士》、《乱》等。

真题示例:

黑泽明是20世纪日本导演,被称为"电影天皇",其代表作品

__________是日本最早在国际上获奖的电影。

【2014年聊城大学广播电视编导专业考试试题】

小津安二郎 ★★☆☆☆

日本电影导演。日本电影史上最具有民族审美形态风格的大师,被认为是日本无声电影走向最纯、最高形式的一位艺术家。代表作品有《浮草物语》、《东京物语》、《秋刀鱼之味》等。

宫崎骏 ★★★☆☆

日本动画电影导演。动画作品大多涉及人类与自然之间的关系、和平主义及女权运动,出品的动漫电影以精湛的技术、动人的故事和温暖的风格在世界动漫界独树一帜。代表作《千与千寻》曾获得2002年第52届柏林国际电影节金熊奖、2003年第75届奥斯卡最佳动画长片奖等奖项。另有著名作品《风之谷》、《天空之城》、《龙猫》、《红猪》等。

真题示例:

名词解释:宫崎骏

【2010年山东艺术学院文化产业管理专业考试试题】

岩井俊二 ★★★☆☆

日本电影导演、作家,以影像清新独特、感情细腻丰富著称。是日本新电影运动旗手,被誉为日本最有潜质的"映像作家"。代表作品有《情书》、《燕尾蝶》、《四月物语》等。

金基德 ★☆☆☆☆

韩国电影导演。作品充满暴力美学,酷爱以极端的性和暴力,反映人性和民族的深刻悲剧。著名作品有《撒玛利亚女孩》、《空房间》、《漂流欲室》、《春夏秋冬又一春》等。

阿巴斯 ★★★☆☆

伊朗电影导演。其影片的艺术风格是纪录片式的框架、即兴式的表演、真实生活的节奏和现实主义的主题。著名作品有《何处是我朋友的家》、《橄榄树下的情人》、《樱桃的滋味》等。

马基德·马基迪 ★★☆☆☆

伊朗电影导演。其影片多以儿童为题材，结合了伊朗独特的民族风情和现代的人文意识，从而在国际影坛中奠定了伊朗电影的地位。代表作品有《小鞋子》、《天堂的颜色》等。

陈英雄 ★☆☆☆☆

越南电影导演、编剧。其影片常表现出对生命的回顾，传达东方文明和人生理念。著名作品有《青木瓜之味》、《三轮车夫》、《夏天的滋味》等。

(二)外国电影思潮与流派

欧洲先锋派电影 ★☆☆☆☆

20 世纪 20 年代以后，主要在法国和德国兴起的一种电影美学运动。主张拍摄不以营利为目的、不叙述故事的纯视觉影片。先锋派电影并不是一个统一的创作流派，它包括了纯电影、达达主义电影、超现实主义电影、表现主义电影等创作流派。

苏联蒙太奇学派 ★☆☆☆☆

20 世纪 20 年代，以爱森斯坦、普多夫金、维尔托夫、库里肖夫等为代表的一批人，受到革命斗争现实的鼓舞，力求探索新的电影表现手段来表现新的革命内容，他们将实验的重点放在蒙太奇的运用上。代表性的理论分别是“库里肖夫效应”和“杂耍蒙太奇”。这批人是20世纪20年代苏联先锋主义电影美学探索的中间力量，在蒙太奇理论的创建和运用上贡献卓著，因此被称为“苏联蒙太奇学派”。

意大利新现实主义电影 ★★★★☆

指第二次世界大战结束后，在意大利兴起的一次具有社会进步意义和艺术创新特征的电影运动。其主要特点是注重反映本国当代社会生活现实、拍摄方法上注重真实感、尽量使用非职业演员等。代表作品有罗西里尼的《罗马，不设防的城市》、德·西卡的《偷自行车的人》等。

真题示例：

简答题：什么是意大利新现实主义电影？

【2014年鲁东大学广播电视编导专业考试试题】

法国诗意现实主义电影 ★★☆☆☆

20世纪30年代在法国出现的一种电影创作倾向。影片以诗意的对话、引人入胜的视觉影像、透彻的社会分析，反映社会形势及普通人的生活和命运。代表作品有雷内·克莱尔的《巴黎屋檐下》、让·雷诺阿的《大幻灭》等。

法国新浪潮电影 ★★★★☆

1958至1959年，法国影坛上出现了一批由年轻人拍摄的具有新的电影理论与表现形式的电影作品，法国新闻界把这股突如其来的电影热潮称之为“新浪潮”，这些影片被称为“新浪潮”电影。其中不少新导演都是《电影手册》杂志的影评人，他们提倡在电影创作中展现导演的个人风格，提倡“作者论”。代表作品有特吕弗的《四百击》、戈达尔的《筋疲力尽》等。

真题示例：

名词解释：法国新浪潮电影

【2014 年池州学院广播电视编导专业考试试题】

法国“左岸派”电影 ★★★☆☆

20 世纪 50 年代末出现在法国的一个电影导演集团，因成员大都居住在巴黎塞纳河的左岸而得名。“左岸派”电影的艺术特点主要是对话和内心独白构成了影片重要的组成部分，并十分关注人的精神状态和精神活动。主要人物及代表作品有阿伦·雷乃的《广岛之恋》、亨利·柯比的《长离别》等。

新德国电影 ★☆☆☆☆

20 世纪 60 年代初在联邦德国出现的一次旨在振兴德国电影的运动，源于 1962 年的奥伯豪森第八届西德短片电影节。当时有 26 位青年电影导演、编剧和演员联名发表了一篇《奥伯豪森宣言》，宣称“要与传统电影决裂，要运用新的电影语言”，并“从陈规陋习、商业伙伴和某些利益集团的羁绊中解脱出来”，以创立德国新电影。70 年代中期，新德国电影进入创作高潮，出现了四位著名导演：赫尔措格、施隆多夫、法斯宾德、文德斯。

（三）外国电影名片

《工厂大门》★★★★☆

世界上第一部电影。1895 年 12 月 28 日，法国的卢米埃尔兄弟在巴黎公开放映。

《月球旅行记》★★★☆☆

世界上第一部故事片。1902 年由法国著名电影导演乔治·梅里爱拍摄的科学幻想片。

真题示例:

世界上第一部故事片是法国著名电影创始人(　　)在1902年拍摄的科学幻想片《月球旅行记》。

A. 卢米埃尔兄弟　　B. 爱森斯坦

C. 梅里爱　　D. 格里菲斯

【2013年泰山学院广播电视编导专业考试试题】

《火车大劫案》★☆☆☆☆

世界上第一部警匪片。1904年出品,由美国著名导演埃德温·鲍特执导。该片已具有西部片的雏形,在电影发展史上有着重要的地位。

《北方的纳努克》★★★☆☆

世界上第一部纪录片。1922年出品,由弗拉哈迪导演,是世界纪录片史上的里程碑之作。

《爵士歌王》★★★☆☆

世界上第一部有声片。1927年出品,由美国导演艾伦·克罗斯兰执导。

《浮华世界》★★★☆☆

世界上第一部彩色电影,又译《名利场》。1935年出品,由美国导演马摩里安执导。

真题示例:

世界上第一部彩色电影是__________。

【2014年安阳师范学院广播电视编导专业考试试题】

《乱世佳人》★★★★★

美国1939年出品，由维克多·弗莱明导演，费·雯丽、克拉克·盖博主演。影片改编自1936年美国女作家玛格丽特·米切尔的小说《飘》。

真题示例：

电影《乱世佳人》中女主人公的扮演者是__________。

【2012年天津师范大学广播电视编导专业考试试题】

（四）世界电影节与电影评奖

威尼斯国际电影节 ★★★★☆

世界上第一个国际电影节。1932年8月在意大利威尼斯创办，最高奖项是"金狮奖"，被誉为"国际电影节之父"。

真题示例：

1. 威尼斯电影节的最高奖项名称是__________。

【2012年重庆邮电大学广播电视编导专业考试试题】

2. 创办时间最早、有"电影节之父"之称的是__________电影节。

【2014年大连艺术学院广播电视编导专业考试试题】

柏林国际电影节 ★★★★☆

原称"西柏林国际电影节"。创办于1951年6月，每年举行一届。1956年得到了国际电影制片人协会联合会的承认与支持，成为世界上规模最大、影响最广的电影节之一。最高奖项是"金熊奖"。

戛纳国际电影节 ★★★☆☆

始于1946年，每年在法国南部旅游胜地戛纳举办，最高奖项是"金棕榈奖"。戛纳除了举办最盛大的电影节之外，还举办一年一度的世界电影交易会,这是戛纳电影节最引人注目的地方。

真题示例:

名词解释:戛纳国际电影节

【2014年新疆艺术学院摄影专业考试试题】

奥斯卡金像奖 ★★★☆☆

全称"电影艺术与科学学院奖"。1928年设立,每年举行一届,由美国电影艺术与科学学院颁发,现已成为世界上最有影响力的电影奖项之一。

金球奖

始于1943年,由好莱坞外国新闻记者协会主办,是美国影视界的重要奖项之一。金球奖在奥斯卡奖之前进行评选和颁发,奖品为金质地球模型。其评奖结果常被用作对奥斯卡获奖名单的推测依据,被认为是奥斯卡奖的外围奖。

第四章 广播电视常识

识记导引：本章分为广播电视基本常识和中外广播电视常识两部分。广播电视基本常识部分主要介绍了广播电视的基本概念、制作方式、节目分类等内容。此部分的考查方式以名词解释为主，考生在备考过程中需予以重视。中外广播电视常识主要涉及中外广播电视发展史上具有标志性意义的历史事件及电视作品等。

第一节 广播电视基本常识

电视 ★☆☆☆☆

20世纪人类社会最重大的发明之一。它是用电子技术传输图像及声音的现代传播媒介。通过光电转换系统使图像、声音、色彩等，迅速、连续地重现在远距离外的接收器（电视机）的屏幕上。

电视艺术 ★☆☆☆☆

指以电视技术为手段，以画面和声音为媒介，在电视屏幕上运动着的时间和空间里塑造形象，再现和表现生活的一种视听艺术。

电视机三基色 ★★★☆☆

即光的三原色,指红、绿、蓝三种颜色。

真题示例:

电视三基色是________、________、________。

【2014年宝鸡文理学院广播电视编导专业考试试题】

电视节目制作方式 ★★★★☆

指电视拍摄、制作、播出的不同方式,一般分别为三种:ENG方式(电子新闻采集式)、EFP方式(电子现场制作式)、ESP方式(电子演播室制作式)。

真题示例:

电视节目播出形式有________、________、________三种形式。

【2014年重庆师范大学戏剧影视文学专业考试试题】

电视节目制作过程 ★★★☆☆

电视节目的制作过程包括前期筹备、前期摄制和后期制作三个阶段。

真题示例:

电视节目的制作过程包括前期筹备、前期摄制和(　　)三个阶段。

A. 素材编辑　B. 后期编辑　C. 后期制作　D. 后期构思

【2008年湖南省普通高等学校影视节目制作类专业考试试题(B卷)】

电视节目播出方式 ★★★★☆

电视节目的播出方式可分为直播、录播和转播。

真题示例：

电视的播出方式有录播、直播、__________。

【2010 年曲阜师范大学戏剧影视文学专业考试试题】

制片人制度 ★★★★☆

是指广播电视节目以制作人为中心的一种制度。制片人拥有对节目的生产制作、包装、推介、优化、转产等流程的实际操作经营权和对相关人员的指挥领导权。

真题示例：

电视剧摄制中的最高负责人称为(　　)。

A. 监制　　B. 导演　　C. 制片　　D. 剧务

【2014 年江西省普通高校编导联考试题】

有线电视 ★★☆☆☆

经电缆或光缆组成的传输分配线路，将电视节目直接传送给用户接收机的一种区域性广播电视形式。

卫星电视 ★★★☆☆

利用地球同步卫星将数字编码压缩的电视信号传送到用户端的一种广播电视形式。

真题示例：

名词解释：卫星电视

【2010 年广西民族大学广播电视编导专业考试试题】

数字电视 ★★★★☆

数字电视是指从演播室到发射、传输、接收的所有环节都是使用数字电视信号，或对该系统所有的信号都通过由 0、1 数字串所构成的二进制数字流来传送的电视类型。

真题示例：

名词解释：数字电视

【2010年周口师范学院广播电视编导专业考试试题】

电视栏目 ★☆☆☆☆

是按照一定的宗旨和目的，把一些或一组题材内容、性质、功能目的或形态相近的小节目纳入一个定期定时长的某时段中播出，并将这一定期、定时长播出的某时段冠以名称，这一冠名播出时段的节目我们习惯性地称之为电视栏目。

电视频道 ★☆☆☆☆

电视广播通道所使用的频率范围及其序号。

电视新闻节目 ★★☆☆☆

电视屏幕上播出的传播新闻信息，分析、解释与评论新闻事实的各种新闻节目的总称。其按照不同的作用可以分为三大类：一是消息类新闻节目；二是专题类新闻节目；三是言论类新闻节目。

电视文艺节目 ★★☆☆☆

以文学、艺术和文艺演出作为原始创作素材和基本构成元素，在保留原有艺术形式的基础上，运用电视视听语言进行二度创作，具有较高欣赏艺术性和审美价值的电视节目类型。

电视娱乐节目 ★★☆☆☆

以电视为传播媒介，利用综合性的表达手段，将多种娱乐性的元素组合在某一种形式中，在某一时段强化电视的娱乐功能，单纯地使观众身心放松、精神愉悦的电视节目类型。

电视社教节目 ★★☆☆☆

以传播政治、思想、伦理和科学文化知识为主要内容，以推动社会精神文明建设为目的的广播电视节目。

电视服务性节目 ★★☆☆☆

指那些实用性强，通过提供信息、反映群众呼声等方式，直接为社会各界解决各种实际问题，为受众排忧解难，对受众的心理和生活需要产生直接影响的电视栏目。

电视谈话节目 ★★★☆☆

以电视为传播媒介，通过话语形式，营造屏幕内外面对面人际传播的氛围，以语言符号和非语言符号来传递信息，整合大众传播与人际传播的电视节目类型。

真题示例：

名词解释：电视谈话节目

【2008年山东艺术学院公共事业管理专业考试试题】

脱口秀 ★★★☆☆

指一种观众聚集在一起讨论主持人提出的话题的广播或电视节目。一般脱口秀都有嘉宾，通常由相关方面的专家学者或者对特定问题有特殊经验的人组成。

真题示例：

名词解释：脱口秀

【2010年山东师范大学广播电视编导专业考试试题】

广告 ★★★☆☆

为了某种特定的需要，通过一定形式的媒体，并消耗一定的费用，公开而广泛地向公众传递信息的宣传手段。从最终目的来划分,广告可以分为商业广告和非商业(公益)广告两大类。

公益广告 ★★★★☆

指不以营利为目的,通过大众传播媒介所进行的,涉及公众利益及问题的宣传和信息传播活动。

真题示例:

名词解释:公益广告

【2014 年广西壮族自治区普通高校影视传媒类专业统考试题】

电视剧 ★★★☆☆

一种以电视摄录像技术制作的,通过电视传播媒介播放的具有声音和图像的新的叙事艺术。

真题示例:

名词解释:电视剧

【2010 年枣庄学院广播电视编导专业考试试题】

电视单本剧 ★★★☆☆

电视剧最重要也是最常见的形式之一,它没有曲折的故事情节和复杂的人物关系,而是在较短的篇幅内,通过较为完整的故事情节重点讲述一两件事。电视单本剧一般为一至二集,最长为上、中、下三集。

真题示例:

名词解释:电视单本剧

【2013 年临沂大学广播电视编导专业考试试题】

电视连续剧 ★☆☆☆☆

是分集播出的多部集电视剧,8 集以下的称为中篇电视连续剧,8 集以上的称为长篇电视连续剧。电视连续剧是最能发挥电视艺术特长、最具电视特性的艺术形式。

电视系列剧 ★☆☆☆☆

由众多可以相对独立的电视剧构成一种多集电视剧样式。构成电视系列剧的各集之间在主题和人物上有一定的内在联系，但是和电视连续剧相比有较大的灵活性，不要求有统一的连续的情节，不必按一定的顺序连续播放，各部分可以单独存在。

电视小品 ★★★☆☆

是电视屏幕上最短小的电视剧样式，一般通过对社会生活的片段表现，阐释耐人寻味的生活哲理。它形式短小、人物性格鲜明、言简意赅、耐人回味。

真题示例：

简答题：简述电视小品的艺术特征。

【2013 年江西服装学院数字媒体艺术专业考试试题】

音乐电视(MTV) ★★★☆☆

英语称“MTV”，是英文“音乐”（Music）和“电视”（Television）的缩写。音乐电视是电视文艺节目的一种类型，指的是以音乐为听觉表现形式、以活动画面为视觉表现形式，声画相辅相成的一种艺术作品。

真题示例：

名词解释：MTV

【2012 年临沂大学广播电视编导专业考试试题】

电视电影 ★★☆☆☆

按照电影的艺术规范和电视的叙事规律来制作，通过电视媒介播放的电视节目类型。

第二节 中外广播电视常识

(一)中国广播电视常识

中国境内第一座广播电台 ★☆☆☆☆

1922年,美国人奥斯邦在上海成立中国无线电公司,创办中国无线电公司广播电台,呼号XRO,于1923年1月23日晚间首次播出节目,这是中国境内出现的第一座广播电台。

哈尔滨广播电台 ★★★☆☆

1926年10月1日,无线电专家刘瀚在奉系军阀支持下,建成哈尔滨广播电台,这是中国人自办的第一座广播电台。

延安新华广播电台 ★★★☆☆

1940年,中国共产党在陕北根据地建立了延安新华广播电台,于12月30日宣布播出,标志着新的中国人民广播事业的诞生。

中央人民广播电台 ★★★★☆

1949年12月5日,北平新华广播电台改名为中央人民广播电台,成为中华人民共和国的国家广播电台。

北京电视台 ★★★★★

1958年5月1日,北京电视台开播,这是中国第一家电视台,标志着我国电视事业的诞生。1973年5月1日,北京电视台面向首都观众的彩色电视正式试播。

真题示例：

1958年，新中国第一家电视台建立，其名称是（　　）。

A.中国人民电视台　　B.新华电视台

C.东北电视台　　D.北京电视台

【2014年重庆市普通高校编导类专业统考试题】

中央电视台 ★★★★★

1978年5月1日，北京电视台改为中央电视台，成为中国的国家电视台。

真题示例：

北京电视台在__________年改名为中央电视台。

【2010年赣南师范学院广播电视编导专业考试试题】

中央电视台各频道名称 ★★☆☆☆

CCTV—1综合频道、CCTV—2财经频道、CCTV—3综艺频道、CCTV—4中文国际频道、CCTV—5体育频道、CCTV—6电影频道、CCTV—7军事·农业频道、CCTV—8电视剧频道、CCTV—9纪录频道、CCTV—10科教频道、CCTV—11戏曲频道、CCTV—12社会与法频道。

真题示例：

中央电视台哪个频道是以播出纪录片（节目）为主？（　　）

A.CCTV-13　　B.CCTV-9

C.CCTV-8　　D.CCTV-6

【2014年重庆邮电大学广播电视编导专业考试试题】

中央电视台春节联欢晚会 ★★★★★

通常简称为“央视春晚”或“春晚”，是中央电视台在每年农历除夕晚上为庆祝农历新年举办的综艺性文艺晚会。1983年，中央电视台正式推出第一届由黄一鹤导演的春节联欢晚会。

真题示例：

第一届春晚是在(　　)年举行的。

A. 1980　　B. 1981　　C. 1982　　D. 1983

【2013年重庆邮电大学广播电视编导专业考试试题】

中国电视金鹰奖 ★☆☆☆☆

经中宣部批准，由中国文学艺术界联合会和中国电视艺术家协会主办的全国性电视艺术综合奖，其前身为“《大众电视》金鹰奖”，是国家级的以观众投票为主评选产生的电视艺术大奖。评选活动于1983年开始。

中国电视剧飞天奖 ★☆☆☆☆

中国电视剧最高政府奖。创办于1980年，于1981年开始评奖，每年举办一届，原名“全国优秀电视剧奖”。

《一口菜饼子》★★★★★

1958年6月15日，北京电视台以直播方式播出了我国第一部电视剧《一口菜饼子》，其根据同名短篇小说改编。

真题示例：

新中国第一部电视剧《一口菜饼子》的首次播出时间是(　　)。

A. 1958年　　B. 1956年　　C. 1950年　　D. 1949年

【2014年重庆邮电大学广播电视编导专业考试试题】

《敌营十八年》★★★★★

1981年，中央电视台播出了9集电视连续剧《敌营十八年》。该剧为中国第一部电视连续剧。

真题示例：

1981 年春节播放的第一部电视连续剧是________。

【2012 年临沂大学广播电视编导专业考试试题】

《渴望》★★★★★

1990 年，中国第一部长篇室内剧《渴望》播出，标志着我国电视剧生产的重大突破。

真题示例：

我国第一部室内电视连续剧是（　　）。

A.《编辑部的故事》　　B.《渴望》

C.《一年又一年》　　D.《四世同堂》

【2013 年泰山学院广播电视编导专业考试试题】

《编辑部的故事》★★☆☆☆

1991 年《编辑部的故事》的播出，填补了我国长篇电视系列剧类型的空白。这是我国第一部以语言的幽默为特色的电视系列喜剧。

真题示例：

《编辑部的故事》是我国第一部（　　）。

A. 室内连续剧　B. 电视短剧　C. 电视系列剧　D. 言情剧

【2012 年西南大学广播电视编导专业考试试题】

"参桂补酒"★★★★☆

1979 年 1 月 28 日，上海电视台播出了中国第一条电视商业广告——"参桂补酒"。

真题示例：

我国第一条广告播出是在________电视台。

【2013 年蚌埠学院广播电视编导专业考试试题】

《为您服务》★★☆☆☆

1983年元旦,中央电视台《为您服务》栏目出现了专题节目主持人——沈力。沈力被认为是中国电视史上第一个固定栏目的节目主持人。

真题示例:

中国第一个主持人出现在(　　)时代。

A.20世纪60年代　　B.20世纪70年代

C.20世纪80年代　　D.20世纪90年代

【2014年天津工业大学广播电视编导专业考试试题】

《东方时空》★★☆☆☆

1993年5月1日早晨7时整,《东方时空》在中央电视台第一套节目中首次开播,成为中国电视界第一个电视新闻杂志栏目。

《凤凰早班车》★★☆☆☆☆

1998年4月,陈鲁豫在香港凤凰卫视主持《凤凰早班车》节目,开创主持人说新闻的先河。

(二)外国广播电视常识

广播的诞生 ★★★☆☆

1906年12月,美国人费森登在美国首次成功进行了无线电广播,标志着广播的诞生。

世界上第一座广播电台 ★★★★★

1920年11月2日,美国匹兹堡的KDKA广播电台正式开播,这是世界上第一座广播电台,也是第一家商业广播电台,该台首次创办了定时广播节目。

“电视之父”★★★★★

1925 年 4 月，英国人贝尔德研制成功世界上第一台机械式电视机，标志着电视的诞生及电视时代的到来。贝尔德因此被称为“电视之父”。

真题示例：

“电视之父”是__________，于 1925 年研制出第一台电视机。

【2014 年宝鸡文理学院广播电视编导专业考试试题】

英国广播公司(BBC)★★★★★

1922 年 12 月 15 日，英国建立英国广播公司，并开始播出广播节目。1936 年，英国广播公司在伦敦建成世界上第一座电视发射台，建立了世界上第一个正规的电视台，成为世界电视史上的重要里程碑，11 月 2 日开始正式播放电视节目。

真题示例：

1. 世界上第一家电视台是(　　)。

A. CBS　　B. SBC　　C. BBC　　D. CNN

【2013 年临沂大学广播电视编导专业考试试题】

2. BBC 是(　　)的机构。

A. 英国　　B. 美国　　C. 德国　　D. 法国

【2014 年北京电影学院文学系策划专业考试试题】

世界上第一台彩色电视机 ★★★★☆

1940 年，美籍匈牙利科学家彼得·戈得马研制成功了世界上第一台彩色电视机。

世界上第一个开办彩色电视的国家 ★★★★☆

1954 年，美国正式播放了彩色电视节目，成为世界上第一个开办彩色电视的国家。

真题示例:

最早正式播出彩色电视节目的国家是(　　)。

A. 英国　　B. 法国　　C. 美国　　D. 苏联

【2014年重庆市普通高校编导类专业统考试题】

《花言巧语的人》★★★★★

1930年,英国广播公司(BBC)播出了多幕电视剧《花言巧语的人》,这是世界上公认的最早的电视剧。

真题示例:

1930年,英国BBC电视开始试验广播,播出多幕电视剧(　　),这是世界上最早的多幕剧。

A.《双城记》　　B.《曼斯菲尔德庄园》

C.《傲慢与偏见》　　D.《花言巧语的人》

【2013年江西师范大学广播电视编导专业考试试题】

《奥普拉脱口秀》★☆☆☆☆

由美国脱口秀女王奥普拉制作并主持,是美国历史上收视率最高的脱口秀节目。自1986年开播以来,截至2011年停播,该节目已经播出了3000多集,是美国历史上播映时间最长的日间电视脱口秀节目。

第五章　美术常识

识记导引：本章分为美术基本常识、中国美术常识、外国美术常识、书法篆刻常识四部分。美术基本常识涉及美术及其所包含的各门类的概念，以及中外绘画艺术的知识。这部分内容是常考内容，尤其是关于中国绘画的有关知识，考生要认真记忆。中外美术常识中考生应重点掌握著名画家及其代表作品，以及涉及的中外绘画名称与各流派的特征。书法篆刻是中国特有的艺术门类，也是考试中出现频率较高的知识点，考生对书法名家、名作、特点要准确记忆。

第一节　美术基本常识

美术 ★☆☆☆☆

美术是以一定的物质材料，塑造可视的平面或立体形象，以反映客观世界和表达对客观世界的感受的一种艺术形式，因此，美术又被称为“造型艺术”、“空间艺术”、“视觉艺术”等。它主要包括绘画、雕塑、建筑、工艺美术等类型。从用途角度看，美术分为艺术美术和工艺美术两大系统。

绘画 ★☆☆☆☆

造型艺术的一种。是一门使用一定的物质材料，运用线条、色彩等语言，通过构图、造型和设色等手段，在二度空间(平面)里创造出静态的视觉形象或情景的艺术。

油画 ★☆☆☆☆

是用快干性油剂调和颜料，在亚麻布、纸板或木板上进行制作的一个画种。

版画 ★☆☆☆☆

用刀子或化学药品等在铜版、锌版、木版、石版、麻胶版等版面上雕刻或蚀刻后印刷出来的图画，可分为凸版、凹版和平版三种。

雕塑 ★★★☆☆

造型艺术的一种。是一门直接利用物质材料，运用雕刻或塑造的方法，在立体的空间(三度空间)中创造出具有实体形象的艺术品的艺术，可分为圆雕和浮雕。

真题示例：

在平面上雕出凸起的艺术形象的雕刻叫作(　　)。

A. 圆雕　　B. 浑雕　　C. 浮雕　　D. 透雕

【2013年浙江传媒学院摄影专业考试试题】

建筑 ★☆☆☆☆

将实用价值与审美价值、工程技术手段与艺术手段紧密结合的美术门类。建筑艺术最直接、最鲜明的体现是建筑风格。

罗马式建筑 ★★★☆☆

10 世纪晚期到 12 世纪初欧洲的建筑风格，因采用古罗马式的卷、拱而得名。罗马式建筑风格多见于修道院和教堂，给人以雄浑庄重的印象。著名的罗马式建筑有意大利比萨大教堂、英国杜勒姆教堂、法国圣塞尔南大教堂等。

哥特式建筑 ★★★☆☆

11 世纪下半叶起源于法国，13 至 15 世纪流行于欧洲的一种建筑风格。主要见于天主教堂。著名的哥特式建筑有俄罗斯圣母大教堂、意大利米兰大教堂、德国科隆大教堂、英国威斯敏斯特大教堂、法国巴黎圣母院等。

浮世绘 ★★★☆☆

日本江户时代以描绘市民生活为主的风俗画。其绘画作品包括画家创作的画稿和依据画稿用木板水印的方式制作的水印木版画两种形式。其风格造型简练，色彩鲜丽明快，人物形象夸张，画面富有装饰性。

中国画 ★★★★★

简称“国画”。指我国具有悠久历史和民族文化特征的传统绘画。它是用毛笔、墨以及中国画颜料，在特制的宣纸或绢上作画。在题材上可分为山水画、人物画和花鸟画，其传统表现技法可分为工笔、写意及工兼写。

真题示例：

1. 中国画的最基本技法是用笔和用__________。

【2013 年临沂大学广播电视编导专业考试试题】

2. 我国的三大国粹是__________、京剧、中医。

【2014 年大连艺术学院广播电视编导专业考试试题】

人物画 ★★★★☆

以人物活动为主要描写对象的中国画传统画科。人物画因描绘侧重不同,大体可分为道释画、仕女画、肖像画、风俗画、历史故事画等。

山水画 ★★★★☆

以自然风景为主要描写对象的中国画传统画科。山水画的主要形式有青绿、金碧、浅绛、水墨四类。

真题示例:

名词解释:中国山水画

【2013年广西民族大学广播电视编导专业考试试题】

花鸟画 ★★★★☆

以动植物为主要描写对象的中国画传统画科。从传统技法的角度,花鸟画可划分为工笔、写意、工兼写三种。

真题示例:

传统花鸟画从技法角度分为__________、__________、__________。

【2013年大连艺术学院广播电视编导专业考试试题】

工笔画 ★★★☆☆

中国画传统画法之一。工笔画用笔工整细致,敷色层层渲染,细节入微,需用极细腻的笔触描绘物象,以描绘对象的准确形象为准则,故称“工笔”。

写意画 ★★★☆☆

中国画传统画法之一。相对“工笔画”而言,写意画用豪放、简练、洒落的笔墨描绘物象的形神,抒发作者的感情。写意画运用概括、夸张的手法，丰富的联想，用笔虽简但意境繁邃，具有一定的表现力。

真题示例：

名词解释：写意画

【2012年广西艺术学院文化产业管理专业考试试题】

三远 ★★★★☆

山水画的三种取景法，是中国画特有的透视法。由北宋郭熙在山水画论《林泉高致》中提出，"山有三远"即高远、深远、平远。

三品 ★★★★☆

指我国古代画论中品评艺术高低的三个等级，即神品、妙品、能品。

真题示例：

下面哪种说法不属于对于书画艺术"三品"的评论？（　　）

A. 神品　　B. 妙品　　C. 能品　　D. 赝品

【2014年西北师范大学广播电视编导专业考试试题】

年画 ★★★★★

中国的一种绘画题材。是一种运用木板彩色套印在纸上，可以直接粘贴在墙壁上供人们欣赏的绘画。因多在新年时张贴，装饰环境，含有祝福、吉祥、喜庆之意，故称"年画"。我国著名的四大年画产地是天津杨柳青、潍坊杨家埠、苏州桃花坞和四川绵竹。

真题示例：

明清时期形成的四大年画中心是＿＿＿＿＿＿、＿＿＿＿＿＿、＿＿＿＿＿＿、＿＿＿＿＿＿。

【2009年山东经济学院文化产业管理专业考试试题】

四君子 ★★★★★

中国画中对梅、兰、竹、菊四种花卉题材的总称。明代黄凤池辑《梅兰竹菊四谱》,陈继儒称“四君”,标榜君子的清高品德,后又称“四君子”。

真题示例:

“四君子”是指中国古代文人画中常被表现的__________、兰、竹、菊四种花卉。

【2014年首都师范大学科德学院广播电视编导专业考试试题】

第二节 中国美术常识

(一)先秦秦汉美术

司母戊鼎 ★☆☆☆☆

商代后期王室祭祀用的青铜方鼎,1939年3月19日出土于河南省安阳市,因其鼎内部铸有“司母戊”三字而得名,是商朝青铜器的代表作。

战国帛画 ★★★☆☆

我国现存最早的绘画实物是湖南长沙楚墓先后出土的两幅战国时代帛画:《人物龙凤帛画》出自长沙陈家大山楚墓,《人物御龙帛画》出自长沙子弹库楚墓。

秦兵马俑 ★★★☆☆

1974年至1976年,在陕西秦始皇陵东垣外的临潼西杨村,先后发现三座埋藏大型秦兵马俑的从葬坑,被誉为“世界第八大奇迹”。

真题示例：

被誉为“世界第八大奇迹”的秦兵马俑出土于陕西省________。

【2010年枣庄学院广播电视编导专业考试试题】

马踏飞燕 ★★★☆☆

又名“马超龙雀”、“铜奔马”，为东汉青铜器，1969年出土于甘肃省武威雷台墓。1983年10月，“马踏飞燕”被国家旅游局确定为中国旅游标志。

真题示例：

在甘肃省武威出土的青铜器制品________被国家旅游局定为中国旅游标志。

A. 天女散花　B. 马踏飞燕　C. 万马奔腾　D. 雁渡寒潭

【2010年枣庄学院广播电视编导专业考试试题】

（二）魏晋南北朝隋唐美术

顾恺之 ★★★★★

东晋画家。东晋最伟大的一位画家，也是早期的绘画理论家。擅长肖像、历史人物、道释、禽兽、山水等题材。画人物主张传神，重视点睛，善于利用环境描绘来表现人物的志趣风度。今存有《魏晋胜流画赞》、《论画》、《画云台山记》三篇画论，提出了“传神论”、“以形守神”、“迁想妙得”等观点，主张绘画要表现人物的精神状态和性格特征，重视对对象的体验、观察，通过“迁想妙得”把握对象的内在本质，在形似的基础上以形写神。现有《女史箴图》、《洛神赋图》、《列女仁智图》等作品的摹本传世。

真题示例：

名词解释：顾恺之

【2013年山东师范大学戏剧影视文学专业考试试题】

曹仲达 ★☆☆☆☆

北齐画家。擅画人物、肖像、佛像,以画佛像著称,被誉为“曹家样”。所画人物以稠密的细线,表现衣服褶纹贴身,“其体稠叠,而衣服紧窄”,似刚从水中出来,人称“曹衣出水”,与唐代画家吴道子的“吴带当风”并称画史。

谢赫 ★★★☆☆

南朝齐梁间画家,绘画理论家。其撰写的《画品》(又名《古画品录》)是古代第一部对绘画作品、作者进行品评的理论专著。书中论述了绘画的社会功能,提出了绘画的品评标准“六法论”。

四大石窟 ★★★★★

指以中国佛教文化为特色的巨型石窟艺术景观,即甘肃敦煌莫高窟、山西大同云冈石窟、河南洛阳龙门石窟、甘肃天水麦积山石窟。

真题示例:

名词解释:中国四大石窟

【2013年西安邮电大学广播电视编导专业考试试题】

敦煌壁画 ★★★☆☆

泛指存于敦煌石窟中的壁画,包括敦煌莫高窟、西千佛洞、安西榆林窟等,有历代壁画五万多平方米,是我国也是世界壁画最多的石窟群。敦煌壁画的内容丰富多彩,描写神的形象、神的活动、神与神的关系、神与人的关系,以寄托人们善良的愿望。飞天是敦煌艺术的标志。著名的敦煌壁画有《九色鹿本生》、《五百强盗成佛图》等。

展子虔 ★★☆☆☆

北周末隋初画家。传世作品《游春图》为现存最早的卷轴山水画。画迹有隋朝官本《法华变相图》、《南郊图》等著录于《贞观公私画史》,《朱买臣覆水图》、《维摩像》等著录于《历代名画记》等。

阎立本 ★★★★★

唐代画家。其作品有《步辇图》、《历代帝王图》、《秦府十八学士图》、《凌烟阁二十四功臣图》等。《步辇图》以唐太宗与吐蕃王松赞干布联姻为背景,描绘了唐太宗接见吐蕃迎亲使臣禄东赞的情节。

真题示例:

1.描绘唐太宗接见吐蕃松赞干布使者和亲的是阎立本的作品__________。

【2013年广西艺术学院文化产业管理专业考试试题】

2.《步辇图》的作者是__________。

【2014年黄淮学院广播电视编导专业考试试题】

吴道子 ★★★★★

唐代画家,被誉为"画圣"。所画人物的衣袖、飘带有迎风起舞的动势,故有"吴带当风"之称,其独创的宗教图像样式被称为"吴家样"。后人将其与曹仲达所画佛像的衣服褶纹表现形式称为"吴带曹衣"。画迹有《送子天王图》、《十指钟馗图》、《维摩诘图》等。

真题示例:

唐代的__________被后世誉为"画圣",《送子天王图》是其作品之一,他笔下的人物神情生动逼真,衣带飘飘若飞,人们称之为"__________"。

【2014年河南省普通高校编导制作类专业统考试题】

张萱 ★☆☆☆☆

盛唐画家。擅长人物画,尤工仕女题材。其流传下来的作品有宋代摹本《虢国夫人游春图》、《捣练图》等。

周舫 ★★☆☆☆

唐代画家。擅画贵族人物肖像及宗教壁画,以仕女画最为突出。其宗教画所创的“水月观音”之体成为广为流传的佛画样式,被称为“周家样”。代表作品有《挥扇仕女图》、《簪花仕女图》、《杨妃出浴图》等。

韩滉 ★★★☆☆

唐代画家。擅绘人物、农村风俗景物,以画牛著称于世,代表作是《五牛图》。

张彦远 ★★★☆☆

唐代画家、绘画理论家。所著《历代名画记》是中国第一部体例完备、史论结合、内容宏富的绘画通史著作。

唐三彩 ★★★☆☆

是一种低温铅釉的彩釉陶器。因为经常采用黄、绿、褐等色釉,在器皿上构成花朵、斑点或几何纹等各种彩色斑斓的色釉装饰,所以称为三彩,但实际上并不限于三种色釉。唐三彩以人物俑、动物俑(骆驼、马)最具特色。

昭陵六骏 ★☆☆☆☆

唐太宗陵墓前浮雕。唐太宗李世民令雕刻名匠将其征战时骑乘过的六匹战马刻成浮雕,世称“昭陵六骏”。

(三)五代宋元美术

顾闳中 ★★★★☆

五代南唐画家。以画人物肖像著称。所作《韩熙载夜宴图》是其唯一的传世作品,表现了南唐大臣韩熙载放纵不羁的夜宴生活,成功地刻画了韩熙载的复杂心境,是古代人物画的杰作。这幅长卷线条准确流畅,工细灵动,充满表现力。设色工丽雅致,且富于层次感,神韵独出。

真题示例:

1. 名词解释:《韩熙载夜宴图》

【2011 年四川大学美术学专业考试试题】

2.《韩熙载夜宴图》的作者顾闳中是哪个朝代的画家?(　)

A. 南唐　　B. 宋代　　C. 清代　　D. 明代

【2014 年池州学院广播电视编导专业考试试题】

周文矩 ★☆☆☆☆

五代南唐画家。善画人物、仕女。现有《宫中图》、《重屏会棋图》、《琉璃堂人物图》等作品传世。

黄筌 ★☆☆☆☆

五代西蜀画家。其绘画题材广泛,以花鸟画最为著名。因其为宫廷画家,所画多为珍禽瑞鸟、奇花异石,画风富丽工巧,反映了宫廷贵族的审美趣味。今有《写生珍禽图》传世。

徐熙 ★☆☆☆☆

五代南唐画家。作品主要取材于江湖田野的景物。在表现技法上注重“落墨”,开水墨花鸟画之先河。因画风与黄筌迥异,宋人有“皇家富贵,徐熙野逸”之评。

荆浩 ★☆☆☆☆

五代后梁画家。在其山水画理论著作《笔法记》中，提出了"六要"，即气、韵、思、景、笔、墨，力倡山水画要神形兼备。他与关仝、董源、巨然，合称"五代山水四大家"。代表作有《匡庐图》等。

关仝 ★☆☆☆☆

五代至北宋的著名画家。长于秋山、寒林、村居、野渡等题材，形象鲜明、简括，画风朴素，人称"关家山水"。传世作品有《关山行旅图》、《山溪待渡图》等。

董源 ★☆☆☆☆

五代南唐画家。擅画山水，兼工人物、禽兽。其山水初师荆浩，笔力沉雄，后以江南真山实景入画，不为奇峭之笔。其传世名迹有《潇湘图》、《夏山图》、《龙宿郊民图》等。

巨然 ★☆☆☆☆

五代南唐及宋初画家。工画山水，师承董源，与董源并称"董巨"。其画风对后世江南山水画派影响巨大。存世作品有《秋山问道图》、《层岩丛树图》、《万壑松风图》等。

李成 ★☆☆☆☆

五代、宋初画家。擅画山水，其山水画最突出的就是创造了"寒林"的形象。作品有《晴峦萧寺图》、《读碑窠石图》等。

范宽 ★☆☆☆☆

北宋山水画家。其山水画初师李成，后自成一家，其画峰峦浑厚端庄，气势壮阔伟岸，令人有雄奇险峻之感。作品有《溪山行旅图》、《雪景寒林图》等。

郭熙 ★★☆☆☆

北宋山水画家、理论家。他在山水画论《林泉高致》中提出的“三远”法（“山有三远”，即高远、深远、平远），是中国山水画处理空间关系手法的一个重要发展。存世作品有《早春图》、《关山春雪图》等。

李公麟 ★★★☆☆

北宋画家。他把过去仅作为粉本的白描画法确立为一个画种，使之独立成科，丰富了民族绘画的形式技巧。代表作品有《五马图》等。

张择端 ★★★★★

北宋画家，风俗画的杰出代表。现珍藏于北京故宫博物院的《清明上河图》是其传世名作。作品以全景式的构图、严谨精致的笔法、高度写实的技艺，展现了北宋都城汴梁的风貌。现代美术史家称它是“中国古代的现实主义杰作”。

真题示例：

1. 名词解释：美术作品《清明上河图》

【2013 年广西艺术学院文化产业管理专业考试试题】

2.《清明上河图》的作者是（　　）。

A. 明朝的张择端　　B. 宋朝的张择端

C. 唐朝的颜真卿　　D. 清朝的任伯年

【2014 年平顶山学院广播电视编导专业考试试题】

赵佶 ★★★☆☆

即宋徽宗。北宋皇帝、书画家。绘画重视写生，以精工逼真著称，工花鸟。画迹有《芙蓉锦鸡》、《瑞鹤图》等。其在书法上也有较高的造诣，创造出了独树一帜的“瘦金体”。

梁楷 ★★☆☆☆

南宋书画家。在美术史上,梁楷以“减笔”之法著称,丰富了我国传统人物画的技巧。传世作品有《泼墨仙人图》、《六祖斫竹图》、《秋柳飞鸦图》、《李白行吟图》等。

李唐 ★☆☆☆☆

南宋画家。其山水画严谨质朴,气象雄伟,犹存北宋风范,但造型章法及笔墨上趋于简括,开创了南宋山水画的新风。作品有《万壑松风图》、《清溪渔隐图》等。

刘松年 ★☆☆☆☆

南宋画家。工山水人物,画风严谨不苟,擅画西湖风景、贵族庭院及文人雅士的生活。画迹有《四景山水图》、《罗汉图》等。

马远 ★★☆☆☆

南宋画家。所作山水画,构图简洁,大胆取舍,往往以山川之一隅作为表现的对象,留出大幅面的空白以突出主景,人称“马一角”。存世作品有《踏歌图》、《水图》、《梅石溪凫图》等。

夏圭 ★★☆☆☆

南宋画家。其画构图习惯于集中景物于一侧,空间广阔,意境邈远,人称“夏半边”。后人把他与马远并称“马夏”,加上李唐、刘松年,合称“南宋四家”。代表作有《溪山清远图》、《西湖柳艇图》等。

钱选 ★☆☆☆☆

宋末元初画家。擅画人物、花鸟和山水,用笔质朴稚拙而意境脱俗。传世作品有《花鸟图》、《春山欲雨图》等。

黄公望 ★★★☆☆

元代画家。作品多描绘虞山、富春等地的江南自然景色。他的画对明清山水画影响巨大，后人把他与吴镇、倪瓒、王蒙合称“元四家”。留存于世的著名作品有《富春山居图》、《溪山雨意图》、《天地石壁图》等。

吴镇 ★☆☆☆☆

元代画家。工诗文，善草书，擅画山水梅竹。作品有《渔父图》、《双松平远图》、《墨竹图》等。

倪瓒 ★☆☆☆☆

元代画家。擅水墨山水，极少设色。所作多取材于太湖一带景色，意境清幽深远。传世作品有《渔庄秋霁图》、《水竹居图》等。

王蒙 ★☆☆☆☆

元代画家。其山水画布局饱满，结构复杂，层次繁密。传世作品有《青卞隐居图》、《春山读书图》等。

王冕 ★★★☆☆

元代画家。擅画梅竹，尤精于墨梅，是画坛上以画墨梅开创写意新风的花鸟画家。代表作有《三君子图》、《墨梅图》等。

（四）明清美术

沈周 ★★★☆☆

明代画家。是明代中期文人画“吴派”的开创者，与文征明、唐寅、仇英，合称“吴门四家”。其画风沉着浑厚，画面以表现意境趣味为重。代表作有《庐山高图》、《夜坐图》等。

文征明 ★★☆☆☆

明代画家。其笔下的青绿山水,创立了极具文人画意趣的小青绿样式,对后世影响巨大。代表作品有《霜柯竹石图》、《古木寒泉图》等。

唐寅 ★★★☆☆

明代画家。与祝允明、文征明、徐祯卿号称“吴中四才子”。其作笔墨灵逸、劲健繁茂、沉郁秀雅,传世作品较多,如《落霞孤鹜图》、《山路松声图》、《孟蜀宫妓图》等。

仇英 ★★☆☆☆

明代画家。其绘画题材较窄,专画传统题材,但临古功力深厚精湛。长于工笔重彩人物与青绿山水,画风严谨不苟。名作有《修竹仕女图》、《桃源仙境图》、《赤壁图》等。

陈淳 ★☆☆☆☆

明代画家。擅写意花卉,其画面处理常有一花半叶,自有疏斜历乱之致,剪裁选取巧妙有生气。画史上将其与徐渭并称“白阳青藤”。代表作有《秋葵图》、《红梨诗画图》等。

徐渭 ★★★☆☆

明代画家。其画风激越昂扬,笔墨淋漓,并赋予花卉以强烈的主观情感,把中国写意花鸟画推向了能够抒写内心情感的极高境界。代表作品有《杂花卷》、《墨葡萄》等。

董其昌 ★★★★☆

明末书画家、书画理论家。著有《画旨》,提出山水画“南北宗”论。在绘画方面,他强调笔墨虚实关系,讲究章法形式,推崇文人画趋于写意形式。代表作品有《秋兴八景图》等。

陈洪绶 ★☆☆☆☆

明末人物画家。其人物形象面容奇古，形体伟岸，衣纹排叠遒劲，出神入化，设色水石并用，以艳衬雅。代表作有《杨慎簪花图》、《西厢记》插图等。

王时敏 ★★★☆☆

明初清初画家。擅山水，用笔含蓄，格调苍润。代表作品有《答菊图》、《仙山楼阁图》等。王时敏与王鉴、王翚、王原祁并称“四王”，外加吴历、恽寿平六人在清初并称为画坛“清初六家”，他们占据了画坛的正统地位。

朱耷 ★★★★☆

明末清初画家。号八大山人。擅画水墨花卉禽鸟，笔墨简括、凝练，形象夸张，亦画山水，意境冷寂。代表作品有《秋林亭子图》、《荷鸭图》、《古梅图》等。朱耷与石涛、髡残、弘仁并称为清初“四僧”。

石涛 ★☆☆☆☆

清初画家。他对绘画理论的发展有很大贡献，著有《画语录》。石涛是清初最富独创性的画家，在山水、花鸟、人物画方面均有很高的成就，并对扬州画派产生了很大的影响。代表作品有《墨竹图》、《山水清音图》、《睡牛图》等。

扬州八怪 ★★★☆☆

指清乾隆年间活跃于江苏扬州画坛的一群革新派画家，或称扬州画派。其中以郑燮、金农、黄慎、李鳝、李方膺、汪士慎、罗聘、高翔等人为代表。

郑燮 ★★★★☆

清代画家。字克柔，号板桥。其诗书画皆精，多画兰、竹、石，也画松、菊，尤长墨竹。代表作品有《兰竹图》、《丛竹图》等。

金农 ★☆☆☆☆

清代画家。其作品生意新奇，构境别致，笔墨朴秀，巧拙互用，耐人寻味。作品有《月华图》、《寄人篱下图》、《采菱图》等。

(五)近现代美术

任颐 ★★☆☆☆

近代画家。其作品注意吸收民间绘画的传统题材，使自己的绘画更通俗、更市民化。代表作品有《苏武牧羊》、《三友图》、《五瑞图》等。

吴昌硕 ★★☆☆☆

近代海派绘画的代表人物。其画风从大篆、金石中悟得笔法，形成了更为强烈的个人风格，对我国近现代画坛影响极大。传世作品有《天竺水仙图》、《紫藤图》、《葫芦图》等。

岭南画派 ★★★★☆

指居住于广东的画家所形成的画派，因广东地处五岭之南，因此称为岭南画派。岭南画派以“二高一陈”，即高剑父、高奇峰和陈树人为代表。他们在传统技法基础上，融合日本和西洋画法，注重写生，形成了具有时代精神和地域特色的绘画风格。

高剑父 ★☆☆☆☆

近现代画家、美术教育家。广东番禺人。岭南画派创始人之一。兼擅写意与工笔，融合了传统绘画的多种技法，又借鉴了日本、西洋画法的重视透视和立体感、设色大胆等表现技法，从而创立了自己的新风格。代表作有《江关萧瑟》、《松风水月图》等。

齐白石 ★★★★★

湖南湘潭人。我国20世纪著名画家和书法篆刻家。擅画花鸟虫鱼，精于画虾，笔墨纵横雄健，造型简练质朴，色彩鲜明热烈；并将工笔草虫与粗笔写意两种方法结合起来，创造出惊艳的"工虫花卉"。传世画作有《虾趣》、《牧牛图》、《蛙声十里出山泉》等。1953年，他被授予"人民艺术家"的称号。

真题示例：

我国近现代画家中，长于虾、白菜、荷花等花鸟题材，并被授予"人民艺术家"的是(　　)。

A. 吴道子　B. 齐白石　C. 黄宾虹　D. 张大千

【2014年四川音乐学院绵阳艺术学院摄影专业考试试题】

黄宾虹 ★★☆☆☆

现代画家。安徽歙县人。其作品重视章法上的虚实、繁简、疏密的统一，在行笔谨严处，有纵横奇峭之趣。擅画山水，为山水画一代宗师。代表作有《山居烟雨》、《空山鸣琴》等。

刘海粟 ★★★☆☆

现代画家、美术教育家。江苏武进县人。1918年11月，他创办的《美术杂志》是中国近现代史上第一本专门的美术理论刊物。其作品多以黄山为题材，笔力深厚，苍拙老到，笔、墨、彩的混用，创立了独家风貌，代表作品有《黄山图》、《北京前门》、《九溪十八涧》等。

徐悲鸿 ★★★★★

江苏宜兴人。被誉为中国近代"绘画之父"。他取法西方古典写实绘画,倡导用"写实主义"改造中国画,是中国近代杰出的现实主义艺术大师。所画花鸟、风景、走兽,简洁明快,富有生气,尤以画马驰誉中外。代表作有油画《田横五百士》、《徯我后》,中国画《奔马》、《愚公移山》、《九方皋》等。

真题示例:

1. 国画《愚公移山》的作者是( )。

A. 徐悲鸿　　B. 米勒　　C. 张大千　　D. 傅抱石

【2011 年广西民族大学广播电视编导专业考试试题】

2. 下列画家中,属于近代画家且留学法国,长于画"奔马"的是( )。

A. 潘天寿　　B. 林风眠　　C. 黄公望　　D. 徐悲鸿

【2014 年四川音乐学院绵阳艺术学院摄影专业考试试题】

丰子恺 ★★★☆☆

现代画家、文学家。浙江同乡人。他擅长漫画、儿童画,作品用毛笔勾勒人物、景色,画面简洁而具叙述性,多取材于儿童生活、街头景象、古诗词意。代表作品有《人散后,一钩新月天如水》、《锣鼓巷》、《庆千秋》、《饮水思源》等。

潘天寿 ★★☆☆☆

现代画家。浙江海宁人。精于写意花鸟和山水,作品清新苍秀,笔墨色彩纵横交错、气势磅礴、趣韵横生,具有鲜明的独特风格。其指墨画以沉郁古拙、气势恢宏而独步画坛。代表作品有《松石图》、《秋夜》、《泰山图》等。

张大千 ★★★☆☆

现代画家。四川内江人。与齐白石齐名，合称“南张北齐”。晚年在传统泼墨法的基础上，借鉴抽象表现主义的技法，始创以大面积泼墨泼彩为主要特色的绘画方法，对中国画的发展作出了新的贡献。代表作有《泼墨荷花图》、《长江万里图》等。

傅抱石 ★★★☆☆

现代山水画大家。江西新余人。其山水作品将皴擦和渲染结合起来，把水、墨、彩三者有机地融为一体，重视画面的气氛渲染、笔墨韵味及季节表现，讲究意境的加工与创造。与齐白石合称“南北二石”。代表作有《大涤草堂图》、《潇潇暮雨》、《江山如此多娇》(与关山月合作)等。

林风眠 ★★☆☆☆

现代画家、美术教育家。广东梅县人。他吸收了西方印象主义以来的现代绘画的营养，与中国传统画法相结合，并融入了个人的人生经历。代表作品有《人道》、《民间》、《秋艳》等。

董希文 ★★★★☆

现代画家。浙江绍兴人。他以丰富明快的色彩语言、豪放浑厚的笔调创作了大量表现革命历史和歌颂新生活的主题性油画作品，如《春到西藏》、《百万雄师过大江》、《开国大典》等。

真题示例：

被誉为“共和国成立的艺术见证”的油画作品《开国大典》是(　　)创作的。

A. 董希文　　B. 吴作人　　C. 陈丹青　　D. 陆琦

【2014 年天津工业大学广播电视编导专业考试试题】

张乐平 ★★★☆☆

现代漫画家。浙江海盐人。其漫画以政治讽刺见长。因创作三毛形象,被誉为“三毛之父”。三毛系列漫画有《三毛流浪记》、《三毛从军记》等,其他系列漫画有《二娃子》、《小萝卜头》等。

关山月 ★☆☆☆☆

现代画家。广东阳江人。其作品以山水画为主,兼画人物、梅花等。艺术上不拘泥于传统,坚持岭南画派的革新主张,追求绘画的时代感和生活气息。代表作有《绿色长城》、《江山如此多娇》(与傅抱石合作)等。

李可染 ★★★☆☆

现代画家。江苏新余人。20世纪40年代前期以写意人物为主,兼画泼墨山水和水牛,尤其喜欢画牛,并创造了画牛方法和风格。后期重写生,致力于中国画的创作和研究。代表作品有《牧牛图》、《一叶知秋》、《万山红遍》等。

黄胄 ★★☆☆☆

现代画家。河北蠡县人。其人物、动物、山水、花鸟无所不精,尤擅画场面宏大、人物众多的主题性巨作,并以画新时代劳动人民著称,开新中国人物画一代新风。画驴是其一绝,是著名的画驴大师。代表作有《百驴图》、《洪荒风雪》等。

第三节　外国美术常识

(一)意大利美术

乔托 ★☆☆☆☆

意大利文艺复兴艺术的伟大先驱者之一,佛罗伦萨画派的创始人。他的艺术是中世纪与文艺复兴的分水岭,其作品主要是《圣经》题材的壁画,具有人文主义精神。代表作有《哀悼基督》、《逃往埃及》、《犹大之吻》等。

波提切利 ★★☆☆☆

意大利文艺复兴时期的画家,佛罗伦萨画派的最后一位大师。其作品注重用线条造型,强调优美典雅的节奏和富丽鲜艳的色彩。所创作的宗教画、寓意画等都富有神秘的诗意和世俗气息。著名作品有《维纳斯的诞生》、《春》等。

达·芬奇 ★★★★★

意大利文艺复兴时期的画家、自然科学家、工程师。与米开朗基罗、拉斐尔并称"文艺复兴三杰"。他将科学知识和艺术想象有机地结合起来,发明了"渐隐法",成功地表现出人物微妙的内心活动,作品含蓄,充满哲理思考。代表作品有《最后的晚餐》、《蒙娜丽莎》、《岩间圣母》等。

真题示例:

1. 绘画作品《最后的晚餐》的作者是__________。

【2014 年廊坊师范学院戏剧影视文学专业考试试题】

2.《蒙娜丽莎》的作者是(　　)。

A.乔托　B.达·芬奇　C.拉斐尔　D.提香

【2013年黄淮学院广播电视编导专业考试试题】

米开朗基罗 ★★★★★

意大利文艺复兴三杰之一,著名的画家、雕塑家。其作品以力量和气势见长,充满英雄主义、被压抑的力量和悲壮的激情,充分发挥了人体的表现力。代表作品有雕像《大卫》、《晨》、《暮》等,西斯廷教堂天顶画《创世纪》等。

真题示例:

创作《大卫》、《创世纪》的是意大利画家、雕塑家(　　)。

A.达·芬奇　B.米开朗基罗　C.拉斐尔　D.马萨乔

【2014年贺州学院广播电视编导专业考试试题】

拉斐尔 ★★★★★

意大利文艺复兴三杰之一。他的作品优雅、秀美,笔下的人物具有温和、高贵的气质,尤其以描绘圣母形象著称。他所确立的美的样式成为后来学院派古典主义的标准之一。代表作品有《西斯廷圣母》、《雅典学院》等。

提香 ★★★☆☆

16世纪意大利威尼斯画派的杰出代表。其作品色彩强烈,用笔奔放,洋溢着生命的活力,极大地增强了油画的表现力。著名作品有《乌尔宾诺的维纳斯》、《圣母升天》等。

卡拉瓦乔 ★☆☆☆☆

16世纪末17世纪初意大利杰出的现实主义画家。他将下层平民形象引入宗教画中,把神圣的宗教题材当作日常生活的风俗画来描绘，作品具有批判色彩。代表作有《女占卜师》、《基督下葬》、《圣马太蒙召》等。

（二）西班牙美术

埃尔·格列柯 ★☆☆☆☆

西班牙文艺复兴时期的代表画家。其作品常用神秘的宗教题材和拉长变形的人物形象来表达不安的情绪，反映了当时西班牙社会的精神危机，被视为样式主义的伟大代表。作品有《圣家族》、《拉奥孔》等。

委拉斯凯兹 ★☆☆☆☆

17世纪西班牙最著名的绘画大师。其绘画最突出的特色是冷静的观察力和形与色的完美结合。著名作品有《纺织女》、《教皇英诺森十世》、《宫娥》等。

戈雅 ★★☆☆☆

18世纪末19世纪初西班牙浪漫主义美术的伟大先驱。画风奇异多变，从早期巴洛克式画风到后期类似表现主义的作品，对后世的现实主义、浪漫主义和印象画派都有很大影响，是一位承前启后的过渡性人物。代表作品有《1808年5月3日夜枪杀起义者》、《查理四世一家》等。

毕加索 ★★★★★

20世纪西班牙著名画家。西方现代派的主要代表，立体主义画派的创始人。其创作于1907年的《亚威农少女》被认为是第一幅立体主义倾向的作品。其一生画法和风格几经变化，毕生致力于绘画革新。早期画近似表现派的主题，后期画关注原始艺术，简化形象，915－1920年，画风一度转入写实，1930年后又明显地倾向于超现实主义。著名作品有《格尔尼卡》、《和平鸽》、《三个舞蹈者》等。

真题示例：

1. 毕加索是(　　)画家。

A. 法国　　B. 葡萄牙　　C. 荷兰　　D. 西班牙

【2012年徐州师范大学广播电视编导专业考试试题】

2. 名词解释：毕加索

【2013年聊城大学广播电视编导专业考试试题】

达利 ★★★☆☆

20世纪西班牙超现实主义的代表画家。与毕加索、马蒂斯一起被认为是20世纪最有代表性的三个画家。其作品以探索潜意识的意象著称。代表作品有绘画作品《记忆的永恒》、雕塑《时间的轮廓》等。

(三)荷兰美术

哈尔斯 ★☆☆☆☆

17世纪荷兰杰出的肖像画家，荷兰现实主义画派的奠基人。他喜欢选取半身近景的构图，注重人物面部表情的刻画，善于表现人物的性格特征和心理状态。代表作有《微笑的骑士》、《吉卜赛女郎》等。

伦勃朗 ★★☆☆☆

17世纪荷兰画家。他在肖像画、风俗画、历史画等多方面都有惊人的成就，坚持现实主义的创作道路，为欧洲现实主义的发展作出了极其重大的贡献。代表作有《夜巡》、《杜普教授的解剖学课》等。

维米尔 ★★☆☆☆

17世纪荷兰优秀的风俗画家,“荷兰小画派”的代表画家。他擅长在限定的空间描绘特定的人物,造型简洁洗练,作品流露出一种清新、恬淡的诗意。著名作品有《倒牛奶的女仆》、《花边女工》等。

梵·高 ★★★★★

19世纪荷兰画家。后印象主义的代表画家之一。其作品用笔奔放,色彩强烈,表达了狂热的情感,并将油画中色彩和线条的表现力提高到一个新的境界。代表作有《向日葵》、《星夜》、《夜晚的咖啡馆》等。

真题示例:

1.梵·高的代表作是＿＿＿＿＿＿。

【2013年天津师范大学广播电视编导专业考试试题】

2.画作《向日葵》、《星夜》的作者是＿＿＿＿＿＿。

【2013年广西艺术学院文化产业管理专业考试试题】

(四)德国美术

丢勒 ★★★☆☆

德国文艺复兴时期最伟大的艺术家。丢勒在油画和版画上都达到了当时的最高艺术水平。其版画刀法严谨,线条精细缜密;油画精于写实,气魄宏大,色彩鲜丽灿烂。代表作有版画《四骑士》、油画《四使徒》等。

阿尔特多费尔 ★☆☆☆☆

16世纪德国著名画家,多瑙河画派的代表人物之一。以善于描绘风景著称,其油画作品《多瑙河风景》是德国绘画中第一幅没有人物的纯粹风景画。另有著名作品《阔叶树林中的圣乔治》等。

鲁本斯 ★★★★☆

17世纪德国著名画家,巴洛克绘画的杰出代表。他的作品具有宏大的场面、强烈的运动感,富于想象力和戏剧性。代表作有《强劫留西帕斯的女儿》、《阿玛戎之战》等。

门采尔 ★☆☆☆☆

19世纪德国著名的现实主义绘画大师。其绘画题材十分广泛,反映了各阶层人物的生活,真实而深刻地反映了他所处的时代。代表作有《轧铁工厂》等。

珂勒惠支 ★☆☆☆☆

20世纪初德国最重要的女性画家。她的作品以一个女性特有的情怀,表现了贫苦大众的苦难生活以及战争带给人类的灾难和痛苦。代表作有《织工暴动》、《农民战争》等。

(五)法国美术

普桑 ★★☆☆☆

17世纪法国古典主义绘画的奠基人。他重视理性思考,强调素描的重要作用。作品构思严肃而富于哲理性,具有稳定静穆和崇高的艺术特色。代表作有《阿尔卡迪的牧人》等。

华托 ★★★☆☆

18世纪法国杰出的画家。洛可可美术的代表人物。其作品用轻巧的笔触和柔和的色彩,营造出梦境般的优雅气氛。著名作品有《发舟西苔岛》、《热尔尚画店》、《小丑》等。

大卫 ★★★★☆

18世纪末19世纪初法国新古典主义绘画的杰出代表。其作品侧重于英雄伦理内容。代表作有《荷加斯兄弟的宣誓》、《马拉之死》、《萨宾妇女》、《拿破仑一世及皇后加冕典礼》等。

安格尔 ★★★★☆

18 世纪法国新古典主义画派最后的代表人物。他追求理想化的美，侧重于东方华丽的唯美倾向，在形式技巧方面有很高的艺术成就。著名作品有《泉》、《土耳其浴室》、《瓦平松的浴女》等。

真题示例：

《泉》的作者是＿＿＿＿＿国的＿＿＿＿＿。

【2013 年广西民族大学广播电视编导专业考试试题】

德拉克洛瓦 ★★★☆☆

19 世纪法国最伟大的浪漫主义画家。其作品色彩华丽，构图自由，气势生动。代表作《希奥岛的屠杀》标志着浪漫主义盛期的到来。另有著名作品《自由引导人民》等。

库尔贝 ★★☆☆☆

19 世纪法国现实主义美术运动的领袖人物。他认为美术家应当以清醒的态度反映当代的现实。其画路宽广，手法多样，在风景、景物、肖像等领域都有突出成就。代表作有《画室》、《石工》、《奥尔南的葬礼》等。

米勒 ★★★★★

19 世纪法国最杰出的以表现农民题材而著称的现实主义画家。其作品以描绘农民的劳动和生活为主，具有浓郁的农村生活气息。代表作品有《拾穗者》、《播种者》、《晚钟》等。

真题示例:

油画《拾穗者》是画家__________的作品。

【2010年大连艺术学院音乐学专业(文化艺术事业服务与管理方向)考试试题】

马奈★★☆☆☆

19世纪法国画家,印象主义画派创始人。他最早打破传统的棕褐色调,使画面明亮、有外光新鲜感。代表作品是《草地上的午餐》、《奥林匹亚》等。

莫奈★★★★★

19世纪法国印象主义画派的代表人物和创始人之一。印象派的名称就来自他的《日出·印象》。他曾长期探索光线与空气的表现效果,善用光线和色彩来表现瞬间的印象,追求绘画的色彩美。代表作有《睡莲》、《鲁昂大教堂》等。

真题示例:

《日出·印象》是法国印象派画家__________的作品。

【2014年重庆师范大学戏剧影视文学专业考试试题】

塞尚★★★★☆

19世纪后期法国后印象主义画家,被誉为"现代艺术之父"。塞尚采用色的团块表现法来描绘物象的体积、深度,用色彩的冷暖关系来造型。画作虽给人以沉重、压抑之感,但充满着结构色彩的美和诗意。代表作有《玩纸牌的人》、《静物·苹果篮子》等。

真题示例:

被称为"现代绘画之父"的画家是(　　)。

A. 法国莫奈　　　　B. 法国塞尚

C. 西班牙毕加索　　　　　　D. 荷兰梵·高

【2014 年海南大学戏剧影视文学专业考试试题】

高更 ★★★★☆

19 世纪后期法国后印象主义代表画家。他追求艺术表现的原始性，采用色彩平涂的方法，创造了一种具有象征主义、综合概括的装饰性画风。代表作有《我们从何处来？我们是谁？我们向何处去？》、《塔希提妇女》等。

真题示例：

画家高更是__________国人。

【2010 年海南大学戏剧影视文学专业考试试题】

修拉 ★☆☆☆☆

19 世纪后期法国画家，新印象主义（点彩派）画派的奠基人。他从印象主义对光色的分析开始，根据科学原理研究和实验色彩的并置效果，逐步完成了点彩技法。代表作品有《大碗岛的星期天下午》等。

罗丹 ★★★★★

19 世纪晚期法国现实主义雕塑家，是振兴和发展雕塑艺术的一代宗师。他用多样的手法和新颖的构思创作了许多杰作，极大地丰富了雕塑的表现领域。代表作有《思想者》、《巴尔扎克像》、《加莱义民》等。

真题示例：

著名雕塑《思想者》是雕塑家__________的作品。

【2014 年西安工程大学广播电视编导专业考试试题】

马蒂斯 ★★★★★

20世纪初期法国著名画家,野兽主义画派的创始人和主要代表人物。其作品运用平涂的鲜明色块、有力的轮廓线构造形象,画面单纯,充满律动感,富有装饰性。代表作有《舞蹈》、《音乐》等。

真题示例:

20世纪初,法国著名画家__________的名画是《音乐》、《舞蹈》,他被称为野兽派之祖。

【2013年云南师范大学广播电视编导专业考试试题】

杜尚 ★★☆☆☆

20世纪法国画家,达达主义的代表人物。早期迷恋立体主义和未来主义,代表作有《下楼梯的裸女:第二号》。后期开始"现成品"创作,选取日常生活用品或废旧物品制成艺术品,代表作有《泉》、《带胡须的蒙娜丽莎》等。

(六)英国美术

荷加斯 ★★★★☆

被誉为"英国绘画之父",是英国第一位享誉欧洲的画家。其创作以铜版和油画风俗组画及肖像画为主。代表作品有风俗组画《时髦的婚姻》、《浪子生涯》等,肖像画《卖虾女》等。

雷诺兹 ★☆☆☆☆

英国著名肖像画家。他追求"宏伟风格",肖像画蕴涵着一种庄严、典雅的崇高美。作品形象真实生动,色彩富丽堂皇,注重心理刻画。代表作有《威廉·蒙哥马利爵士的女儿们扮演三美神》等。

(七)俄国美术

列宾 ★★★★★

俄国19世纪末现实主义画家,“巡回展览”画派的杰出代表。他对各种绘画题材都很擅长,创作了大量的历史画、风俗画和肖像画,表现了人民的贫穷苦难及对美好生活的渴望。代表作有《伏尔加河上的纤夫》、《伊凡雷帝杀子》等。

真题示例:

名词解释:列宾

【2011年山东师范大学广播电视编导专业考试试题】

苏里科夫 ★★☆☆☆

俄罗斯民族绘画巨匠。其历史画创作体现了巡回画派的最高原则。著名作品有《近卫军临刑的早晨》、《女贵族莫洛佐娃》等。

康定斯基 ★★☆☆☆

20世纪俄国抽象主义绘画先驱、美术理论家。《论艺术的精神》、《关于形式问题》等论文,都是抽象艺术的经典著作。其作品用点线面的构成传达观念与情绪。代表作品有《秋天的巴伐利亚》、《冬天景致》、《乐曲》等。

列维坦 ★★☆☆☆

俄国杰出的风景画画家。他确立了使大自然人格化,通过自然状态表达人类的感情世界的“情绪风景”画。代表作有《弗拉基米尔小路》、《傍晚钟声》等。

(八)外国美术流派

佛罗伦萨画派 ★★☆☆☆

文艺复兴早期在佛罗伦萨地区形成的著名画派。该派以人文主义思想为主导,继承古希腊罗马的雕塑艺术的传统,用科学方法探索造型规律,形成以集中透视来表现的、具有明暗效果和三度空间感的绘画技法;并在宗教神话题材的作品中,将中世纪抽象的神的形象表现为世俗的人,创立了新的艺术风格。代表画家有乔托、马萨乔、波提切利等。

威尼斯画派 ★★★★☆

意大利文艺复兴时期的著名画派。此画派十分强调色彩的运用,画面绚丽,宗教题材作品中的人物完全世俗化,具有享乐主义的情调。贝利尼被认为是威尼斯画派的创始人。代表画家有乔尔乔内、提香等。

枫丹白露画派 ★☆☆☆☆

16世纪活跃在法国宫廷的美术流派。1530年前后,法国国王弗朗索瓦一世把许多意大利画家请到法国,为他在枫丹白露的宫殿创作壁画与雕刻。此间,一大批法国画家与这些意大利艺术家来往频繁,形成了枫丹白露画派,其风格体现了样式主义的倾向。

学院派 ★☆☆☆☆

17世纪在欧洲各国官办美术学院中形成的画派,以法国影响最大。该派画家重视素描,追求繁琐、浮华的细节,严格遵循古典艺术的条规,缺乏创新精神。作品主要取材于宗教传说和神话故事。代表人物有法国的勒布朗、席罗姆等。

巴洛克 ★★★★☆

巴洛克是产生于17世纪的意大利，后流行于全欧洲的一种艺术风格。其主要特征是因服务于教会上层和宫廷贵族而力求豪华，具有浓郁的浪漫主义色彩，富有激情性和运动感，并强调艺术形式的综合性。

洛可可 ★★★★☆

18世纪上半叶在法国居统治地位的艺术样式，也称“蓬巴杜风格”。它主要以上流社会男女享乐生活为对象，描绘精美华丽的装饰。风格精致细腻、明朗优美。绘画方面以华托、布歇为代表。

古典主义 ★★★★☆

17世纪流行于法国的艺术思潮。古典主义将理性放在第一位，强调普遍的典型表现，并崇尚古希腊与古罗马的艺术风格，注重以线条和轮廓为主的素描造型及简练、明确、清晰的艺术语言。代表画家有普桑等人。

新古典主义 ★★☆☆☆

18世纪中期至19世纪上半期兴起于法国而风靡西欧的艺术思潮。新古典主义选择严峻的重大题材（古代历史和现实的重大题材），重视素描而忽视色彩的表现，讲究艺术形式的严谨完美，体现了一种庄严典雅的风格。杰出代表是大卫和安格尔。

浪漫主义 ★★☆☆☆

19世纪初产生于法国，在与新古典主义的对抗中发展起来。其特点是主张充分表达自己的情感，强调创作个性和自由描绘，技法上重视用光和色彩来创造艺术形象。代表画家有法国的德拉克洛瓦、席里柯等。

现实主义 ★☆☆☆☆

19世纪30年代产生于法国并流行于欧洲各国的艺术思潮。其特点是主张以写实的手法来表现当时真实的社会生活,客观地描绘人物和事件,强调对当时社会黑暗面的鞭挞与批判。代表画家有库尔贝、米勒、杜米埃等。

巴比松画派 ★★★☆☆

19世纪法国著名的风景画派。19世纪30年代至70年代,以卢梭为代表的一批画家聚集在枫丹白露森林的小镇巴比松,专门从事风景画创作,被称为巴比松画派。他们注重户外写生,力求真实地描绘自然风景。代表人物有米勒、杜米埃等。

印象主义 ★★★★★

19世纪下半叶兴起于法国的艺术流派,因莫奈的作品《日出·印象》而得名。该画派追求对事物的感觉和印象,注重在绘画中对外光的研究和表现,提倡户外写生,并根据画家的观察和直接感受,表现微妙的色彩变化。代表画家有马奈、莫奈、雷诺阿等。

真题示例:

名词解释:印象画派

【2013年湖南师范大学广播电视编导专业考试试题】

新印象主义 ★☆☆☆☆

19世纪末,继印象主义之后在法国出现的美术流派。该派画家根据光学的色彩分割理论进行创作,把不同的、纯色彩的点和块不经调混地并列在一起,以取得印象主义所追求的光感和色感。因此新印象主义又称点彩派、分色主义或分割主义。代表画家有修拉等。

后印象主义 ★☆☆☆☆

广义的后印象主义指继承印象主义并加以变革的各个不同流派。狭义的后印象主义指塞尚、高更、梵·高等人的创作方法。他们接受印象派的用色方法又加以革新，不满足印象派对自然的客观描绘，而强调主观感受的再创造，一般不表现光，而注重色彩的对比关系、体积感及装饰性。

象征主义 ★☆☆☆☆

19世纪八九十年代发源于法国，流行于欧洲的一种文艺思潮，包括文学、音乐、美术等各个领域。该派画家强调主观感受，在创作中采用象征、寓意的手法，表现梦境、病态等，具有神秘色彩。主要画家有高更、夏凡纳等。

巡回展览画派 ★★★★☆

19世纪下半叶俄国最主要的进步艺术团体，正式名称为“巡回艺术展览协会”，简称巡回画派。该画派追求真实地表现生活，作品大多表现劳动人民的苦难，批判俄国落后的封建农奴制。代表画家有列宾、苏里科夫等。

野兽主义 ★★★☆☆

或称“野兽派”，法国现代画派之一。该派作品表现物体形体与色彩的变形、夸张，显示出一种与传统美术不同的表现力，被人们称为野兽，“野兽主义”由此得名。野兽主义的画家注重发挥纯色的作用，强调色彩的表现力。代表画家有马蒂斯、卢奥等。

立体主义 ★★★☆☆

20世纪初出现于法国的现代画派。立体主义否定传统绘画中的定点透视，主张以动点透视多方向去观察和表现物体，将一个对象分解成多个视角的几何切面,然后再加以主观的并置、重叠、组合,从而彻底摒弃了物体的自然形象。代表画家有毕加索、布拉克等。

未来主义 ★☆☆☆☆

1909年在意大利出现的一个广泛的文艺运动,包括文学、戏剧、音乐、美术等各个领域。未来主义画家热衷于用线条和色彩描绘一系列重叠的形象,并且用一系列的波浪线和直线表现光与声音,以及在迅疾的运动中的物象。代表画家有巴拉等。

表现主义 ★☆☆☆☆

表现主义产生于20世纪初的西方,体现在文艺的各个领域。表现主义注重情感体验、主观表现及精神价值,在造型上追求强烈的对比,追求扭曲和变形的美。代表画家有挪威的蒙克等。

达达主义 ★☆☆☆☆

20世纪产生于瑞士,随后流行于整个欧美的艺术运动。它抛弃在美学上和艺术语言上的追求,以玩世不恭的态度对抗社会现实和价值观。达达主义艺术家广泛运用现成品和拼贴的手法,作品新奇大胆,极富叛逆性。代表人物有杜尚、阿尔普等。

超现实主义 ★☆☆☆☆

两次世界大战期间广为传播的文艺运动。超现实主义深受弗洛伊德理论的影响,致力于探讨人类的先验层面上的潜意识,试图突破符合逻辑与实际的现实观念,把现实观念与本能、潜意识和梦的经验相糅合,以达到一种绝对的和超现实的情景。代表画家有米罗、达利等。

抽象主义 ★☆☆☆☆

20 世纪初产生于西方国家的美术流派。他们反对用具体形象反映现实，主张以经过抽象的色彩、点线、块面去构成客观形象。抽象主义一般分为几何抽象与抒情抽象两大体系，分别以荷兰的蒙德里安和俄国的康定斯基为代表。

波普艺术 ★★☆☆☆

20 世纪六七十年代盛行于英美的艺术运动。波普是"Pop"的音译，意为流行、通俗。波普艺术家用生活中所接触的材料和媒介来制造大众所能理解的形象，使艺术和工业机械文明相结合，并利用大众传播媒介加以普及。代表人物有安迪·沃霍尔等。

第四节　书法篆刻常识

(一)书法篆刻基本常识

书法 ★☆☆☆☆

中国传统艺术之一。指用毛笔书写篆、隶、正、行、草各体汉字的艺术。技法上讲究执笔、用笔、点画、结构、章法等，与中国传统绘画、篆刻艺术关系密切。

书法五体 ★★★★☆

是指篆、隶、草、楷、行五种字体。其中楷书分为欧(欧阳询)、颜(颜真卿)、柳(柳公权)、赵(赵孟頫)四种字体；草书有章草、今草和狂草之分；篆书分为大篆和小篆。

狂草 ★★☆☆☆

草书的一种,笔势连绵回绕,字形变化繁多。狂草是在今草的基础上将点画连绵书写,形成"一笔书",在章法上与今草一脉相承。

运笔七法 ★☆☆☆☆

汉字书法根据字形结构划分的七种运笔法,即点、划(横)、直、勾、撇、捺、连。

文房四宝 ★★★★★

中国独有的文书工具,即笔、墨、纸、砚。

四大名砚 ★☆☆☆☆

广东肇庆的端砚、安徽歙县的歙砚、甘肃洮州的洮河砚和山西绛州的澄泥砚并称为"四大名砚"。

篆刻 ★☆☆☆☆

中国传统艺术之一,指雕刻印章的艺术。因刻印时先在印材上作篆字,再加镂刻,因此称为篆刻。

印章 ★★★☆☆

又称"图章"。春秋战国至秦以前,称作"玺"。自秦始皇起,"玺"为帝王专用,官、私所用称"印"。印章上的文字刻成凸状的称为"阳文",刻成凹状的称为"阴文"。

真题示例:

篆刻按字的凸出形式分为__________、__________两类。

【2010年山东经济学院文化产业管理专业考试试题】

金文 ★☆☆☆☆

也叫钟鼎文。古代铜器上铸的或刻的文字，通常专指殷周秦汉铜器上的文字。

（二）著名书法家与作品

李斯 ★★☆☆☆

秦代书法家。他创立了小篆字体，后世称为“小篆之祖”，作品有《泰山刻石》、《琅琊台刻石》。

张芝 ★★★☆☆

东汉书法家。擅长章草，后来摆脱了传统的书写习惯，将章草的点画简省，创造了“今草”。传世作品有《冠军帖》、《终年帖》等。

蔡邕 ★★☆☆☆

东汉书法家、文学家。他精于篆、隶，并创造了“飞白”书，笔画中丝丝露白，似用枯笔写成，成为一种独特的书体。其字章法自然、笔力劲健，具古朴天真之趣。曾参与书写《熹平石经》。

钟繇 ★★★☆☆

三国时期魏国人，书法家。传为钟繇所书的摹刻本《荐季直表》、《宣示表》，虽仍存隶书古意，却已是楷书的代表，被誉为“正书（楷书）之祖”。

陆机 ★☆☆☆☆

西晋文人、书法家。传世的《平复帖》为现存书法家墨迹最早者。此帖介于章草与今草之间，书法古厚淳雅，虽尚有隶书笔意，已是章草向今草的过渡。

王羲之 ★★★★★

东晋书法家。其书法兼善隶、草、楷、行各体,摆脱了汉魏笔风,自成一家,影响深远。风格平和自然,笔势委婉含蓄、遒美健秀。变章草为今草,创造了韵媚婉转的书体新风。变革楷书和行书,成为一代风范,后代奉之为"书圣"。《兰亭序》是其代表作,被誉为"天下第一行书"。

真题示例:

1. 名词解释:王羲之

【2013年广西艺术学院文化产业管理专业考试试题】

2. "书圣"__________的《兰亭集序》被誉为"天下第一行书"。

【2014年聊城大学广播电视编导专业考试试题】

王献之 ★★★☆☆

东晋书法家。王羲之之子,与其父并称"二王"。书法众体皆精,尤以行草著名,并为魏晋以来的今楷、今草的发展作出了卓越贡献,在书法史上被誉为"小圣"。楷书名作是《洛神赋十三行》,世称"行世小楷无出其右";行草名作有《鸭头丸帖》、《中秋帖》等。

欧阳询 ★★★★★

唐代书法家。其书法劲险瘦硬,于平正中见险绝,形成刚健严谨的独特风格,世称"欧体",对唐代楷书的发展影响很大。他与虞世南、褚遂良、薛稷并称为"初唐四大书家"。代表作有《九成宫醴泉铭》、《仲尼梦奠帖》、《卜商帖》等。

真题示例:

书法艺术中"九宫格"的创始人是(　　)。

A. 欧阳询　　B. 王羲之　　C. 米芾　　D. 蔡京

【2014年重庆邮电大学广播电视编导专业考试试题】

虞世南 ★★★☆☆

唐初书法家。其书法圆劲内敛，遒丽秀美，形体常见奇拔变化。传世作品有《孔子庙堂碑》、《汝南公主墓志铭》等。

褚遂良 ★☆☆☆☆

唐代书法家。其楷书在六朝书法之上加以变化，奠定了唐楷的面貌。代表作品有《雁塔圣教序》等。

张旭 ★★★★☆

唐代书法家。其书法以草书成就最高，杜甫在《饮中八仙歌》中把张旭称誉为“草圣”。唐文宗时称李白诗歌、裴旻剑舞、张旭草书为“三绝”。代表作有《古诗四帖》等。

真题示例：

“草圣”是__________。

【2013 年天津工业大学广播电视编导专业考试试题】

怀素 ★★★☆☆

唐代书法家。其草书用笔圆劲有力，使转如环，奔放流畅，一气呵成，称为“狂草”。时与张旭齐名，人称“颠张狂素”。传世作品有《自叙帖》、《食鱼帖》等。

颜真卿 ★★★★★

唐代杰出的书法家。其楷书笔画求横平竖直，丰腴雄强，结体则宽博大度，字字谨严，人称“颜体”，与柳公权并称“颜柳”。代表作品有《多宝塔碑》、《颜家庙碑》、《祭侄文稿》等。

柳公权 ★★★★★

晚唐书法家。以楷书著称，与颜体不同，柳书偏重骨力，顿挫转折明确，却又遒媚得体，人称“柳体”，时有“颜筋柳骨”之誉。并与颜真卿、赵孟頫、欧阳询并称“楷书四大家”。代表作品有《玄秘塔碑》、《神策军碑》等。

真题示例：

“颜筋柳骨”中的“颜”是指唐代书法家颜真卿，“柳”是指唐代书法家__________。

【2014年聊城大学东昌学院广播电视编导专业考试试题】

蔡襄 ★★★★☆

北宋书法家。其书法平和蕴藉、端庄婉丽，讲究结构，运笔严谨，以楷书见长。与苏轼、黄庭坚、米芾合称“宋四家”。代表作品有《万安桥记》、《澄心堂帖》。

米芾 ★★★☆☆

北宋书画家。宋徽宗时召为书画学博士，人称“米南宫”。“宋四家”中以米芾行书成就最高，其特点是运笔迅疾，用笔中侧锋相互配合，有“八面出锋”之誉，自称“刷字”。传世书迹有《蜀素帖》、《苕溪诗卷》等。

赵孟頫 ★★★☆☆

宋末元初杰出的书画家。兼擅诸体，尤以行、草、小楷最佳。书风温文尔雅而内寓刚劲，结构紧凑匀称，世称“赵体”。他将书法用笔融入绘画之中，创枯笔淡墨、浅绛设色新法，为元代水墨山水画的发展开启了先路。传世书法作品有《玄妙观重修三门记》、《千字文》等，山水画作品有《鹊华秋色图》、《秋郊饮马图》等。

祝允明 ★☆☆☆☆

明代书法家。书学造诣深厚广博，长于行、草书，亦工小楷。

其书法不为古人所拘，变化出入，自抒己意，风骨烂漫，天真纵逸，形成了变化多端的特点。代表作品有《太湖诗卷》、《李白歌风台卷》等。

王宠 ★☆☆☆☆

明代书法家。擅长楷、行、草书，尤精小楷。书风朴拙淡雅、疏拓遒美。与祝允明、文征明齐名，被誉为“吴门三家”。代表作品有《李白古风诗卷》等。

沈尹默 ★☆☆☆☆

现代著名诗人、书法家。擅楷、行、草书，尤长于行书。善以写帖之法写碑，形成了圆润研美的书风。代表作有行书《世说新语》等。

启功 ★☆☆☆☆

当代著名教育家、古典文献学家、书画家。其书法成就主要在行、楷，其书法被称为“现代的馆阁体”。

第六章　音乐常识

识记导引:本章分为音乐基本常识、中国音乐常识、外国音乐常识三部分。音乐基本常识包括音乐构成的基本要素、中国音乐的基础知识、中外音乐体裁等内容,其中前两者多以填空、选择题的形式出现,中外音乐体裁的考查多以名词解释的形式出现。中国音乐常识中各民族民间音乐的所属地区及流行区域,考生应准确记忆。外国音乐常识中的著名音乐家及代表作品是重点记忆内容,考试中出现频率较高,考生应予以重视。

第一节　音乐基本常识

音乐 ★★★★★

音乐是一种听觉表演艺术,它通过人声演唱和乐器演奏,用有组织的乐音来表达人们的思想感情,反映现实生活,使人得到艺术享受。音乐分为声乐和器乐两大类。

真题示例:

1. 简答题:简述音乐的基本组成。

【2012年山东艺术学院公共事业管理专业考试试题】

2. 音乐的题材主要有两类,即声乐和__________。

【2013年池州学院广播电视编导专业考试试题】

旋律 ★☆☆☆☆

又称曲调，音乐的基本要素之一。是由一系列不同音高（也可以是相同的）的乐音以特定的高低关系和节奏关系联系起来的一种音的序列。

调式 ★☆☆☆☆

音乐中按照一定的音程关系组织在一起的若干个高低不同的乐音，并以一个音（主音）为中心组成的一个有机的体系，称为调式。

曲式 ★☆☆☆☆

即乐曲的结构形式。曲调在发展过程中形成各种段落，根据这些段落形成的规律性，找出具有共性的格式便是曲式。

声乐 ★★★★☆

以人声演唱为主的音乐形式。按演唱形式可分为齐唱、合唱、重唱、独唱、对唱、轮唱等；按演唱风格可分为美声唱法、民族唱法、通俗唱法及原生态唱法。

真题示例：

名词解释：声乐

【2010 年山东艺术学院文化产业管理专业考试试题】

器乐 ★★★★☆

相对于声乐而言，指完全用乐器演奏而不用人声或人声处于附属地位的音乐。乐器泛指可以用各种方法奏出声音的工具，一般分为民族乐器和西洋乐器。

真题示例:

乐器分为＿＿＿＿＿乐器和＿＿＿＿＿乐器两种。

【2009年天津工业大学广播电视编导专业考试试题】

八音 ★★★★☆

我国周代按制造材料的性质创设的乐器分类方法,是我国音乐史上最早的乐器科学分类法。“八音”为金、石、土、革、丝、木、匏、竹。

五音 ★★★★☆

又称“五声”。指中国五声音阶中的宫、商、角、徵、羽五个音级。

真题示例:

在乐律方面,古代的“五音”指的是＿＿＿＿＿、商、角、徵、羽。

【2014年吉林动画学院摄影专业考试试题】

中国民族乐器 ★★★★★

中国民间音乐文化历史悠久,在漫长的历史中,发展出一系列富有鲜明民族特色的乐器。中国民族乐器种类繁多,包括吹奏乐器(如笛子、箫、唢呐等)、弹拨乐器(古琴、筝、琵琶等)、拉弦乐器(如京胡、二胡、高胡等)、打击乐器(如扬琴、钹、锣等)。

真题示例:

1.“葫芦丝”是哪个地区的民族乐器?(　　)

A.广西　　B.海南　　C.贵州　　D.云南

【2013年四川音乐学院广播电视编导专业考试试题】

2.名词解释:打击乐器

【2013年广西民族大学广播电视编导专业考试试题】

古琴 ★★☆☆☆

古琴，又称瑶琴、玉琴、七弦琴，是中国最古老的弹拨乐器之一。被誉为中国古代“四大名琴”的是号钟、绕梁、绿绮、焦尾。

江南丝竹 ★★☆☆☆

流行于江苏南部、浙江西部、上海地区的一种民间音乐，由丝弦和竹管乐器演奏。其风格清新活泼，曲调优美流畅，节奏明快且富有情韵。演奏乐器主要有二胡、三弦、琵琶、扬琴、笛子、箫等。

鼓吹乐 ★★★☆☆

以打击乐器、吹奏乐器等合奏形式为主的音乐，是中国音乐史上重要的乐种。其初常用鼓、角、箫（排箫）、笳等乐器，曲目中常有歌词，可供歌唱。鼓吹乐作为历史乐种，特指汉魏以来，宫廷、军府、官府中与仪仗、军旅、宴飨有关，并见于乐府或太常等机构编制的乐种。

真题示例：

名词解释：鼓吹乐

【2009年山东经济学院文化产业管理专业考试试题】

交响乐 ★★★★☆

又称交响曲，18世纪下半叶确立起来的一种大型管弦乐体裁，通常为四个乐章的套曲结构。交响乐第一乐章一般是快板乐章，奏鸣曲式，是整个交响乐的核心；第二乐章一般是慢板，具有抒情风格；第三乐章是典雅的小步舞曲；第四乐章是快板或急板的终曲。

真题示例：

名词解释：交响乐

【2010年山东艺术学院公共事业管理专业考试试题】

交响诗 ★★★★☆

标题音乐的主要体裁之一,脱胎于19世纪的音乐会序曲。其形式不拘一格,常根据奏鸣曲式的原则自由发挥,是按照文学、绘画、历史故事和民间传说等构思成的大型管弦乐曲。交响诗通常采用单乐章的曲式,强调诗意和哲理的表现,其创始人是匈牙利作曲家李斯特。

真题示例:

名词解释:交响诗

【2009年山东经济学院文化产业管理专业考试试题】

爵士乐 ★★★★☆

爵士是英文"Jazz"的音译。它是20世纪初产生于美国新奥尔良的一种舞曲性质的音乐。爵士乐源于非洲黑人音乐。其特点主要是即兴的演奏风格及强烈的切分音,节奏一般以鲜明、强烈为主。

真题示例:

名词解释:爵士乐

【2013年山东艺术学院公共事业管理专业考试试题】

奏鸣曲 ★★★★☆

是指具有不同数目乐章的器乐曲,其乐章之间在调性、速度、情绪上形成对比。一般指钢琴独奏,或钢琴与其他乐器合奏的器乐演出形式,常为三乐章或四乐章的大型套曲结构,第一乐章大多为奏鸣曲式。奏鸣曲一般分为三个部分:呈示部、展开部和再现部。

真题示例:

奏鸣曲分为__________部、__________部和__________部。

【2011年青岛农业大学广播电视编导专业考试试题】

小夜曲 ★★★★☆

音乐体裁的一种，起源于欧洲中世纪的骑士文学，流传于西班牙、意大利等欧洲国家。初为年轻人在黄昏或晚间演唱或演奏的情歌，其结构短小，情调缠绵，伴奏多用吉他或小提琴等。18 世纪下半叶发展成为流行于欧洲宫廷的重奏套曲，一般为四个乐章的奏鸣曲结构形式，多用弦乐演奏。

真题示例：

名词解释：小夜曲

【2010 年聊城大学广播电视编导专业考试试题】

圆舞曲 ★★★★☆

又称华尔兹，是奥地利的一种民间舞蹈，18 世纪后半叶被用于社交舞会，19 世纪开始流行于西欧各国。它采用 3/4 拍，强调第一拍上的重音旋律流畅，节奏明显，伴奏中每小节仅用一个和弦，由于舞蹈时需由两人成对旋转，因而被称为圆舞曲。

真题示例：

名词解释：圆舞曲

【2014 年山东师范大学戏剧影视文学专业考试试题】

进行曲 ★☆☆☆☆

是一种按步伐节奏写成的乐曲。其节奏鲜明，结构整齐，曲式多为三段式，曲调多以坚定有力的旋律为主。它起源于 16 世纪西方的战乐，从 17 世纪起，由通常伴随队伍行进或用于世俗性的礼仪活动，逐渐进入音乐会演奏以及歌剧、舞剧音乐中，最终成为一种特定的音乐体裁。

协奏曲 ★☆☆☆☆

是指一种独奏乐器或多种独奏乐器与乐队共同协作演奏的

大型乐曲,由16世纪意大利的一种有乐器伴奏的声乐曲演变而来。其形式与结构为莫扎特所确立,通常包括三个乐章,体裁与形式类似奏鸣曲,也有单乐章的协奏曲。

咏叹调 ★☆☆☆☆

又称“咏唱”,是西洋歌剧或康塔塔等戏剧中的一种极富抒情性、戏剧性的独唱乐段。一般篇幅较大,音域宽,技巧性强,用于集中表现人物的内心活动。其结构多为反复三段体。

康塔塔 ★☆☆☆☆

17世纪初叶起源于意大利。最早的康塔塔是一种独唱的世俗叙事套曲,以咏叹调和宣叙调交替组成。17世纪中叶传入德国,随后发展成为一种包括独唱、重唱、合唱的声乐套曲。

序曲 ★☆☆☆☆

原指歌剧、清唱剧、舞剧及其他戏剧作品和大型声乐、器乐作品开幕前演奏的短曲,也称“开场音乐”。19世纪后,作曲家通常采用这种体裁写成独立器乐曲,其结构大多为奏鸣曲式,并有标题。

狂想曲 ★☆☆☆☆

古典音乐的一种曲式,是19世纪20世纪初具有鲜明的民族特色、英雄史诗性的单乐章乐曲。其结构比较自由,常采用民族音乐、民间音乐或流行音乐的音调。

组曲 ★☆☆☆☆

几组具有相对独立性的乐章,在统一的艺术构思下,排列、组合而成的器乐套曲,其中各曲具有相对的独立性。组曲在巴洛克音乐时代为古典组曲或称舞曲组曲，18 世纪后为近代组曲或称情节组曲。

标题音乐 ★☆☆☆☆

用文字或标题来揭示乐曲内容的器乐作品叫标题音乐。标题音乐是浪漫主义作曲家将音乐与文学、戏剧、绘画等其他艺术相结合而产生的综合性音乐形式，是一种用文字来说明作曲家创作意图和作品思想内容的器乐曲。

摇滚乐 ★☆☆☆☆

20 世纪 50 年代兴起于美国的一种通俗音乐，从传统的乐曲节奏和黑人曲调中演化而来。摇滚乐具有强烈的节拍和通俗的歌词，音调亢奋喧闹，常用吉他、鼓、钢琴等乐器伴奏。

歌剧 ★★★★☆

一种综合音乐、诗歌、舞蹈等艺术并以歌唱为主的一种戏剧形式。起源于 17 世纪的意大利，后流行于欧洲各地。

第二节　中国音乐常识

（一）中国民族民间音乐

民歌 ★★★★☆

起源于或流传于一个国家或地区的劳动人民中间并成为他们独特文化一部分的歌曲。其特点是表达劳动人民的思想、感情、意志、要求和愿望，具有强烈的现实性、鲜明的民族特点和地方色彩。主要种类有劳动歌、礼仪歌、时政歌、情歌等。

真题示例：

简答题：简述民歌的音乐特点和地域风格。

【2013年山东艺术学院文化产业管理专业考试试题】

号子 ★★☆☆☆

也称劳动号子。在劳动中，为统一指挥协调动作、消除疲劳而创作，与劳动节奏紧密配合，具有节奏鲜明、粗犷刚健的风格。主要类型有搬运号子、工程号子、农活号子、渔船号子和作坊号子。

小调 ★★☆☆☆

中国民歌体裁类别的一种。又称小曲、俗曲、俚曲等。是人们在劳动之余，在日常生活当中以及婚丧节庆用以抒发情怀、娱乐消遣的民歌。小调表现感情细腻曲折，形式较规整，表现手法丰富多样。

信天游 ★★★☆☆

指流行在陕北一带的民歌。其节奏自由，曲调纯朴，高亢悠扬。唱词一般每节两句，两句一韵，下一节可换韵，也可不换。艺术手法上多用比兴，托物言志、借景抒情。

真题示例：

"信天游"是我国哪个地区的民歌？（　　）

A. 西南　　B. 西北　　C. 东北　　D. 东南

【2014年重庆邮电大学广播电视编导专业考试试题】

花儿 ★★☆☆☆

流行于甘肃、青海、宁夏等地区的一种山歌，是当地人民的口头文学形式之一。其曲调高亢舒长，即兴编词，具有浓郁的抒情气息。形式分独唱、对唱两种。

苗族飞歌 ★☆☆☆☆

苗族歌曲的一种，流行于贵州。其音乐特征是节奏自由宽广、旋律悠长起伏、音调高亢嘹亮，具有强烈的感染力。多用在喜庆、迎送等大众场合，见物即兴，现编现唱。

蒙古呼麦 ★☆☆☆☆

“呼麦”的蒙古语原意是“喉”，所以“呼麦”也可称作一种喉音演唱艺术，演唱时的方法是首先把声带放松，发出基础低音，然后用一股气息冲击发出高泛音。

蒙古族长调 ★☆☆☆☆

蒙古族民歌的一种。蒙古族长调主要是在放牧时，或者在宴会、婚礼和那达慕大会上演唱。曲调悠长连绵，节奏舒缓自由，气息宽广，具有浓厚的草原气息，在持续的长音上常常有类似于马头琴演奏式的颤音和装饰音。

堆谢 ★☆☆☆☆

又称堆谐，西藏民间歌舞。“堆”是西藏西部的一种民间歌舞，“谢”即歌曲。可分为前后两部分：前部分称“降谢”，速度较慢，抒情悠扬；后部分称“觉谢”，速度较快，轻松活泼，舞蹈气氛强烈。

新疆维吾尔木卡姆 ★☆☆☆☆

木卡姆是流传于新疆维吾尔地区，具有统一调式体系，以歌、舞、乐三者组合而成的传统古典大曲，被誉为“东方艺术瑰宝”。在长期的发展过程中，木卡姆吸收其他民族的音乐文化，形成了丰富而成熟的音乐形式，最具代表性的是十二木卡姆。

学堂乐歌 ★★★☆☆

指20世纪初期,随着新式学堂的建立而兴起的歌唱文化,一般指学堂开设的音乐课或为学堂编创的歌曲。它是一种选曲填词的歌曲,起初多是归国的留学生用日本和欧美的曲调填词,后采用民间小曲或新创曲调。学堂乐歌的倡导、推广者以沈心工、李叔同等启蒙音乐教育家为代表。

真题示例:

名词解释:学堂乐歌

【2013年山东艺术学院戏曲文化传播专业考试试题】

(二)中国古代音乐

俞伯牙 ★★★☆☆

春秋时期著名的琴师,被尊为“琴仙”。相传《高山》、《流水》、《水仙操》等名曲为其所作。

师旷 ★★★☆☆

春秋时期晋国的著名乐师。他双目失明,但听觉异常灵敏,辨音能力超出常人,擅演奏古琴。以“曲高和寡”而著称的名曲《白雪》即他所创。

李延年 ★★☆☆☆

汉代音乐家。汉武帝时,任乐府协律都尉。曾作《郊祀歌》19首,作为皇家祭祀乐舞;又根据张骞从西域带回的《摩诃兜勒》,编为28首“鼓吹新声”,作为乐府仪仗之乐,这是我国历史文献上最早明确标有作者姓名及乐曲曲名的音乐作品。

嵇康 ★★★★☆

三国时魏末文学家、思想家与音乐家,“竹林七贤”之一。他精通音律，擅长弹琴，以弹奏《广陵散》著称，并留下“广陵绝响”的典故被后人传为佳话。著有《琴赋》、《声无哀乐论》等音乐理论著作。

万宝常 ★★☆☆☆

隋代著名音乐家。他能演奏多种乐器，并撰《乐谱》六十卷，提出了著名的八十四调乐律理论，为唐朝音乐的发展奠定了基础。

李隆基 ★★★★☆

即唐玄宗，是我国古代第一位皇帝音乐家。他精通多种乐器，羯鼓的演奏技艺尤为高超，创作改编了《霓裳羽衣曲》、《凌波曲》、《得宝子》等著名乐曲。并设立梨园，扩充教坊，培养了许多优秀的音乐艺人。

李龟年 ★☆☆☆☆

唐代乐师。李龟年善歌，吹奏筚篥的技艺高超，也长于作曲，所作《渭川曲》，深受唐玄宗赏识。

朱载堉 ★★★☆☆

明代乐律学家，著有《乐律全书》、《律吕正论》、《律吕质疑辨惑》等一系列音乐理论著作。其《乐律全书》总结了前人的乐律理论，并加以发展，首创了“新法密律”理论，是音乐史上最早的十二平均律理论。

中国古代十大名曲 ★★★★★

通常指《高山流水》、《广陵散》、《平沙落雁》、《梅花三弄》、《十面埋伏》、《夕阳箫鼓》、《渔樵问答》、《胡笳十八拍》、《汉宫秋月》、《阳春白雪》。

真题示例:

中国古代十大名曲是__________、__________、__________、__________、__________、__________、__________、__________、__________、__________。

【2010年聊城大学广播电视编导专业考试试题】

(三)中国现当代音乐

萧友梅 ★★★☆☆

音乐教育家、作曲家,中国专业音乐教育的奠基人和开拓者,被誉为“中国近代音乐教育的宗师”。曾编写《普通乐学》、《和声学》、《中西音乐的比较研究》等音乐学著作,并创作了《问》、《秋思》、《国耻歌》等音乐作品。

李叔同 ★★★☆☆

近代中国第一位出国学习音乐、绘画的进步知识分子。1906年他在日本编辑出版了我国最早的一本音乐期刊《音乐小杂志》。他是国内第一个用五线谱作曲的音乐家,也是将西方音乐理论传入中国的第一人,同时也是“学堂乐歌”的最早推动者之一。代表作有《送别》、《忆儿时》、《晚钟》等。

华彦钧(阿炳) ★★★★☆

民间音乐家。因患眼疾而双目失明,人称“瞎子阿炳”。他刻苦钻研道教音乐,并广泛吸取民间音乐的曲调,一生共创作和演出了270多首民间乐曲。著名作品有二胡曲《二泉映月》、《听松》、《寒风春曲》,琵琶曲《大浪淘沙》、《昭君出塞》、《龙船》等。

真题示例:

二胡曲《二泉映月》是(　　)创作的。

A. 陈钢　　B. 冼星海　　C. 华彦钧　　D. 马克

【2014年聊城大学东昌学院广播电视编导专业考试试题】

刘天华 ★★★★☆

近代民族乐器作曲家、演奏家、音乐教育家。其主要成就表现在民族器乐的创作和演奏方面，在民族音乐的基础上吸收西洋音乐和演奏技巧，为传统音乐注入了时代的气息。著名作品有二胡独奏曲《良宵》、《空山鸟语》、《病中吟》、《光明行》等。

赵元任 ★★★☆☆

语言学家、作曲家。其音乐作品风格新颖，曲调优美流畅，富于抒情性，既善于借鉴欧洲近代多声音乐创作的技法，又不断探索和保持中国传统文化和音乐的特色。代表作有《教我如何不想她》、《卖布谣》等。

张寒晖 ★★☆☆☆

现代作曲家、戏剧家。创作多部配合革命斗争的秧歌剧，著名歌曲有《松花江上》、《军民大生产》等。

黄自 ★★☆☆☆

音乐教育家、作曲家，被誉为“爱国歌曲之王”。其大型管弦乐曲《怀旧》，是中国最早的一部交响音乐作品；为进步影片《都市风光》创作的片头音乐《都市风光幻想曲》，是中国作曲家首次为影片谱写的片头音乐，堪称中国电影音乐的里程碑。其他著名作品有《抗敌歌》、《玫瑰三愿》，清唱剧《长恨歌》等。

冼星海 ★★★★★

近现代著名作曲家。他坚持不懈地追求作品的民族风格，创作了大量反映中国人民抗日战争、表现中华民族精神的音乐作品，赢得了“人民音乐家”的称号。代表作品有大型声乐作品《黄河大合唱》、《九一八大合唱》、《生产大合唱》，歌曲《在太行山上》、《到敌人后方去》等。

真题示例：

1. 人民音乐家＿＿＿＿＿创作的大型声乐作品有《黄河大合唱》、《生产大合唱》等。

【2013 年天津师范大学广播电视编导专业考试试题】

2. 人民音乐家冼星海创作的三部大型声乐作品有＿＿＿＿＿、《生产大合唱》、＿＿＿＿＿。

【2013 年江西师范大学广播电视编导专业考试试题】

聂耳 ★★★★★

作曲家、音乐活动家，中国无产阶级革命音乐的奠基人。20世纪 30 年代，投身群众歌曲、左翼戏剧、电影音乐的创作等活动。代表作品有《卖报歌》、《毕业歌》、《大路歌》等歌曲，以及《金蛇狂舞》、《翠湖春晓》等民族器乐曲。由田汉作词、聂耳作曲的《义勇军进行曲》(电影《风云儿女》的主题歌)新中国成立后被定为我国国歌。

真题示例：

《义勇军进行曲》是电影＿＿＿＿＿的主题曲。

【2014 年首都师范大学科德学院广播电视编导专业考试试题】

任光 ★★☆☆☆

革命音乐家、作曲家。1934 年，创作了著名的《渔光曲》(同名影片插曲)。另有《打回老家去》、《新莲花落》、《大地进行曲》等。

马可 ★★☆☆☆

现代著名作曲家。代表作品有歌曲《南泥湾》、《我们是民主青年》、《咱们工人有力量》,秧歌剧《夫妻识字》,管弦乐《陕北组曲》等。并参与了歌剧《白毛女》的音乐创作工作,对中国歌剧的发展作出了重要贡献。

郑律成 ★★☆☆☆

近代著名作曲家。出生于朝鲜,后加入中国国籍。主要作品有《延安颂》、《延水谣》、《八路军军歌》、《八路军进行曲》(后改名为《中国人民解放军进行曲》,被定为中国人民解放军军歌)等。

贺绿汀 ★★★★☆

著名作曲家、音乐教育家。其代表作《牧童短笛》,在俄国作曲家齐尔品举办的征求"中国风味钢琴曲比赛"中获得一等奖。另有著名音乐作品《天涯歌女》、《四季歌》、《游击队之歌》、《嘉陵江上》等。

马思聪 ★★☆☆☆

小提琴演奏家、作曲家。其小提琴作品在中国近代音乐史上影响突出。主要代表作有《内蒙古组曲》、《思乡曲》、《塞外舞曲》,管弦乐《山林之歌》,合唱《中国少年先锋队队歌》等。

李焕之 ★★☆☆☆

著名作曲家、指挥家、音乐理论家。代表作品有歌曲《民主建国进行曲》、《社会主义好》,管弦乐组曲《春节组曲》等。音乐理论著作有《作曲教程》、《音乐创作散论》等。

李劫夫 ★★☆☆☆

著名作曲家、音乐教育家。其作品大都具有浓郁的民族风格和通俗质朴、自然生动的艺术特色。主要作品有《歌唱二小放牛郎》、《我们走在大路上》,以及为毛泽东诗词谱写的歌曲《蝶恋花·答李淑一》、《沁园春·雪》等。

雷振邦 ★★★☆☆

著名电影音乐作曲家。音乐作品形象鲜明、曲调优美,具有强烈的民族地方色彩和地域风情。代表作品有为影片《五朵金花》、《刘三姐》、《冰山上的来客》等谱写的歌曲。

朱践耳 ★★★☆☆

当代作曲家。其音乐创作颇丰,创作观念及手法不断求新,作品体裁广泛。著名作品有歌曲《唱支山歌给党听》、《接过雷锋的枪》,唢呐协奏曲《天乐》,民乐合奏《翻身的日子》,交响乐《交响幻想曲》第一至第十交响曲等。

王洛宾 ★★★★☆

中国 20 世纪最负盛名的民族音乐家之一,是著名的西部民歌传播者,被誉为"西部歌王"。王洛宾是第一个记谱传播"花儿"的现代音乐家,对"花儿"的传播作出了巨大的贡献。代表作品有《在那遥远的地方》、《半个月亮爬上来》、《达坂城的姑娘》等。

何占豪 ★★★★★

当代著名音乐家、作曲家。与陈钢共同创作的小提琴协奏曲《梁山伯与祝英台》,成为蜚声中外乐坛的著名作品。另有代表作《烈士日记》、《别亦难》、《孔雀东南飞》等。

真题示例：

何占豪、陈钢合作的《梁山伯与祝英台》是一首（　　）。

A. 大提琴协奏曲　　　　B. 小提琴协奏曲

C. 二胡曲　　　　　　　D. 交响曲

【2014年重庆师范大学戏剧影视文学专业考试试题】

陈钢 ★★★★☆

当代著名作曲家。他与何占豪共同创作了著名的小提琴协奏曲《梁山伯与祝英台》。其作品以浓郁的民族情调和丰富的当代作曲技巧巧妙的融合而见长。代表作有《苗岭的早晨》、《金色的炉台》、《王昭君》等。

施光南 ★★★☆☆

著名作曲家。代表作有歌曲《祝酒歌》、《周总理，你在哪里》、《在希望的田野上》、《吐鲁番的葡萄熟了》，歌剧音乐《伤逝》，京剧音乐《红云岗》等。

徐沛东 ★☆☆☆☆

作曲家。代表作有歌曲《我热恋的故乡》、《十五的月亮十六圆》、《爱我中华》、《大地飞歌》，歌剧《将军情》，舞剧《枣花》，电视剧《篱笆·女人和狗》三部曲、《东周列国》、《雍正王朝》等。

苏聪 ★★★☆☆

电影作曲家。1988年，因在影片《末代皇帝》中的出色配乐，获得第60届奥斯卡最佳原创音乐奖，成为我国第一位奥斯卡奖的获得者。

陈其钢 ★☆☆☆☆

旅法作曲家。其具有古典诗人般的气质,将中国的传统元素与西方现代音乐相融合。代表作有单簧管曲《晨歌》,大型管弦乐《源》、《蝶恋花》、《逝去的时光》等。

郭文景 ★★★☆☆

著名作曲家。主要作品有歌剧《狂人日记》、《夜宴》,交响诗《川崖悬葬》,电影音乐《阳光灿烂的日子》、《千里走单骑》等。

谭盾 ★★★☆☆☆

著名美籍华裔作曲家。其创作注重新音色的发掘,探索音响组合的各种可能性,同时融入质朴的民族音乐。2001 年,因为电影《卧虎藏龙》作曲,获得第 73 届奥斯卡最佳原创音乐奖。

第三节　外国音乐常识

(一)德国音乐

巴赫 ★★★★☆

德国伟大的作曲家,被誉为“西方音乐之父”。他的创作范围非常广泛,涉及除歌剧之外几乎所有的音乐领域,其创作代表了巴洛克音乐的最高成就。代表作有《马太受难曲》、《约翰受难曲》、《b 小调弥撒》、《哥德堡变奏曲》等。

真题示例:

1.《哥德堡变奏曲》的作者是__________。

【2013 年广西民族大学广播电视编导专业考试试题】

2. 人们称德国的__________为“音乐之父”。

【2013年西安邮电大学广播电视编导专业考试试题】

亨德尔 ★☆☆☆☆

英籍德国作曲家，是与巴赫同时代的巴洛克时期的代表人物。其作品绝大部分在英国创作，对英国的音乐产生了深远的影响。著名作品有歌剧《阿尔西那》、《奥兰多》，清唱剧《弥赛亚》、《参孙》，乐队组曲《水上音乐》等。

贝多芬 ★★★★★

德国作曲家，古典主义音乐的集大成者，被誉为“乐圣”。其音乐的最大特点是充满了英雄主义的激情，赋予器乐创作以更深刻的内在表现力，将古典主义推向极致，在西方音乐史上具有极为深远的影响力。代表作品有钢琴奏鸣曲《月光曲》、《悲怆》、《热情》，交响曲《第三(英雄)交响曲》、《第五(命运)交响曲》、《第六(田园)交响曲》、《第九(合唱)交响曲》等。

真题示例：

1. 贝多芬的《第五交响曲》又叫__________，《第九交响曲》又叫__________。

【2014年西安邮电大学广播电视编导专业考试试题】

2.《月光曲》是被誉为“乐圣”的__________的佳作。

【2014年宝鸡文理学院广播电视编导专业考试试题】

韦伯 ★★☆☆☆

德国作曲家、指挥家。他是欧洲浪漫主义歌剧的创始人，其作品《自由射手》被认为是德国第一部浪漫主义歌剧。另有著名歌剧《森林少女》、《奥伯龙》，钢琴曲《邀舞》等。

门德尔松 ★★★☆☆

19 世纪欧洲浪漫派作曲家的杰出代表之一。作品以精美、幽雅、华丽而著称，被誉为浪漫派作曲家中的“抒情风景画大师”。代表作品有《苏格兰交响曲》、《意大利交响曲》、《仲夏夜之梦》等。独创“无词歌”的钢琴曲题材，对于标题音乐和钢琴艺术的发展都有着巨大的启示价值。

真题示例：

(　　)有“音乐风景画家”之称，他在 19 世纪创作了五部交响曲，如《苏格兰交响曲》等。

A. 贝多芬　　B. 门德尔松　　C. 比才　　D. 肖邦

【2010 年青岛大学广播电视编导专业考试试题】

舒曼 ★★☆☆☆

德国作曲家、音乐评论家，19 世纪上半叶浪漫主义音乐家的典型代表。钢琴曲在舒曼的钢琴音乐中占据重要地位，代表作品主要有《蝴蝶》、《狂欢节》、《交响练习曲》、《幻想曲集》等。其艺术歌曲内在含蓄，注重心理刻画，代表作有声乐套曲《桃金娘》、《妇女的爱情与生活》、《诗人之恋》等。

勃拉姆斯 ★★★☆☆

德国作曲家。人们把他与巴赫、贝多芬并称为“三 B”。勃拉姆斯是德国音乐史上最后一个有重大影响的古典作曲家，被视为 19 世纪浪漫主义音乐时期的“复古”者。代表作品有《第一交响曲》、《D 大调小提琴协奏曲》、《匈牙利舞曲》、《德意志安魂曲》等。

瓦格纳 ★★★☆☆

德国作曲家、剧作家、指挥家。其对音乐历史的重要影响在于他对传统歌剧的改革，把改革的歌剧称为“乐剧”。并强调戏剧第一、音乐第二，坚持音乐必须服从戏剧内容进行创作的原则。代表作有《尼伯龙根的指环》、《特里斯坦与伊索尔德》等。

(二)法国音乐

柏辽兹 ★★☆☆☆

法国作曲家、指挥家、音乐评论家。其在音乐史上的主要成就是开19世纪浪漫主义标题交响曲之先河。著名作品《幻想交响曲》创造性地使用了“固定乐思”的手段贯穿全曲，开创了标题音乐的作曲。另有著名交响曲《哈尔罗德在意大利》、《罗密欧与朱丽叶》等。

圣一桑 ★☆☆☆☆

法国作曲家。其作品旋律明晰动人，形式典雅严谨，常用复调手法，在配乐上充分表现了法国乐派清晰、透明的特点。代表作品有器乐组曲《动物狂欢节》、歌剧《参孙与达利拉》等。

弗兰克 ★☆☆☆☆

法国作曲家，19世纪70年代以后法国乐派的代表人物。他的作品具有朗诵式的曲调、自由转调的和声以及“循环曲式”等特征。著名作品有《d小调交响曲》、《D大调弦乐四重奏》、《A大调小提琴奏鸣曲》等。

比才 ★★★★☆

法国作曲家。其著名歌剧《卡门》具有强烈的戏剧性和西班牙色彩，其中《序曲·斗牛士之歌》最为著名。该剧标志着法国现实主义歌剧的诞生，对19世纪末意大利真实主义歌剧的兴起产生了重要影响。另有作品《采珍珠者》、《波尔特的美丽姑娘》等。

德彪西 ★★★★☆

法国作曲家、音乐评论家,印象主义音乐的鼻祖。其作品《牧神午后》被公认为是印象派音乐的第一范例,它树立了印象主义的独特风格,成为世界印象主义管弦乐的奠基之作。另有著名管弦乐曲《大海》、《夜曲》,钢琴曲《版画集》、《意象集》等。

真题示例:

名词解释:德彪西

【2010年山东艺术学院广播电视编导专业(艺术传媒方向)考试试题】

狄盖特 ★★☆☆☆

法国共产主义者,工人作曲家。1888年6月,他为巴黎公社伟大诗人欧仁·鲍狄埃的诗篇《国际歌》谱曲,讴歌了巴黎公社战士崇高的共产主义理想和英勇不屈的革命气概。

理查德·克莱德曼 ★★★☆☆

法国钢琴演奏家,有"钢琴王子"之誉。他是目前世界上改编并演奏中国音乐作品最多的外国艺术家,其特有的音乐魅力对中国人的音乐审美观念产生了巨大的影响。著名演奏曲目有《秋日私语》、《致艾德琳的诗》等。

真题示例:

被誉为"钢琴王子"的是(　　)。

A. 李斯特　　B. 斯美塔那

C. 肖邦　　D. 理查德·克莱德曼

【2013年赣南师范学院广播电视编导专业考试试题】

（三）意大利音乐

维瓦尔第 ★★☆☆☆

巴洛克时期意大利著名作曲家、小提琴家。他以歌剧、神剧、奏鸣曲和协奏曲的创作闻名，并且对大型协奏曲的定型起决定性的作用。大协奏曲《四季》是他最为著名的作品，对后世产生了深远的影响。

帕格尼尼 ★★☆☆☆

意大利小提琴家、作曲家。他开拓了近代小提琴的演奏技法，运用高超的演奏技巧写下了多部小提琴协奏曲。其作品奔放不羁，即兴性强，旋律灵活流畅、转调大胆自然。代表作有《二十四首随想曲》、《女巫之舞》、《无穷动》等。

罗西尼 ★★★☆☆

意大利歌剧作曲家。他的音乐充满了炫技的装饰和幽默喜悦的精神。所作《塞维利亚的理发师》，取材于法国作家博马舍的同名喜剧，音乐生动幽默，具有反封建倾向，是 19 世纪意大利喜歌剧的代表。另有音乐作品《威廉·退尔》等。

威尔第 ★★★★☆

意大利歌剧作曲家。他一生创作了 29 部歌剧，其作品在歌剧的形式和表现内涵上都达到了相当的高度，将意大利歌剧的发展推向了巅峰。主要作品有《茶花女》、《弄臣》、《奥赛罗》、《游吟诗人》等。

普契尼 ★★★★★

意大利作曲家，意大利真实主义歌剧的代表人物之一。其创作内容与题材致力于表现普通人的情感和命运，反映小人物的生活。代表作有《艺术家的生涯》、《托斯卡》、《蝴蝶夫人》、《图兰朵》等，其中《图兰朵》采用了中国民歌《茉莉花》的曲调。

真题示例：

歌剧《图兰朵》是＿＿＿＿＿的作品。

A. 普契尼　　B. 瓦格纳　　C. 比才　　D. 威尔第

【2009年天津工业大学广播电视编导专业考试试题】

帕瓦罗蒂 ★★★☆☆

意大利男高音歌唱家，被誉为“高音C之王”。嗓音丰满、充沛，其中高声区统一，音色宽厚，带有强烈的自然美感。他与西班牙的多明戈、卡雷拉斯合称“世界三大男高音”。

真题示例：

1. 三大男高音分别是＿＿＿＿＿国的＿＿＿＿＿、＿＿＿＿＿国的＿＿＿＿＿、＿＿＿＿＿国的＿＿＿＿＿。

【2013年广西民族大学广播电视编导专业考试试题】

2. 帕瓦罗蒂是＿＿＿＿＿(国家)的著名歌唱家。

【2014年宝鸡文理学院广播电视编导专业考试试题】

(四)奥地利音乐

海顿 ★★☆☆☆

奥地利作曲家，维也纳古典乐派代表人物之一。在西方音乐史上，海顿以交响曲和弦乐四重奏的奠基者著称，享有“交响乐之父”的美誉。代表作有交响曲《伦敦交响曲》、《告别》、《时钟》，四重奏《云雀》、《梦境》及清唱剧《创世纪》、《四季》等。

莫扎特 ★★★★★

奥地利作曲家，维也纳古典主义音乐的杰出大师，在西方音乐史上具有重要影响，有“音乐神童”的美誉。其音乐风格细腻、典雅，既生动诙谐也不乏深刻。代表作品有歌剧《费加罗的婚礼》、《唐璜》、《魔笛》、《安魂曲》等。

真题示例：

1.《安魂曲》是__________的最后一部作品。

【2011 年聊城大学东昌学院广播电视编导专业考试试题】

2.《费加罗的婚礼》是(　　)的作品。

A. 舒伯特　　B. 莫扎特　　C. 李斯特　　D. 贝多芬

【2014 年西南大学广播电视编导专业考试试题】

舒伯特 ★★★★★

奥地利作曲家，早期浪漫主义音乐的代表人物。他以歌曲创作最为著名，创作多达 600 多首，被誉为“歌曲之王”。代表作《魔王》、《野玫瑰》、《鳟鱼》等都是广为流传的佳作。其声乐套曲《冬之旅》、《美丽的磨坊女》等也是艺术歌曲的经典。

真题示例：

被称作“歌曲之王”的是(　　)

A. 舒伯特　B. 约翰·施特劳斯　C. 巴赫　D. 莫扎特

【陕西科技大学 2009 年广播电视编导专业考试试题】

老约翰·施特劳斯 ★★★☆☆

奥地利作曲家。他与另一位作曲家约瑟夫·兰纳共同奠定了圆舞曲的基本结构，成为维也纳圆舞曲的奠基者，被称为“圆舞曲之父”。代表作有《拉德斯基进行曲》等。

约翰·施特劳斯 ★★★★★

奥地利著名作曲家、指挥家。为与其父亲区分，又称小约翰·施特劳斯。在他的创作中，尤以维也纳圆舞曲的比重为大，对圆舞曲的发展和传播起了重要作用，被誉为“圆舞曲之王”。

代表作有《蓝色多瑙河》、《艺术家的生涯》、《维也纳森林的故事》、《春之歌》等。

真题示例：

圆舞曲《蓝色多瑙河》的作者是____________，其被称为____________。

【2014年河南省普通高校编导制作类专业统考试题】

卡拉扬 ★★☆☆☆

奥地利著名指挥家、键盘乐器演奏家和导演。作为指挥家，他将忠于原谱与即兴发挥融为一体。其指挥动作洒脱大方，充满激情而又细腻精致。

(五)西班牙音乐

阿尔贝尼斯 ★☆☆☆☆

西班牙作曲家、钢琴家。其作品多以乡土风物为题材，采用西班牙民间舞曲体裁，并吸收和融合安达卢西亚民间歌舞的节奏与音调特点。主要作品有钢琴组曲《西班牙组曲》，钢琴组曲《伊比利亚》等。

法雅 ★★☆☆☆

西班牙作曲家。他的音乐创作植根于古老而富有鲜明特点的西班牙民族文化之中，并广泛吸收外来文化和创作技法，形成了自己的风格。代表作有《吉卜赛之歌》、《西班牙舞曲》等。

多明戈 ★★★☆☆

西班牙男高音歌唱家，被誉为“歌剧之王”。嗓音丰满华丽，坚强有力，胜任从抒情到戏剧型的各类男高音角色。其塑造的奥赛罗等形象，气概不凡，富于强烈的戏剧性和悲剧色彩。

真题示例：

西班牙的歌剧之王是＿＿＿＿＿，西班牙的抒情之王是＿＿＿＿＿，意大利的高音C之王是＿＿＿＿＿。

【2010年广西民族大学广播电视编导专业考试试题】

卡雷拉斯 ★★☆☆☆

20世纪西班牙著名男高音歌唱家，声乐大师。1971年，获得意大利“威尔第声乐大奖”，成为世界顶级的抒情男高音。他重视音乐的感染力，对歌剧角色的理解能力很强，善于控制剧情、人物和音乐本身之间的平衡。

（六）中欧音乐

李斯特 ★★★★☆

匈牙利作曲家、钢琴家、指挥家，浪漫主义前期最杰出的代表人物之一。其创作主要有钢琴音乐和交响乐，其钢琴作品结合了热情辉煌和诗意抒情的风格，有“钢琴之王”的美誉。并且他首创了新的管弦乐体裁“交响诗”。代表作有钢琴曲《匈牙利狂想曲》，交响诗《前奏曲》、《塔索》等。

肖邦 ★★★★★

波兰作曲家、钢琴家，被誉为“钢琴诗人”。肖邦专注于钢琴音乐的创作，通过钢琴来表达自己内心的情感，把钢琴的表现力发挥到了无与伦比的境界，拓展了钢琴的表现领域。代表作品有《c小调革命练习曲》、《d小调波兰舞曲》等。

真题示例：

1.名词解释：肖邦

【2011年山东艺术学院广播电视编导专业（艺术传媒方向）考试试题】

2. 被称为"钢琴诗人"的是__________(国家)的__________。

【2013 年浙江传媒学院广播电视编导专业考试试题】

3. 肖邦是__________(国家)的钢琴演奏家。

【2014 年宝鸡文理学院广播电视编导专业考试试题】

斯美塔那 ★☆☆☆☆

捷克作曲家、钢琴家、指挥家,被誉为"新捷克音乐之父",是捷克民族乐派的奠基人。著名作品有歌剧《被出卖的新嫁娘》,交响诗套曲《我的祖国》等。

德沃夏克 ★★☆☆☆

19 世纪捷克最伟大的作曲家之一,捷克民族乐派的主要代表人物。其作品表现了对祖国美好的大自然的热爱,再现了捷克民间的风俗生活画面,并以曲调优美、和声丰富、配器简洁生动著称。代表作有交响曲《自新大陆》、歌剧《水仙女》等。

(七)俄罗斯音乐

格林卡 ★★★☆☆

俄罗斯作曲家,俄罗斯民族乐派的奠基人,被誉为"俄罗斯音乐之父"。他在植根于俄罗斯民间音乐和创造性地运用西欧写作技法的基础上,形成了自己的音乐语言和风格。代表作有《伊凡·苏萨宁》、《鲁斯兰与柳德米拉》等。

柴可夫斯基 ★★★★★

俄国作曲家,被誉为"伟大的俄罗斯音乐大师"。其音乐充满了浓郁的俄罗斯风格,具有学院派特征,反映了 19 世纪下半叶俄罗斯知识分子的精神世界。最著名的作品有歌剧《黑桃皇后》、《叶甫盖尼·奥涅金》,舞剧《天鹅湖》、《睡美人》、《胡桃夹子》,交响曲《悲怆交响曲》，钢琴曲《四季》、《D大调小提琴协奏曲》等。

真题示例：

19 世纪中后期俄罗斯民族音乐兴起，________的芭蕾舞剧《天鹅湖》是享誉世界的杰作。

【2014 年河南省编导制作类专业统考试题】

穆索尔斯基 ★★☆☆☆

俄国作曲家，强力集团的主要成员，19 世纪俄罗斯民族乐派的代表人物。著名作品有钢琴组曲《图画展览会》，歌剧《鲍里斯・戈都诺夫》，交响诗《荒山之夜》和歌剧《跳蚤之歌》等。这些作品都具有鲜明的俄罗斯音乐的风格特征。

斯特拉文斯基 ★★★☆☆

俄国作曲家，西方现代音乐的代表人物。早期作品以芭蕾舞剧《春之祭》、《火鸟》、《彼得鲁什卡》为代表；后期创作转向新古典主义，追求简朴和单纯的现代风格，著名作品有清唱剧《俄狄浦斯王》、合唱与乐队曲《诗篇交响曲》、歌剧《浪子的历程》等。

普罗科菲耶夫 ★★☆☆☆

苏联作曲家、钢琴家、指挥家。代表作有歌剧《战争与和平》、《火天使》，舞剧《罗密欧与朱丽叶》、《灰姑娘》，交响童话《彼得与狼》，交响乐《第七交响曲》等。

肖斯塔科维奇 ★★★☆☆

苏联作曲家，享有"20 世纪交响乐大师"的称号。其创作领域非常广泛，涉及交响曲、弦乐四重奏、歌剧等。代表作品有交响乐《第七交响曲》(《列宁格勒交响曲》)、《第八交响曲》(《斯大林格勒交响曲》)，歌剧《鼻子》、《姆钦斯克县的麦克白夫人》等。

(八)美国音乐

科普兰 ★★☆☆☆

20世纪美国最杰出的作曲家之一。其前期作品将爵士音乐的复节奏和法国音乐相结合,如乐队组曲《剧场音乐》、《钢琴协奏曲》等;中期受新古典主义的影响,音乐语言趋于抽象和理智,如《钢琴变奏曲》、《短交响曲》;后期作品具有民族风格,如舞剧音乐《小伙子比利》、《阿巴拉契亚的春天》等。

格什温 ★★★★☆

美国作曲家。他成功地把美国流行音乐和民间音乐,特别是把爵士音乐运用于严肃音乐的创作,从而使流行音乐、民间音乐与严肃音乐融为一体。著名作品有《蓝色狂想曲》、《一个美国人在巴黎》等。

(九)外国音乐思潮与流派

古典主义音乐 ★★☆☆☆

18世纪中叶至19世纪初产生于欧洲的音乐潮流及创作风格。古典主义音乐崇尚理性,注重明晰、平衡的形式美感,讲究音乐发展的逻辑关系。这一时期出现了曼海姆乐派、柏林乐派和维也纳古典乐派。

维也纳古典乐派 ★★★★☆

18世纪后期至19世纪初期,以海顿、莫扎特、贝多芬为代表的音乐家,先后以维也纳为生活、创作的中心而形成的一个群体,这个群体被称为“维也纳古典乐派”。

浪漫主义音乐 ★★☆☆☆

19世纪初至中叶在欧洲兴起的一种新的音乐潮流和创作风格。其艺术主旨是表现个人情感和幻想，尤其注重个人的主观体验；在描绘自然景色及现实形象时，强调主观色彩的表现；在创作手法方面，重视民族、民间音调的运用。主要作曲家有舒伯特、韦伯、门德尔松等。

民族乐派 ★★★★☆

19世纪中叶，东欧、北欧和俄罗斯作曲家在吸取西欧浪漫主义音乐创作经验的同时，着重于民族音乐的建立和发展。他们努力创作既具有本国民族音乐特色，又能表现本民族的性格、愿望和生活的音乐作品。主要作曲家有俄罗斯的格林卡，捷克的斯美塔那、德沃夏克等。

印象主义音乐 ★★☆☆☆

19世纪末受文学和绘画中的印象主义影响而形成的音乐流派。它主张用音乐描绘从外界得来的瞬息印象，重视和声、色彩，着意于表达感觉中的主观印象，并大量运用变和弦、平行和弦、全音音阶等。主要作曲家有德彪西、拉威尔等。

新古典主义音乐 ★★☆☆☆

20世纪初开始盛行的一种创作思潮。它主张音乐应回归到“古典”当中去，多选取古代神话故事及中世纪宗教题材；音乐上力求模仿古代音乐风格，创作手法上则用现代技术。主要作曲家有斯特拉文斯基。

第七章 舞蹈常识

识记导引:本章分为舞蹈基本常识、中国舞蹈常识、外国舞蹈常识三部分。舞蹈基本常识是有关舞蹈的一些基本概念,其中关于舞蹈的分类,考生应稍加重视,其他内容作一般理解。中外舞蹈常识中的民间舞蹈种类,考生需记忆其所属的地区及流行区域,以及各自的风格特点。中外舞蹈名家名作部分是舞蹈历史发展过程中的代表人物和经典作品,此部分多以填空、选择题的形式出现,考生要重点掌握。

第一节 舞蹈基本常识

舞蹈 ★★★★☆

艺术的一种,是以经过提炼、组织和美化了的人体动作为主要表现手段,着重表现语言文字或其他艺术手段所难以表现的人们的内在深层的精神世界,创造出可被人感知的生动的舞蹈形象,并反映社会现实。其基本要素是动作姿态、节奏和表情。

舞蹈动作 ★☆☆☆☆

指经过提炼、组织和美化了的人体动作,是构成舞蹈语言的基础材料,它具有艺术表现所需要的规律性和目的性。

舞蹈语汇 ★☆☆☆☆

指把若干不同的舞蹈动作汇集起来，为表达舞蹈作品的主体内容服务，是一切舞蹈语言材料的总称。

舞蹈语言 ★☆☆☆☆

主要由一系列能表现一定思想感情的舞蹈动作、舞蹈语汇所组成，是舞蹈作品中传情达意、叙事状物的最基本的手段，具有比喻和寓意功能。

舞蹈语句 ★☆☆☆☆

是由一个以上的舞蹈单词组织在一起，表达出相对完整含义的舞蹈组合，是组成舞蹈语言的单一片断。

舞蹈段落 ★☆☆☆☆

又称舞段，是舞蹈作品的基本单元。由舞蹈动作、舞蹈语句等基本要素构成。通常一部舞蹈作品由若干个舞段落所组成。

舞蹈分类 ★★★☆☆

根据舞蹈的作用和目的划分，舞蹈可分为生活舞蹈和艺术舞蹈两大类。其中生活舞蹈又分为习俗舞蹈、宗教舞蹈、社交舞蹈等。艺术舞蹈根据舞蹈的不同风格特点，可分为古典舞、民间舞、芭蕾舞和现代舞；根据舞蹈表现形式的体裁和样式的特点，可分为独舞、双人舞、三人舞、群舞、组舞、歌舞剧、舞剧等；根据反映现实生活的方式和塑造舞蹈形象的特点，可分为抒情性舞蹈、叙事性舞蹈和戏剧性舞蹈。

古典舞 ★★★☆☆

各民族中长期流传至今的具有典范意义和古典风格特点的

舞蹈。它是在各民族传统舞蹈的基础上,不断提炼、加工、创造后逐渐形成的,具有自成体系的美学原则、鲜明独特的风格和特色、完整的表现手法和严谨的训练方法。

民间舞 ★☆☆☆☆

劳动人民在长期历史进程中集体创作,不断积累、发展而形成的,以自娱为主要功能,并在广大群众中广泛流传的一种舞蹈形式。民间舞具有民族性、地区性、群众性和稳定性等特点。

芭蕾舞 ★★★★☆

法语"ballet"的音译。指流传于欧美的一种古典舞蹈、舞剧形式,是综合了音乐、戏剧、哑剧、舞台美术等形式的一种古典舞蹈。芭蕾舞起源于意大利,兴盛于法国,鼎盛于俄国,并从俄国走向了世界各地。

现代舞 ★☆☆☆☆

19世纪90年代至20世纪初在欧美兴起的一种与古典芭蕾舞相对立的舞蹈派别。其最显著的特点是反对古典芭蕾舞脱离现实生活和单纯追求技巧的形式主义,强调舞蹈艺术要反映现代西方社会矛盾和人们的心理特征,故称为现代舞。

独舞 ★☆☆☆☆

舞蹈样式之一,又称单人舞。泛指由一个舞蹈演员独立完成的、结构完整的舞蹈。多用来直接抒发人物的思想感情和揭示人物的内心世界。

双人舞 ★☆☆☆☆

舞蹈样式之一。指由两个人共同表演完成一个主题的舞蹈。多用来直接抒发人物的思想感情和展现人物的关系。

三人舞 ★☆☆☆☆

舞蹈样式之一。指由三个人合作表演完成一个主题的舞蹈。根据其内容,可分为表现单一情绪和表现一定情节,以及表现人物之间的戏剧矛盾冲突等三种不同的类别。

群舞 ★☆☆☆☆

凡由四人及四人以上表演的舞蹈均可称为群舞。一般多表现某种概括的情节或塑造群体的形象。

舞剧 ★★★★☆

以舞蹈为主要表现手段,并综合音乐、舞台美术、文学等艺术形式,表现特定的人物和一定戏剧内容的舞台表演艺术。

第二节　中国舞蹈常识

(一)中国民间舞蹈

秧歌 ★★★★☆

汉族民间舞蹈。广泛流行于中国各地农村(主要在北方地区)的一种极具群众性和代表性的民间舞蹈。原为模仿稻作劳动的一种原始舞蹈,后来成为农闲或年节时的化装表演。秧歌一般分为两种,踩跷表演的称为“高跷秧歌”,不踩跷表演的称为“地秧歌”。

花鼓灯 ★★☆☆☆

汉族民间舞蹈。流行于安徽淮河流域及淮北地区。女角色一般统称“蜡花”(又称“兰花”),男角色一般统称“鼓架子”。其舞蹈动作刚健朴实、欢快热烈、洒脱泼辣,表演风格富有浓郁的乡土气息。

腰鼓舞 ★☆☆☆☆

汉族民间舞蹈,又称“打腰鼓”。原流行于陕北地区,后遍及全国。腰鼓舞属于集体舞蹈,多在年节喜庆时演出,表演时动作刚健、情绪热烈,充分表达人们欢欣鼓舞的心情和劳动人民的英雄气概。

狮子舞 ★★☆☆☆

汉族民间舞蹈。流行于中国广大地区,起源甚早,汉代曾列为“百戏之一”。其表演风格一般分为“文狮”和“武狮”两种,“文狮”表演细腻稳重、温驯乖巧,“武狮”讲究武功技艺,动作粗犷矫健。

龙舞 ★★☆☆☆

汉族民间舞蹈,又称“龙灯”。广泛流传于全国广大地区。其形式是由一人持彩球引龙起舞,数名演员同执龙形道具挥舞表演。其表演技法一般分为一龙、多龙、整龙、段龙等,气氛欢腾热烈。

芦笙舞 ★★★☆☆

苗族民间舞中流传最广、最有代表性的舞蹈形式。以男子边吹芦笙同时以下肢的灵活舞动为主要特征,常带具有表演性和竞赛性。芦笙舞一般分为群众性芦笙舞、表演性芦笙舞、风俗性芦笙舞三类。

孔雀舞 ★★★★☆

傣族民间舞中最负盛名的传统表演性舞蹈。流行于云南傣族聚居地区，以云南西部瑞丽市的孔雀舞最具代表性。孔雀舞以模仿孔雀的动作为主，躯干和四肢的每个关节都有弯曲，形成优美的“三道弯”舞姿。

真题示例：

孔雀舞是＿＿＿＿＿族的舞蹈。

【2010年聊城大学东昌学院广播电视编导专业考试试题】

手鼓舞 ★☆☆☆☆

新疆维吾尔族民间舞蹈。20世纪40年代兴起并流行于新疆各地。手鼓舞大多为女子独舞，动作灵活细腻、舞姿优美轻盈，头部左右摆动是该舞蹈的主要特点。

锅庄 ★★★☆☆

藏族民间舞，又称“果卓”、“卓”等，藏语意为圆圈歌舞，在西藏地区广为流传。锅庄主要在节日或农闲时跳，男女围成圆圈，边唱边舞。其舞姿矫健优美，体现了藏族人民热情奔放、彪悍勇敢的民族性格。

阿细跳月 ★★☆☆☆

彝族民间舞蹈，又称“阿西跳月”、“跳月”，流行于云南彝族地区。是青年男女的一种社交舞蹈，其风格热情奔放，节奏鲜明欢快，具有浓郁的野性美。

长鼓舞 ★★☆☆☆

朝鲜族民间舞蹈。流行于黑龙江、吉林、辽宁等地的朝鲜族聚居区。其形式是舞者肩挎长鼓，右手持鼓槌，边跳边击鼓。长鼓舞多为女子表演,动作柔美轻盈,舞姿典雅飘逸。

真题示例:

长鼓舞是__________族的民族舞。

【2010年聊城大学广播电视编导专业考试试题】

多朗舞 ★★★★☆

维吾尔族民间舞蹈。流传于新疆地区。其形式以双人对舞为主,可几组同时进行,但不得中途进场或退场,反映了当地的传统礼仪与习俗。

赛乃姆 ★★☆☆☆

维吾尔族民间舞蹈。广泛流传于天山南北的城镇乡村。其形式自由活泼,以赛乃姆音乐为伴奏,可一人独舞、两人对舞或多人同舞。舞蹈动作抒情优美、婀娜多姿。

安代 ★★★★☆

蒙古族民间舞蹈。起源于内蒙古科尔沁草原库伦旗,距今已有300多年的历史。安代原为驱鬼治病的一种方式,后逐渐演变为自娱性民间舞蹈。其表演形式是两人对歌对舞,众人依音乐节奏甩襟踏步,形成热烈欢腾的场面。

(二)中国舞蹈名家名作

赵飞燕 ★★★★☆

原名宜主,汉代宫廷舞蹈家。相传其舞姿轻盈如燕,能做掌上舞,故称其为“赵飞燕”。

杨玉环 ★★★★☆

即杨贵妃,唐代舞蹈家。史书记载她“善歌舞,通音律”,具有高超的音乐舞蹈艺术修养，尤其擅长表演《霓裳羽衣舞》和《胡旋》。

真题示例：

《霓裳羽衣舞》是（　　）朝的著名舞蹈。

A. 唐　　B. 宋　　C. 元　　D. 明

【2010 年吉林动画学院广播电视编导专业考试试题】

公孙大娘 ★★☆☆☆

唐代舞蹈艺人。善舞剑器，舞姿惊动天下。她在继承传统剑舞的基础上，创造了多种剑器舞。

吴晓邦 ★★★★☆

舞蹈艺术家、教育家、理论家，中国新舞蹈艺术的奠基人，与戴爱莲并称“男吴女戴”。其《新舞蹈艺术概论》是我国第一本舞蹈理论的专著。代表作有《饥火》、《思凡》等。

戴爱莲 ★★★☆☆

舞蹈艺术家、教育家，中国当代舞蹈艺术的先驱者和奠基人之一。其舞蹈具有意蕴深邃的内容、新颖的形式、真挚细腻而独具风格的表演技巧。创作有《飞天》、《荷花舞》等著名作品。

崔美善 ★☆☆☆☆

舞蹈表演艺术家，朝鲜族人。她的舞姿舒展、典雅，热情而不失含蓄。1957 年，在第六届世界青年联欢节上由她领舞的《孔雀舞》获得金质奖章。

阿依吐拉 ★☆☆☆☆

舞蹈家，维吾尔族人。她的表演细腻，舞姿轻盈优美。其表演的主要作品有《摘葡萄》、《天山之春》、《赛乃姆舞》、《迎亲人》、《牧羊女》等。

贾作光 ★★★★☆

舞蹈表演艺术家、舞蹈编导家。他从蒙古族传统民族舞蹈韵律和宗教民俗活动中提炼、丰富、发展了蒙古族舞蹈，创造出蒙古族新的舞蹈语汇，被誉为蒙古族舞蹈的奠基人之一。其创作的作品有《牧马舞》、《鄂伦春舞》、《鄂尔多斯舞》等。

陈爱莲 ★★★☆☆

舞蹈表演艺术家，我国在国际上最有影响力的舞蹈大师之一。1959 年主演中国第一部芭蕾舞与中国舞蹈相结合的舞剧《鱼美人》而一举成名。她表演过《春江花月夜》、《蛇舞》、《霓裳羽衣舞》等大量的单人舞、双人舞及舞剧《鱼美人》、《红楼梦》、《文成公主》等。她以鲜明纯正的民族风格和表演个性，成为中国古典舞蹈的代表人物。

刀美兰 ★★★☆☆

舞蹈家，傣族人。她长于表演傣族舞蹈，风格纯正，婀娜多姿。著名表演作品有独舞《水》、《金色的孔雀》等，并在音乐舞蹈史诗《东方红》中担任傣族舞领舞。

白淑湘 ★★★☆☆

舞蹈表演艺术家。1964 年，在中国芭蕾舞剧《红色娘子军》中成功地塑造了女主角吴琼花的形象。她曾在《海侠》、《吉赛尔》、《巴黎圣母院》等十多部古典芭蕾舞剧中担任主要角色，被誉为“中国第一只白天鹅”。

杨丽萍 ★★★☆☆

舞蹈艺术家，云南大理白族人。她以表演“孔雀舞”闻名，1986年因创作并表演了独舞《雀之灵》而一举成名。她自编自导自演的电影《太阳鸟》，在1998年第22届蒙特利尔国际电影节上荣获评委会大奖。舞蹈作品有《月光》、《两棵树》、《火》，大型民族舞剧《孔雀公主》、《云南映象》等。

《小刀会》★☆☆☆☆

中国民族舞剧。它取材于19世纪50年代太平天国运动中上海一个武装组织起义反抗清政府统治的故事，主人公包括刘丽川、潘启祥、周秀英等，作品成功地将中国江南民族舞蹈融入剧中，并且吸收了很多中国武术的元素。

《飞天》★★☆☆☆

双人舞，由戴爱莲编导。该舞是我国当代第一部取材于敦煌壁画的舞蹈，继承和发展了我国传统舞蹈中长绸舞的技法，以绸带飞扬瞬间的舞姿造型和流畅、滑翔、腾跃的步伐等，表现了翱翔天宇的意境。

《丝路花雨》★☆☆☆☆

大型民族舞剧。该舞以举世闻名的丝绸之路和敦煌壁画为素材，歌颂了画工神笔张和歌伎英娘的光辉艺术形象，高度颂扬了唐朝和西域人民的友谊。舞蹈体现了敦煌特有的S形曲线运动规律，把静止的姿势和与其风格统一的动作过程结合起来。

《红色娘子军》★★★★★

芭蕾舞剧。该剧根据梁信的同名电影改编，是中国第一部革命历史题材的芭蕾舞剧。它是中国第一部成功的大型芭蕾舞剧，在内容和形式上都体现出鲜明的中国特色。

真题示例：

中国第一部革命历史题材的芭蕾舞剧是(　　)。

A.《千手观音》　　B.《霓裳羽衣曲》

C.《大红灯笼高高挂》　　D.《红色娘子军》

【2013年广西艺术学院文化产业管理专业考试试题】

《白毛女》★★☆☆☆

芭蕾舞剧。该舞剧根据同名歌剧改编创作，成功地塑造了喜儿、大春、杨白劳等人物形象。整个舞蹈在芭蕾基本技巧的基础上，融汇了丰富的中国民间舞蹈，成为芭蕾舞和民族舞结合的典范。

《雀之灵》★★☆☆☆

独舞。由杨丽萍编导并表演。该舞以傣族民间舞蹈为基本素材，从孔雀的基本形象入手，以形求神，将孔雀的形象惟妙惟肖地展示给观众，并且创造出一个轻灵高洁的生命意象。

第三节　外国舞蹈常识

(一)外国民间舞蹈

交谊舞 ★★★☆☆

又称“国标舞”。交谊舞来源于各国的民间舞蹈，在传统交谊舞的基础上，加以国际统一规则而成。它分为现代舞和拉丁舞两大部分。现代舞包括华尔兹、探戈、维也纳华尔兹、狐步舞、快步舞五种舞蹈，拉丁舞包括伦巴、恰恰、桑巴、斗牛舞、牛仔舞五种舞蹈。

华尔兹 ★★★★☆

又称“圆舞”，起源于奥地利的一种民间舞。17 世纪末出现于维也纳宫廷，18 世纪成为流行的社交舞。华尔兹根据速度分为快三步和慢三步两种，并以优美的音乐、潇洒的舞姿和起伏的身浪，被人们誉为“舞中之后”。

波尔卡 ★☆☆☆☆

捷克民间舞蹈，是起源于波西米亚的二拍子舞曲。波尔卡是一种轻快活泼的舞蹈，舞者们常站成一个圆圈，舞步很小，半步半步地跳。主要的舞步有两种：一种是单足弹跳步，称为波尔卡步；另一种是脚跟、脚尖轮流击地的动作。

踢踏舞 ★☆☆☆☆

形成于 20 世纪 20 年代的美国，是爱尔兰民间舞蹈和非洲黑人舞蹈的结合。其基本舞步是用脚的不同部位击打地面，注重趾尖与脚跟的打击节奏的复杂技巧。这种舞蹈形式开放自由，没有过多的程式化限制。

探戈 ★★★☆☆

源于非洲民间舞蹈，19 世纪时大量欧洲和非洲移民涌入阿根廷，这些移民带来的歌舞形式与当地舞蹈文化相互融合形成了探戈。探戈音乐节奏明快，独特的切分音是其鲜明的特征。舞步华丽高雅、热烈狂放、变化无穷。

桑巴舞 ★★★☆☆

巴西最具代表性的民间舞。桑巴舞以鼓、锣等打击乐伴奏，切分音丰富，节奏性强。男舞者以脚下各种灵巧的动作为主，两脚飞速移动或旋转；女舞者则以上身的抖动、腹部与臀部的扭动为主。巴西桑巴舞可分为集体桑巴和表演桑巴两类。

伦巴 ★★★☆☆

又称为爱情之舞,是古巴黑人最具代表性的舞蹈。源自16世纪非洲的黑人歌舞的民间舞蹈,流行于拉丁美洲,后在古巴得到发展,所以又叫古巴伦巴。其特点是舞态柔美,步伐婀娜,充满浪漫情调。

斗牛舞 ★★☆☆☆

源于法国,盛行于西班牙,根据西班牙斗牛场面创作而成。其特点是音乐雄壮、舞态豪放、步伐强悍振奋。在斗牛舞中,男性象征斗牛士,女性象征斗牛士用以激怒公牛的红色斗篷,所以男性的角色比在其他任何舞蹈中都重要。因此"斗牛舞"也被称为"男人的舞蹈"。

狐步舞 ★☆☆☆☆

起源于美国黑人舞蹈,20世纪初由美国喜剧演员哈利·福克斯创造而得名。其风格特点是流动感强,动作轻盈,舒展流畅,平稳大方,悠闲从容。

迪斯科 ★★☆☆☆

始于1975年左右的美国,是一种新类型的流行音乐舞蹈。它是一种没有规定动作的即兴式的自由舞蹈,随着电声音乐强烈而急剧的节奏,舞者自由地扭动身体的各个部位。根据技术要求的不同,迪斯科可分为舞厅类、健身类和表演类三类。

霹雳舞 ★★★☆☆

起源于美国，它的创始人是美国东海岸黑人歌星詹姆斯·布劳德。其特点是以身体各个部位为支点进行旋转或腾跃，节奏感强烈，动作力度大。因这种舞蹈大都在街头表演，故又称"街头舞蹈"。

街舞 ★☆☆☆☆

起源于美国黑人的舞蹈，是由一种发泄情绪的运动演绎成的街边文化。其动作是由各种走、跑、跳组合而成，并通过头、颈、肩、上肢、躯干等关节的屈伸、转动、绕环、摆振、波浪形扭动等连贯组合而成。特色是爆发力强，给人以热情澎湃的感觉。

(二)外国舞蹈名家名作

诺维尔 ★★☆☆☆

18 世纪法国杰出的舞蹈理论家、演员和编导。其理论著作《舞蹈和舞剧书信集》，奠定了现实主义情节芭蕾的理论基础，成为芭蕾改革派的行动纲领，对后世产生了深远影响。

玛丽·塔里奥尼 ★★★★☆

出生于瑞典，法国国籍，是 19 世纪浪漫主义芭蕾的杰出代表。1832 年在浪漫芭蕾《仙女》中，她第一次用脚尖技术将仙女的形象塑造得惟妙惟肖，成为第一个用脚尖跳舞的芭蕾女舞者。

马里乌斯·彼季帕 ★★★★☆

法国著名芭蕾大师，被誉为"古典芭蕾之父"。由他编排的《法老的女儿》、《睡美人》、《堂·吉诃德》及与伊凡诺夫合作的《天鹅湖》等是芭蕾史上的经典作品。

米哈伊·福金 ★★★★☆

俄国著名芭蕾大师,被誉为"现代芭蕾之父"。其著名作品有《天鹅之死》、《仙女们》、《火鸟》等。

巴甫洛娃 ★★☆☆☆

俄国女舞蹈家。她主演过《天鹅之死》、《埃及之夜》、《吉赛尔》等传统芭蕾舞剧。其表演风格严谨细腻,动作轻盈优雅而富有诗意。

乌兰诺娃 ★★★★★

苏联女芭蕾舞演员,被誉为"芭蕾女神"。她是世界公认的苏联戏剧芭蕾大师,享有极高的国际声誉。其表演特点是善于抒情,人物刻画细腻,舞姿典雅优美而富有诗意。其代表性表演剧目有《天鹅湖》、《泪泉》、《吉赛尔》等。

邓肯 ★★★★★

美国女舞蹈家,现代舞的创始人,被誉为"现代舞之母"。她从大自然和古希腊艺术中寻找灵感,创造出了一种动作自然、形式自由的舞蹈形式,开世界现代舞之先河。著名代表作有《马赛曲》、《国际歌》、《少女死亡之舞》等。

肖恩 ★★★★☆

美国现代派舞蹈家,现代舞的先驱人物,被誉为"美国现代舞之父"。1933年,肖恩创建男人舞蹈团。其代表作品有《劳工交响曲》、《活力》等。

玛莎·格雷厄姆 ★★☆☆☆

美国舞蹈家,现代舞奠基人之一。其舞蹈艺术密切关注人的内心情感和人类的本性，并在实践中形成了一套坚实的现代舞技巧，成为美国现代舞三大训练体系之一。代表作有《悲歌》、《黑夜的旅程》等。

《皇后喜剧芭蕾》★★★★☆

1581 年由意大利芭蕾大师博若耶编导。该剧取材于《荷马史诗》的作品，情节连贯，结构较为完整，并融舞蹈、音乐、戏剧于一体，被认为是第一部真正的芭蕾舞作品。

《波莫娜》★★★★☆

又译作《果树女神》，是一部田园式的歌唱芭蕾。虽然它还配合了唱歌，但却是最早的剧场艺术形式，标志着芭蕾进入剧场的开始。

《吉赛尔》★★☆☆☆

由科拉利、佩罗编导。是西方芭蕾史上的重要作品，被视为浪漫芭蕾舞的代表作。

《天鹅湖》★★☆☆☆

由马里乌斯·彼季帕、伊凡诺夫编导，舞剧音乐由柴可夫斯基作曲。该剧取材于德国中世纪的民间童话，是芭蕾舞剧中的经典作品，是芭蕾艺术的象征和代名词。

《睡美人》★★☆☆☆

由马里乌斯·彼季帕编导，柴可夫斯基作曲。《睡美人》取材于法国诗人夏尔·佩罗的名作《沉睡森林里的美女》，是俄罗斯古典芭蕾的巅峰作品。

《胡桃夹子》★★★★☆

由马里乌斯·彼季帕编导、柴可夫斯基作曲。该剧取材于德国作家霍夫曼的童话《胡桃夹子与鼠王》,是世界上最优秀的芭蕾舞剧之一,有“圣诞芭蕾”的美誉。

第八章　戏剧戏曲常识

识记导引：本章分为戏剧基本常识、戏曲常识两部分。戏剧基本常识内容较少，以戏剧基础知识为主。戏剧常识中的著名剧作家及代表作品因与文学常识联系密切，所以此部分内容已穿插于文学常识中，考生在备考文学常识时应予以注意。戏曲常识分为戏曲基本常识、戏曲剧种及著名戏曲表演艺术家三部分。戏曲基本常识在考试中出现频率较高，属于重点记忆内容；戏曲剧种部分，考生应重点识记各剧种的所属地区及流行区域；著名戏曲表演艺术家是各剧种在历史发展过程中的代表人物，他们的所属剧种及代表剧目，考生要准确记忆。

第一节　戏剧基本常识

戏剧 ★☆☆☆☆

由演员扮演角色，在舞台上当众表演故事情节的一种艺术。是文学、导演、表演、音乐、美术等多种成分的综合。在西方，戏剧即指话剧。在中国，戏剧是戏曲、话剧、歌剧等的总称，也专指话剧。

戏剧冲突 ★★★☆☆

是表现人与人之间矛盾关系和人的内心矛盾的特殊艺术形式。戏剧冲突是构成戏剧情境的基础,是展现人物性格、反映生活本质、揭示作品主题的重要手段,其中矛盾是戏剧冲突的依据。

真题示例:

名词解释:戏剧冲突

【2012年聊城大学广播电视编导专业考试试题】

戏剧文学 ★★★★☆

即戏剧剧本,是剧作家创作的供戏剧舞台演出用的脚本。它是戏剧艺术的一个重要组成部分,直接决定着戏剧的思想性和艺术性。戏剧剧本通常包括舞台提示和人物自身的台词两个部分,结构形式分幕和场。

真题示例:

名词解释:戏剧文学

【2011年青岛大学广播电视编导专业考试试题】

舞台提示 ★☆☆☆☆

又称舞台说明,是剧作者根据演出需要,提供给导演和演员的说明性文字。包括剧中人物表,剧情发生的时间、地点、服装、道具、布景以及人物的表情、动作、上下场等。

台词 ★☆☆☆☆

戏剧表演中剧中人物所说的话。包括对白、独白、旁白。它是剧作者用以展示剧情、刻画人物、表现主题的主要手段。

幕和场 ★★☆☆☆

幕，即拉开舞台大幕一次，一幕就是一个完整的戏剧段落。场，即拉开舞台二道幕一次，它是戏剧中较小的段落。

戏剧分类 ★★★★☆

戏剧按作品风格分为悲剧、喜剧、正剧；按表演形式分为话剧、歌剧、舞剧、歌舞剧、诗剧、戏曲等；按题材不同分为历史剧、现代剧、童话剧；按作品容量大小和结构分为多幕剧、独幕剧；按演出的不同分为舞台剧、街头剧、广播剧、电视剧等。

真题示例：

从戏剧的分类来看，《哈姆雷特》、《窦娥冤》、《雷雨》属于（　　）。

A. 喜剧　　B. 悲剧　　C. 独幕剧　　D. 歌舞剧

【2013 年广西艺术学院文化产业管理专业考试试题】

悲剧 ★★★☆☆

戏剧类型之一。起源于古希腊，由酒神节祭祷仪式中的酒神颂歌演变而来，以表现主人公与现实之间不可调和的冲突及其悲惨结局为基本特点。

喜剧 ★★★☆☆

戏剧类型之一。最早产生于古希腊民间的祭神歌舞和滑稽表演。多以夸张的手法、巧妙的结构、诙谐的台词及对喜剧性格的刻画引人发笑。喜剧嘲笑丑恶、滑稽的现象，肯定正常的人生和美好的理想。一般分为讽刺喜剧、抒情喜剧、荒诞喜剧、闹剧等样式。

正剧 ★★★☆☆

戏剧类型之一。又称悲喜剧或严肃剧。在内容和形式上兼具悲剧和喜剧因素，能更真实、更直接地表现普通的社会生活形态。正剧的外部特征主要表现在人物命运、时间结局的完满性上，既表现生活的肯定方面，又表现生活的否定方面。19世纪后成为广为流行的戏剧类型。

音乐剧 ★☆☆☆☆

起源于19世纪末，是一种集音乐、舞蹈、情节及舞台美术等元素于一体的综合舞台艺术。它是以戏剧为基本，以音乐为灵魂，以舞蹈为重要表现手段，通过音乐、舞蹈、戏剧三要素的整合来讲述故事、刻画人物、传达概念的表演艺术。

话剧 ★☆☆☆☆

以对话和动作为主的戏剧形式。话剧是一门综合性艺术，包括剧作、导演、表演、舞美、灯光。话剧在西方一般通称戏剧。我国话剧最早出现在辛亥革命前夕，当时称作文明戏或新剧。五四运动后，现代话剧兴起，当时称作爱美剧或白话剧。1928年，由洪深提议定名为话剧。

三一律 ★★★★★

又称“三整一律”，西方戏剧结构理论之一。最早由文艺复兴时期意大利戏剧理论家提出，后由法国古典主义戏剧家确定和推行。三一律规定剧本创作必须遵守时间、地点和行动的一致，即每剧限于单一的故事情节，事件发生在一个地点并于一天之内完成。

真题示例：

名词解释：三一律

【2014年青岛农业大学广播电视编导专业考试试题】

第四堵墙 ★★☆☆☆

戏剧术语。在镜框舞台上，一般写实的室内景只有三面墙，沿台口的一面不存在的墙，被视为“第四堵墙”。

间离效果 ★★★★☆

又称“陌生化效果”，是德国戏剧家布莱希特创立的戏剧理论。布莱希特所建立的戏剧样式强调演员与角色保持距离、观众与剧中人保持距离，以使观众在“间离”中理性地、冷静地分析判断剧情和人物，进而得到美的享受。

真题示例：

著名的德国现代戏剧家兼诗人__________，他提出并付诸实践的“间离效果”演剧方法别树一帜。

【2009 年天津师范大学戏剧影视文学专业考试试题】

世界三大古老戏剧 ★★★☆☆

即古希腊戏剧、古印度梵剧和中国戏曲。

世界三大戏剧表演体系 ★★★★★

即俄国的斯坦尼斯拉夫斯基表演体系、德国的布莱希特表演体系、以梅兰芳为代表的中国戏曲表演体系。

斯氏体系 ★☆☆☆☆

即斯坦尼斯拉夫斯基表演体系。斯坦尼斯拉夫斯基是俄国杰出的戏剧大师，写有《我的艺术生活》、《演员自我修养》等专著。他系统总结了“体验派”戏剧理论，结合俄罗斯现实主义表演传统创立了自己的表演体系。该体系强调现实主义原则，主张演员与角色合一，演员要沉浸在角色的情感之中。

布氏体系 ★☆☆☆☆

即布莱希特表演体系。布莱希特是20世纪前期德国杰出的戏剧家,他推崇一种新的演剧理论和方法,即“间离方法”。就表演方法而言,“间离方法”强调演出中的理性因素,要求演员与角色保持一定的距离,不要把二者融合为一,演员要高于角色、驾驭角色、表演角色。

梅氏体系 ★★★☆☆

即以梅兰芳为代表的中国戏曲表演体系。梅兰芳是我国著名的京剧表演艺术家,发展了京剧旦角的演唱和表演艺术,形成了具有独特风格的“梅派”艺术。

真题示例:

一般来说世界戏剧三大表演体系,即指斯坦尼斯拉夫斯基体系、布莱希特体系和以__________为代表的中国戏曲表演体系。

【2014年齐齐哈尔大学戏剧影视文学专业考试试题】

第二节　中国戏曲常识

(一)戏曲基本常识

戏曲 ★★★☆☆

中国传统戏剧形式。它是包含文学、音乐、舞蹈、美术、武术以及人物扮演等因素的综合艺术,起源于秦汉的百戏,宋元南戏和元杂剧是最早的成熟的戏曲形式。戏曲艺术的基本特征是综合性、程式性和虚拟性。

行当 ★★★★★

戏曲演员专业分工的类别，主要根据所扮演角色的性格、性别、年龄、职业以及社会地位等进行划分。如京剧的行当分为生、旦、净、丑四种类型。

真题示例：

1.名词解释：戏曲行当

【2013 年山东艺术学院戏曲文化传播专业考试试题】

2.中国传统戏曲的主要角色有__________。

【2013 年黄山学院广播电视编导专业考试试题】

生 ★★★★☆

戏曲表演行当之一。一般指净、丑之外的男性角色，包括老生、小生、武生、娃娃生等几个门类。

旦 ★★★★☆

戏曲表演行当之一。指扮演不同年龄、不同性格、不同身份的女性角色。包括正旦(青衣)、花旦、花衫、小旦、老旦、武旦、彩旦等类型。

净 ★★★★☆

戏曲表演行当之一。俗称花脸、花面，以面部化妆勾勒脸谱为特征。净一般都是扮演性格刚烈或粗鲁奸险的男性角色。京剧中净行分为正净(大花脸)、副净(架子花脸)、武净(武二花)三大类。

丑 ★★★☆☆

戏曲表演行当之一。喜剧角色。因在鼻梁上用白粉涂一个粉块而俗称小花脸或三花脸。按扮演人物身份、性格和技术特点，分为文丑和武丑两类。

龙套 ★★☆☆☆

京剧角色行当。扮演剧中士兵、夫役等随从人员及群众,由于所穿各色的龙套衣而得名。龙套以整体形态出现,一般以四人为一堂。

行头 ★☆☆☆☆

传统戏曲服装的统称。通常专指古装,如蟒、帔、褶子、盔、帽、靴、鞋等。一般不分朝代、地域和季节,只按不同的剧目、角色行当和人物特点分为各种基本固定的式样和规格。

文武场 ★★★☆☆

又称场面,指戏曲乐队。戏曲乐队是由打击乐器和管弦组成的。戏曲伴奏中的管弦乐队称为文场,打击乐队称为武场。

四功五法 ★★★★★

戏曲表演的基本功法。“四功”即唱、念、做、打;“五法”即手、眼、身、法、步。

五音四呼 ★★★☆☆

戏曲演员在唱念时吐字发音的规范之一。五音即唇、齿、舌、牙、喉五个发音部位;四呼指开口呼、齐齿呼、合口呼、撮口呼四种口形,简称开、齐、合、撮。

四大声腔 ★★★★★

指中国明代南曲系统中海盐腔、余姚腔、昆山腔、弋阳腔的合称。

折子戏 ★★☆☆☆

相对整本戏而言。将整本戏的若干折中拆出相对完整的一折单独演出，称为折子戏。

压轴戏 ★★☆☆☆

又称压轴或压轴子。指数个折子戏组成的一台演出中，倒数第二个出演的剧目。

票友 ★☆☆☆☆

对戏曲、曲艺非职业演员，乐师等的通称。相传清初八旗子弟凭清廷所发“龙票”赴各地演唱子弟书，不取报酬，后把非职业演员称为票友。

梨园 ★☆☆☆☆

唐代李隆基酷爱歌、舞，将宫廷中的歌舞伎集中在“梨园”，学习歌舞、戏曲，以供宫廷宴乐。后来沿用梨园为戏院或戏曲界的别称。

梨园世家 ★☆☆☆☆

旧称京剧界的从业人员为“梨园行”，京剧界的后辈儿孙，即称梨园子弟。凡是几代人都从事京剧行业的家庭，便称为梨园世家。

四大徽班 ★★★★★

清乾隆五十五年(1790 年)起陆续到北京演唱的四个著名班社的合称。即三庆、四喜、春台、和春四个班社。

京剧三鼎甲 ★★★☆☆

即京剧三杰。三鼎甲是指清朝科举制度中殿试的前三名(状元、榜眼、探花)。指京剧形成初期,第一代演员中的三位杰出老生人才:程长庚、余三胜、张二奎。

四大须生 ★★★☆☆

指四位著名的京剧老生表演艺术家,有前四大须生和后四大须生的说法。前四大须生是指20世纪三十三年代的余叔岩、高庆奎、马连良、言菊朋,后四大须生是指马连良、谭富英、杨宝森、奚啸伯。

四大名旦 ★★★★★

20世纪20年代京剧旦行先后成名的四位有代表性的演员:梅兰芳、尚小云、程砚秋、荀慧生。

真题示例:

中国京剧四大名旦是________、________、程砚秋、荀慧生。

【2011年枣庄学院广播电视编导专业考试试题】

三大贤 ★★★★☆

在20世纪二三十年代,京剧界的一种习称。三大贤有两种说法。一种是指当时老生行中的三位代表人物:余叔岩、马连良、高庆奎。另一种更为普遍的说法是指旦行的梅兰芳、生行的余叔岩、武生行的杨小楼(又称武生宗师)。

真题示例:

名词解释:戏剧三大贤

【2009年山东艺术学院戏曲文化传播专业考试试题】

样板戏 ★★★☆☆

样板戏是指“文革”时期被树立为“革命样板戏”的以戏剧为主的舞台艺术作品的俗称。其代表性的作品有京剧《智取威虎山》、《红灯记》、《沙家浜》、《杜鹃山》和芭蕾舞剧《红色娘子军》、《白毛女》等剧目。

（二）戏曲剧种

京剧 ★★★★★

又称京戏，是我国影响最大、最具代表性的戏曲剧种，有“国剧”之称。清中叶以来，以西皮、二黄为主要腔调的徽调、汉调相继进入北京，徽汉合流演变为北京皮黄戏，即京剧。其主要腔调是西皮、二黄，乐队的主奏乐器是京胡。

真题示例：

1. 京剧的表现形式是（　　）。

A. 反西皮二黄　　B. 西皮反二黄

C. 西皮二黄　　D. 反西皮反二黄

【2013 年天津工业大学广播电视编导专业考试试题】

2. 在我国，戏曲舞台上被称为“国剧”的是__________。

【2013 年鲁东大学广播电视编导专业考试试题】

3. 乾隆末期、嘉庆初期四大徽班进京后，与汉调艺人合作，相互影响，逐渐融合昆曲、秦腔的部分剧目、曲调和表演方法，并吸收了一些民间曲调、北京土语，逐渐发展形成了__________。

【2013 年池州学院广播电视编导专业考试试题】

吕剧 ★★★☆☆

又称“化装扬琴”、“琴戏”、“驴戏”等。流行于山东等地，属山东省地方戏。清末民初由曲艺山东琴书发展而成，唱腔以山东扬琴曲调为基础。代表剧目有《小姑贤》、《李二嫂改嫁》等。

豫剧 ★★★☆☆

又称河南梆子、河南高调。河南省地方戏曲剧种之一,流行于河南及邻近各省的部分地区。其唱腔属板式变化体,有祥符调、豫东调、豫西调、沙河调等流派。代表剧目有《穆桂英挂帅》、《花木兰》、《七品芝麻官》等。

越调 ★★★☆☆

河南地方戏曲剧种之一,流行于河南及湖北北部地区。其唱腔主要为越调,也兼唱吹腔、昆腔、七句半等。传统剧目有《抱火斗》、《乌江岸》、《哭殿》等。

秦腔 ★★★☆☆

又称乱弹。陕西省地方戏曲剧种,流行于陕西、甘肃、青海、宁夏、新疆等地。音乐以梆子击节,唱腔为板腔体,分欢音、苦音两类。代表剧目有《火焰驹》、《游西湖》、《赵氏孤儿》等。

晋剧 ★★★☆☆

又称山西梆子、中路梆子。山西地方戏曲剧种之一,流行于山西省中部及河北、陕西的部分地区。其唱腔结构属于板腔体,分为乱弹、腔儿、曲子三类。代表剧目有《打金枝》、《双锁山》等。

沪剧 ★★★☆☆

上海地方戏曲剧种。由上海滩簧发展而成,兴起于上海,主要流行于上海、苏南及浙江的部分地区。基本唱腔为板腔体结构,并辅以部分民歌小曲及本滩、弹词等曲调。代表剧目有《罗汉钱》、《芦荡火种》等。

昆曲 ★★★★★

又称昆山腔、昆剧。诞生于明朝嘉靖年间，至今已有 600 多年历史，被誉为“百戏之祖”。其曲调清新婉转，细腻优雅，有“水磨调”之称。昆曲的表演有独特完整的体系及自成一体的表演程式。代表剧目有《牡丹亭》、《长生殿》等。

越剧 ★★★☆☆

浙江地方戏曲剧种之一，流行于浙江、江苏、上海等地。清末由浙江嵊县一带的曲艺落地唱书发展而成。主要唱腔有四工腔、尺调腔、弦下腔等。代表剧目有《梁山伯与祝英台》、《西厢记》、《红楼梦》、《祥林嫂》等。

赣剧 ★☆☆☆☆

江西地方戏曲剧种之一。由弋阳腔发展而来，流行于上饶、景德镇等地区。明清时期，赣剧以唱高腔为主，后来融合昆曲、乱弹诸腔于一体。代表剧目有《珍珠记》、《双拜月》等。

黄梅戏 ★★★★★

旧称黄梅调或采茶戏。安徽地方戏曲剧种之一，流行于安徽、湖北等地，因主要曲调由湖北黄梅传入而得名。黄梅戏唱腔清新纯朴，细腻婉转，以明快抒情见长。代表剧目有《天仙配》、《女驸马》等。

真题示例：

“黄梅戏”是流行于我国民间的戏曲剧种，该剧主要流行于下列哪一个地区？（ ）

A. 河北　　B. 安徽　　C. 陕西　　D. 广东

【2014 年重庆市普通高校编导类专业统考试题】

川剧 ★★★★☆

四川地方戏曲剧种之一。流行于四川以及贵州、云南部分地区。清初到清中叶,昆腔、高腔、胡琴、弹戏等传入四川,并与当地灯戏形成了融昆、高、胡、弹、灯五种声腔于一体的川剧。川剧中的表演特技"变脸"极为有名。代表剧目有《柳荫记》、《玉簪记》等。

真题示例:

"变脸"是哪个剧种的绝活?(　　)

A. 京剧　　B. 川剧　　C. 越剧　　D. 秦腔

【2014年河北传媒学院录音艺术专业考试试题】

粤剧 ★★☆☆☆

广东地方戏曲主要剧种。流行于广东及广西的粤语地区和中国香港、澳门等地。其唱腔以梆子、二黄的板腔体为主,曲牌体为辅。代表剧目有《关汉卿》、《罗成写书》、《搜书院》等。

淮剧 ★★☆☆☆

江苏地方戏曲剧种之一。原名江淮戏,流行于淮阴、盐城等地。淮剧唱腔的曲体结构,是从无伴奏的高腔音乐系统演化为戏曲化、抒情性的板腔音乐体系。代表剧目有《赵五娘》、《牙痕记》等。

湘剧 ★★☆☆☆

湖南地方戏曲剧种。流行于湖南中部、东部和江西西部,源于明代的弋阳腔。湘剧是兼唱高腔、低牌子、昆腔、弹腔的多声腔剧种。代表剧目有《拜月记》、《追鱼记》、《琵琶上路》等。

评剧 ★★★☆☆

戏曲剧种。流行于华北、东北各地。清末由河北莲花落在唐山发展而成。初名“唐山落子”、“平腔子戏”、“蹦蹦”、“奉天落子”、“评戏”等。唱腔属板腔体结构,有慢板、二六板、垛板等。代表剧目有《杨三姐告状》、《花为媒》、《小女婿》等。

(三)著名戏曲表演艺术家

程长庚 ★★☆☆☆

清代京剧老生演员,京剧奠基人之一。他融合徽、汉两调及昆腔,对京剧的形成和发展作出了重要贡献。其嗓音高、宽、亮,所饰角色多为古贤豪士。

谭鑫培 ★★★★☆

京剧演员,工老生。他博采众长,创立了以技艺全面、精当,注重刻画人物性格为主要特色的“谭派”,为京剧老生表演艺术开拓了新的天地,有“伶界大王”的美誉。代表剧目有《定军山》、《空城计》、《捉放曹》等。

孙菊仙 ★★☆☆☆

京剧老生演员。其唱腔唱法以大气磅礴、不拘小节为主要特色,世称“孙派”。代表剧目有《完璧归赵》、《四进士》等。

马连良 ★★☆☆☆

京剧演员,工老生。其嗓音甜净醇美,善用鼻腔共鸣,做派飘逸潇洒,创立了风格独特的“马派”。代表剧目有《借东风》、《甘露寺》等。

余叔岩 ★★☆☆☆

京剧演员,工老生。他在全面继承谭派艺术的基础上,以丰富的演唱技巧进行了较大的发展和创造,世称"余派"。其唱腔刚健苍劲而又婉转细腻。代表剧目有《打棍出箱》、《秦琼卖马》等。

周信芳 ★★☆☆☆

京剧演员,艺名麒麟童。他创立的"麒派"是当代京剧重要的老生流派之一。其主要特色是表演真实自然,具有浓厚的生活气息。代表剧目有《徐策跑城》、《清风亭》等。

杨小楼 ★★☆☆☆

京剧演员,工武生。其嗓音高亢洪亮,长于念白,以"武戏文唱"著称,有"武生宗师"之誉,被称为"杨派"。代表剧目有《挑滑车》、《长坂坡》等。

盖叫天 ★★★☆☆

京剧武生演员。其表演以短打武生为主,创造了独具特色的"盖派"艺术。尤擅演武松戏,有"江南活武松"美誉。代表剧目有《打虎》、《狮子楼》、《快活林》等。

真题示例:

京剧名角人称"江南活武松"的是__________。

【2009年天津师范大学戏剧影视文学专业考试试题】

王瑶卿 ★★★☆☆

京剧演员、京剧教育家。他是京剧花衫行当的创始人,在梨园界被尊奉为"通天教主"。其艺术渊博精湛,对旦角的唱念做打各种手段都有所创新,世称"王派"。代表剧目有《樊江关》、《十三妹》等。

梅兰芳 ★★★★★

京剧表演艺术家，工旦角。其创立的“梅派”艺术体系，对京剧旦角的唱腔、念白、舞蹈、音乐、服装、化装等都有创造和发展，形成了独特的艺术风格，是旦行中影响极其深远的流派。代表剧目有《贵妃醉酒》、《霸王别姬》、《宇宙锋》等。

真题示例：

1. 梅兰芳是我国著名________剧表演艺术家。

【2014 年宝鸡文理学院广播电视编导专业考试试题】

2. 梅兰芳的代表作是________。

【2014 年宝鸡文理学院广播电视编导专业考试试题】

程砚秋 ★★★★☆

京剧演员，工青衣。曾拜梅兰芳为师，又受教于王瑶卿，形成低回婉转的唱腔和形神兼备的表演风格，世称“程派”。他尤善于塑造遭遇悲惨，具有外柔内刚性格的中下层女性人物。代表剧目有《窦娥冤》、《荒山泪》、《锁麟囊》等。

真题示例：

程砚秋以演唱（　　）著名。

A. 吕剧　　B. 豫剧　　C. 越剧　　D. 京剧

【2010 年吉林动画学院广播电视编导专业考试试题】

尚小云 ★★★★☆

京剧演员。初学武生，后改正旦，以青衣戏为主。其嗓音响亮遒劲，表演风格以刚健婀娜见长，世称“尚派”。代表剧目有《失子惊疯》、《梁红玉》、《昭君出塞》等。

荀慧生 ★★★★☆

京剧演员，工花旦、闺门旦，艺名白牡丹。他将河北梆子的唱腔、唱法、表演的精华融入京剧的演唱中，善于塑造天真活泼的少女形象，具有柔媚娇婉的风格，世称"荀派"。代表剧目有《红娘》、《花田错》等。

常香玉 ★★★★☆

豫剧女演员。初习小生、须生，后工旦角。原唱豫西调，后广泛吸收其他剧种之长，并融合豫东、祥符、沙河各调，创造新腔，形成了独特的风格，世称"常派"。代表剧目有《花木兰》、《拷红》、《大祭桩》等。

真题示例：

常香玉是__________剧演员。

【2013年天津师范大学戏剧影视文学专业考试试题】

袁雪芬 ★★★☆☆

越剧女演员，工正旦。她博采众长，注重吸收昆曲、话剧、电影等艺术手法，并提倡越剧改革。其唱腔旋律淳朴，表演细腻。代表剧目有《梁山伯与祝英台》、《西厢记》、《祥林嫂》等。

新凤霞 ★★★☆☆

评剧女演员，工青衣、花旦。其演唱甜润清脆、富有华彩，尤以"疙瘩腔"而受称道。同时她也是著名的评剧改革家，创造了很多新的板式和唱腔。代表剧目有《花为媒》、《杨三姐告状》、《刘巧儿》等。

严凤英 ★★★☆☆

黄梅戏女演员，工花旦、小旦。她吸收昆剧、京剧、话剧等的表演艺术，丰富了黄梅戏的表演和音乐。嗓音清脆甜美，唱腔朴实流畅。代表剧目有《打猪草》、《天仙配》、《女驸马》等。

红线女 ★★★☆☆

粤剧女演员，工旦。她在艺术上勇于创新，在粤剧传统唱腔基础上，创造独树一帜的“女腔”。代表剧目有《搜书院》、《关汉卿》、《山乡风云》等。

第九章　曲艺杂技常识

识记导引：本章分为曲艺杂技基本常识、著名曲艺杂技表演艺术家两部分。曲艺杂技常识是各曲种及门类的介绍，考生需掌握的是各曲艺曲种的发展历程及各自的特征，杂技知识了解即可。著名曲艺杂技表演艺术家是各曲种及杂技门类的代表人物，考生需重点记忆。

(一)曲艺杂技基本常识

曲艺 ★☆☆☆☆

中国说唱艺术的总称。以说和唱为主要艺术手段，辅以动作、表情、口技等来叙述故事，描绘人物、情景，表达思想感情。一般以第三人称的叙述为主，第一人称的代言为辅。表演形式有坐唱、站唱、走唱、彩唱等，音乐曲式有联曲体、板腔体和单曲体。按历史源流和形式特点，现代曲艺可分为评话、弹词、大鼓、琴书、道情、相声、牌子曲、快板、时调小曲以及少数民族曲艺等类别，约三百余种。

杂技 ★☆☆☆☆

表演艺术的一种。狭义指在特定的环境中，运用各种道具，以高难和惊险的技巧动作为手段进行表演的人体技艺，如手技、顶技、蹬技、吊子、爬竿、走钢丝、车技、钻圈、柔术等；广义还包括口技、驯兽、滑稽、魔术等。

相声 ★★★★★

曲艺曲种。流行于全国各地，形成于清中叶以后。其特点是寓庄于谐，运用轻松诙谐及讽刺手法表现严肃的主题。相声表演的基本手段是说、学、逗、唱四项；表演形式分为有单口（一人）、对口（二人）、群话（三人或三人以上）三类。

评书 ★★☆☆☆

曲艺曲种。流行于北方地区，故又称“北方评书”，约形成于清初时期。其表演形式是一人演说，只说不唱，通过叙述情节、描写景象、模拟人物、评议事理等艺术手段，演绎历史及现代故事。

快板 ★☆☆☆☆

曲艺曲种。“快板”这一名称出现较晚，早年叫“数来宝”、“顺口溜”、“练子嘴”等，由宋代贫民演唱的“莲花落”演变发展而成。表演时用竹板打拍，节奏较快，说词讲究合辙押韵。

诸宫调 ★★★★☆

宋金元时期一种规模较大的说唱艺术。其形式是唱白相间，以唱为主，集合若干宫调的不同曲子歌咏一个故事，唱词为长短句，曲牌、词格、音乐是多种宫调的曲牌连缀。

二人转 ★★★☆☆

流行于黑龙江、吉林、辽宁一带的曲艺。是在东北大秧歌的基础上，吸取了河北的莲花落，并增加了舞蹈、身段、走场等演变而成。其唱腔高亢粗犷,唱词诙谐幽默,一般由二人舞蹈说唱,用板胡、唢呐等乐器伴奏。

京韵大鼓 ★★★☆☆

流行于华北、东北地区的半说半唱的曲艺形式,由河北省沧州、河间一带流行的木板大鼓发展而来,形成于京津两地。京韵大鼓多专唱短篇曲目,通常用三弦、四胡等乐器伴奏,演员击鼓掌握节奏,旋律起伏跌宕、挺拔潇洒,歌声悠扬婉转,长于抒情。

苏州弹词 ★★☆☆☆

曲艺曲种,又称“小书”。形成于江苏苏州,流行于上海和江苏、浙江部分地区,是一种散韵文体结合,以叙事为主、代言为辅的苏州方言说唱艺术。传统书目都为长篇,以才子佳人和公案题材为主。

山东快书 ★★★☆☆

曲艺曲种。流行于山东和华北、东北各地。起源于山东济宁等地,其初专说武松故事,曾名“武老二”。演员以铜板或竹板击拍,以快节奏击板叙唱,所以又名竹板快书。唱词基本为七字句。传统曲目主题多为英雄除暴安良的故事。

天津快板 ★☆☆☆☆

曲艺曲种。20世纪50年代在天津时调的大数子调基础上,逐步发展形成的新曲种。是由天津业余演员对原有曲调加以改革,形成的较为自由活泼,又有韵律节奏的朗诵体曲艺。句式通常为五字句和七字句。演员自击竹板、节子演唱,伴奏乐器有三弦、扬琴等。

魔术 ★☆☆☆☆

杂技门类之一。演员以巧妙手法，造成观众视听上的错觉而产生神秘感。习惯上，通过暗藏挟带来表演各种物件、动物、水火等增减、隐现变化的称“戏法”，较多借助物理、化学原理或机械装置表演各种变化的称“魔术”。

马戏 ★☆☆☆☆

杂技门类之一。原为古代的一种技艺，唐宋时，马戏专指驯马和马术表演。现代马戏指演员指挥动物表演各种技巧动作或演员在动物身上进行各种技艺表演等形式。广义的马戏包括杂技。

(二)著名曲艺杂技表演艺术家

朱绍文 ★★☆☆☆

艺名“穷不怕”，相声创始人。其艺术活动主要在清同治、光绪年间。对口相声、三人相声和太平歌词相传为他所首创，对北方曲艺和相声的发展作出重要贡献。其编演的相声有《字相》、《老倭瓜斗法》、《江南围》、《大保镖》等。

马三立 ★★★☆☆

相声表演艺术家。他在长期的艺术实践中，形成了表演细腻、含蓄隽永的风格。其艺术功底扎实，擅演“贯口”和文哏段子。代表作品有《夸住宅》、《吃元宵》等。

侯宝林 ★★★★☆

相声表演艺术家。其相声风格清新洒脱、含蓄俊逸、寓庄于谐。他在创作和表演的同时，注重相声的理论研究，对相声艺术的发展起到了承前启后、继往开来的作用。代表作品有《醉酒》、《戏剧杂谈》、《改行》等。

夏菊花 ★★★★☆

杂技表演艺术家，素有“杂技女皇”之誉。她凭借自身的优势，创作并首演了《顶碗》节目的多项高难度技巧动作，被誉为“顶碗皇后”。

真题示例：

夏菊花是我国著名的＿＿＿＿＿＿表演艺术家。

【2010年四川文理学院音乐学专业(广播电视编导)考试试题】

单田芳 ★★☆☆☆

评书演员。口风老练苍劲、自然流畅，语言生动形象、丰富有趣，具有独特的艺术魅力。代表作品有《隋唐演义》、《白眉大侠》、《平原枪声》等。

刘宝全 ★★★☆☆

京韵大鼓艺人。他在长期的艺术实践中形成了独具风格的“刘派”艺术，时与谭鑫培、双厚坪并称“艺坛三绝”。并以其高超的技艺将京韵大鼓艺术推向了高峰，享有“鼓界大王”之誉。代表曲目有《单刀会》、《大西厢》等。

骆玉笙 ★★★☆☆

京韵大鼓表演艺术家，被誉为“金嗓鼓王”。她博采众长，创立了以字正腔圆、委婉抒情、韵味醇厚为特色的“骆派”京韵。代表曲目有《剑阁闻铃》、《丑末寅初》等。

附 录 文艺常识阅读书目

文学

袁行霈:《中国文学史(第二版)》,高等教育出版社 1999 年版。
于非:《中国古代文学》,高等教育出版社 1994 年版。
林志浩:《中国现代文学史》,中国人民大学出版社 1984 年版。
於可训:《中国当代文学概论(修订版)》,武汉大学出版社 2004 年版。
郑克鲁:《外国文学史》,高等教育出版社 1999 年版。

电影

倪骏:《中国电影史》,中国电影出版社 2004 年版。
周星等:《中国电影艺术发展史教程》,北京大学出版社 2005 年版。
许南明:《电影艺术词典》,中国电影出版社 1986 年版。
张巍:《外国电影史》,中国电影出版社 2004 年版。
康尔:《西方电影导读》,南京大学出版社 2001 年版。

电视

郭镇之:《中国电视史》,文化艺术出版社 1997 年版。
钟艺兵:《中国电视艺术发展史》,浙江人民出版社 1994 年版。
郭镇之:《中外广播电视史(第二版)》,复旦大学出版社 2008 年版。

美术

中央美术学院美术史系中国美术史教研室:《中国美术简史》,中国青年出版社2002年版。

邹跃进:《新中国美术史(1949—2000)》,湖南美术出版社2002年版。

何延喆:《中国绘画史要》,天津人民美术出版社1998年版。

中央美术学院美术史系外国美术史教研室:《外国美术简史》,中国青年出版社2002年版。

张怀林:《世界美术史简明手册》,安徽美术出版社2003年版。

音乐

吴钊、刘东升:《中国音乐史略》,人民音乐出版社1993年版。

梁茂春、陈秉义:《中国音乐通史教程》,中央音乐学院出版社2005年版。

居其宏:《新中国音乐史(1949—2000)》,湖南美术出版社2002年版。

夏滟州:《中国近现代音乐史简编》,上海音乐出版社2004年版。

于润洋:《西方音乐通史》,上海音乐出版社2001年版。

舞蹈

罗雄岩:《中国民间舞蹈文化教程》,上海音乐出版社2001年版。

王克芬、隆荫培:《中国近现代当代舞蹈发展史(1840—1996)》,人民音乐出版社2004年版。

朱立人:《西方芭蕾史纲》,上海音乐出版社2001年版。

戏剧

王新民:《中国当代戏剧史纲》,社会科学文献出版社1997年版。

黄会林:《中国现代话剧文学史略》,安徽教育出版社1990年版。

傅谨:《新中国戏剧史(1949－2000)》,湖南美术出版社 2002 年版。
李永华:《西方戏剧史话》,上海文艺出版社 1995 年版。

戏曲

钮骠:《中国戏曲史教程》,文化艺术出版社 2004 年版。
徐沛:《中国戏曲表演史论》,文化艺术出版社 2002 年版。
吴同宾:《京剧知识手册》,天津教育出版社 2001 年版。

曲艺杂技

蔡源莉、吴文科:《中国曲艺史》,文化艺术出版社 1998 年版。
刘峻骧:《中国杂技史》,文化艺术出版社 1998 年版。

词目音序索引

M

N

X

Y

图书在版编目(CIP)数据

文艺常识速查速记手册/赵海卫主编. —2 版.
—北京:中国传媒大学出版社,2015.10
(影视艺术类专业考前专项突破教材)
ISBN 978-7-5657-1319-4

Ⅰ.①文… Ⅱ.①赵… Ⅲ.①文艺学—高等学校—入学考试—自学参考资料 Ⅳ.①I0

中国版本图书馆 CIP 数据核字（2015）第 059642 号

文艺常识速查速记手册(第 2 版)

主　　编　赵海卫
策　　划　赵　欣
责任编辑　李艳华
责任印制　阳金洲
封扉设计　阿　东
出 版 人　王巧林

出版发行　中国传媒大学出版社
社　　址　北京市朝阳区定福庄东街 1 号　邮编:100024
电　　话　86—10—65450528　65450532　传真:65779405
网　　址　http://www.cucp.com.cn
经　　销　全国新华书店

印　　刷　北京中科印刷有限公司
开　　本　850mm×1168mm　1/32
印　　张　10.5
版　　次　2015 年 10 月第 2 版　　2015 年 10 月第 1 次印刷

书　　号　ISBN 978-7-5657-1319-4/I·1319
定　　价　32.00 元
